СЕРИЯ «ШАРМ»

ДЖЕЙН ФЭЙЗЕР

Список холостяков

РОМАН

АСТ
ИЗДАТЕЛЬСТВО
ТРАНЗИТКНИГА
Москва
2005

УДК 821.111(73)
ББК 84 (7Сое)
Ф36

Серия «Шарм» основана в 1994 году

Jane Feather
THE BACHELOR LIST

Перевод с английского О.А. Болятко

Художник М.В. Горняк

Компьютерный дизайн Ю.А. Хаджи

Печатается с разрешения
The Bantam Dell Publishing Group, a division of Random House, Inc.
и литературного агентства Andrew Nurnberg.

Подписано в печать 22.04.05. Формат 84x108 1/32.
Усл. печ. л. 16,8. Тираж 10 000 экз. Заказ № 3143.

Фэйзер, Дж.

Ф36 Список холостяков : роман / Джейн Фэйзер; пер. с англ. О.А. Болятко. — М.: АСТ: Транзиткнига, 2005. — 317, [3] с. — (Шарм).

ISBN 5-17-029098-5 (ООО «Издательство АСТ»)
ISBN 5-9578-1678-7 (ООО «Транзиткнига»)

Пусть Констанция Дункан и старше своих удачно вышедших замуж сестер, однако поиски мужа меньше всего занимают эту решительную особу, владеющую по иронии судьбы успешным брачным агентством.

И даже встреча с неженатым блестящим политиком Максом Энсором вызывает у нее поначалу лишь одно желание — подыскать ему подходящую жену.

Макс вовсе не против жениться, однако Констанция и представить себе не могла, кому суждено стать избранницей и единственной любовью обаятельного холостяка!..

УДК 821.111(73)
ББК 84 (7Сое)

Глава 1

Констанция Дункан кивнула швейцару, распахнувшему перед ней стеклянную дверь магазина «Фортнум энд Мейсон»*. В примыкавшем к магазину просторном кафе, отделанном мрамором, гул голосов почти полностью перекрывал звуки струнного квартета, расположившегося на маленьком помосте позади площадки для танцев.

Девушка задержалась на пороге, отыскивая взглядом двух своих сестер. Они сидели за одним из самых удобных столиков возле большого окна, выходившего на Пиккадилли, но из-за проливного дождя потоки воды, струившиеся по стеклам, мешали разглядеть и саму улицу, и расположенный на противоположной стороне Берлингтон-Хаус.

Увидев, что сестры, Пруденс и Честити, заметили ее, Констанция подняла руку в знак приветствия и поспешно направилась в их сторону.

— Ты похожа на мокрую мышь, — заметила младшая, Честити, когда Констанция подошла к ним.

---

* Магазин в Лондоне на улице Пиккадилли; рассчитан на богатых покупателей; известен своими экзотическими продовольственными товарами. Основан в 1707 г. — *Здесь и далее примеч. пер.*

— Спасибо, милая, — иронично приподняв бровь, поблагодарила Констанция. Она стряхнула воду с зонтика и протянула его одетому в визитку слуге, появившемуся словно по волшебству. — Дождь льет как из ведра. — Вытащив булавки, она сняла шляпку и уныло осмотрела ее. — Боюсь, страусовое перо безнадежно испорчено... — Она отдала шляпу слуге. — Лучше возьмите и ее. Может быть, она высохнет в гардеробной.

— Слушаюсь, мисс Дункан. — Слуга взял намокшую шляпку и с поклоном удалился.

Констанция отодвинула высокий позолоченный стул на тонких изогнутых ножках, села и расправила складки намокшей юбки. Потом стянула с рук лайковые перчатки, внимательно осмотрела их и положила на столик рядом с собой. Сестры терпеливо ждали, пока она устроится поудобнее.

— Тебе чаю, Кон? — Пруденс подняла серебряный чайник.

— Нет, пожалуй, я выпью хереса, — сказала Констанция, поворачиваясь к официантке, терпеливо ожидавшей возле столика. — Я замерзла и промокла, как на осенней охоте, хотя на дворе стоит июль. И принесите горячие булочки, пожалуйста.

Официантка сделала книксен и поспешно удалилась.

— А мы с Пру успели прийти до дождя, — сообщила Честити. — Он начался, когда мы уже были здесь. — Она собрала оставшиеся на тарелке крошки пальцем и облизала его. — Как ты думаешь, мы можем позволить себе заказать еще один из этих дивных наполеонов?

Пруденс вздохнула:

— Думаю, что твое пристрастие к сладкому нас не разорит, Чес. Это мелочи в сравнении с другими нашими проблемами.

Констанция настороженно взглянула на сестру:

— Что на этот раз, Пру?

Пруденс сняла очки и протерла линзы салфеткой. Затем подняла их к свету и, близоруко щурясь, внимательно осмотрела. Убедившись, что пятно исчезло, она снова водрузила очки на переносицу.

— Утром ко мне явился Дженкинс, и вид у него был мрачнее обычного. Оказалось, отец велел Харперу с Грейсчерч-стрит оставить для него бочку портвейна и пополнить его винный погреб дюжиной ящиков самого лучшего «Марго». В ответ мистер Харпер прислал отцу огромный давно просроченный счет, вежливо попросив оплатить его, прежде чем делать новый заказ...

Она замолчала, потому что в этот момент подошла официантка, держа на подносе блюдо, накрытое серебряной крышкой, и бокал ароматного темного хереса. Официантка поставила их перед Констанцией и подняла крышку. На блюде горкой лежали душистые горячие булочки с изюмом, пропитанные золотистым маслом.

— Они выглядят восхитительно. — Честити протянула руку и взяла булочку. — Ты не возражаешь, Кон?

— Нет, угощайся. Но мне казалось, ты хотела еще один наполеон?

— Нет, я лучше возьму у тебя пару булочек, так выйдет дешевле. — Честити откусила кусочек и аккуратно вытерла губы тонкой льняной салфеткой. — Ну и как отец отреагировал на присланный счет?

— Знаете... дайте мне кусочек вон того шоколадного торта, пожалуйста. — Пруденс откинулась на спинку стула и указала на тележку с десертами. — Отец поднял шум, стал угрожать, что сменит поставщика... «Наша семья была клиентом фирмы «Харперс» почти сто лет...» — Она отломила вилкой кусочек торта и поднесла его ко рту. — В общем, старая песня... О! А торт очень хорош.

— Пожалуй, я тоже съем кусочек. — Честити кивнула официантке. — А ты, Кон?

Констанция отрицательно покачала головой, пригубив вино:

— С меня достаточно сладкого.

— Не знаю, как ты можешь устоять перед всем этим изобилием, — заметила Честити. — Наверное, поэтому ты такая худенькая. — Она с удовлетворением посмотрела на свою пышную грудь, обтянутую белой кружевной блузкой. — Конечно, ты намного выше меня. Это дает тебе некоторое преимущество.

Констанция рассмеялась.

— Вернемся к нашим денежным делам... Сегодня я отнесла несколько экземпляров «Леди Мейфэра» некоторым владельцам газетных киосков и попросила выставить их на витрине. Всего несколько штук для начала, чтобы посмотреть, будут ли они продаваться.

— Вот этот выпуск? — Пруденс вытащила из стоявшей под столом вместительной сумки газету и положила ее рядом с чашкой.

— Если это последний. — Констанция наклонилась, чтобы получше рассмотреть. — Да, это тот самый выпуск со статьей о новом законе лицензирования продажи спиртного в барах и пивных. — Она подобрала кусочком булочки растекшееся по тарелке масло и с аппетитом съела его. — Я попыталась растолковать владельцам киосков, что эта статья заинтересует их клиентов. Теперь не будет возможности напиваться в любое время дня и ночи, появится надежда, что снизится уровень пьянства и увеличится производство, а мужья прекратят избивать своих жен... Каждый должен иметь какое-то мнение на этот счет, вам не кажется?

— Ну и как, они проявили интерес? — спросила Пруденс, перелистывая страницы.

— Двое согласились в течение недели выставлять газету на витрине рядом с другими. В конце концов, мы берем с них всего два пенса за экземпляр.

— Два пенса за экземпляр нас не спасут, — заметила Честити.

— Это для продажи на улицах, — уточнила Пруденс. — А для публики из Мейфэра* цена составит уже шесть пенсов. — Она выразительно указала глазами на сидевших вокруг элегантно одетых, оживленно болтавших людей, пивших чай и поглощавших пирожные. — Я ухитрилась уговорить полдюжины парикмахерских на Риджент-стрит и Пиккадилли разложить газету на прилавке возле касс, а Честити осаждала модисток на Бонд-стрит и Оксфорд-стрит.

— И небезуспешно, смею заверить. — Честити откинулась на спинку стула и с некоторым сожалением посмотрела на свою опустевшую тарелку. — Прикрывшись вуалью, я могу уговорить кого угодно.

— Что ж, неплохо для начала, — сказала Констанция. — Но я думаю, мы способны предложить какие-то услуги... за которые можно брать деньги. — Она перегнулась через стол и понизила голос: — У меня появилась идея, которая может принести нам настоящую прибыль.

Ее сестры облокотились на стол и приблизили к ней свои рыжеволосые головки.

— Вам ведь приходилось видеть карточки, которые люди прикрепляют к витринам магазинов, — начала Констанция. — Ну так вот, я обнаружила... — Она замолчала, услышав, как кто-то негромко кашлянул прямо позади нее.

— О, лорд Лукан! — произнесла Пруденс, выпрямившись и без особого тепла улыбнувшись молодому человеку, подошедшему к их столику. — Добрый день, мы и не слышали, как вы подкрались.

Молодой человек густо покраснел:

— Прошу прощения. Я не хотел прерывать вас... Я собирался пригласить мисс Честити на танец. — Он робко указал на площадку, где несколько пар кружились под звуки медленного вальса.

---

* Фешенебельный район в Лондоне, известный дорогими магазинами и гостиницами.

— С удовольствием, Дэвид. — Честити одарила его лучезарной улыбкой. — Очень мило с вашей стороны. — Она поднялась со стула и, приподняв бровь, взглянула на сестер: — Я ненадолго. — Взяв лорда Лукана под руку, она удалилась, изящно покачивая бедрами.

— Чес так терпелива с этими беднягами, — сказала Пруденс. — Молодые люди слетаются к ней, как пчелы на мед, а она никогда не выказывает раздражения. Я бы с ума сошла на ее месте.

— У нашей маленькой сестрички очень мягкий характер, — с легкой улыбкой произнесла Констанция. — Не как у нас с тобой, дорогая Пру.

— Ты права, — согласилась Пруденс. — Мы настоящие людоедки. Дай нам шанс, и мы их съедим живьем.

— Но мама всегда говорила, что Чес при всей ее кажущейся податливости нелегко одурачить, — напомнила Констанция.

Пруденс не ответила, и какое-то время обе девушки молчали, погрузившись в воспоминания о матери, умершей три года назад.

— Как думаешь, мама, наверное, в гробу перевернулась бы, если бы узнала, что мы зарабатываем деньги, продавая газету? — спросила Констанция, когда звуки вальса стихли.

— Нет... она одобрила бы нас, — решительно ответила Пруденс. — Должны же мы что-то делать, чтобы удержать семью на плаву, а от папы толку мало.

Спустя некоторое время к столику вернулась Честити под руку со своим партнером, с которым она мило, но решительно распрощалась.

Она опустилась на свой стул и спросила:

— Итак, на чем мы остановились?

— На финансовых вопросах, — напомнила Констанция. — Я спрашивала Пру, пришла бы наша мама в ужас при мысли о том, что мы продаем газету или нет.

— Думаю, она сама поступила бы точно так же, если бы возникла необходимость.

— Такой необходимости не возникло бы, будь она жива. Отец не промотал бы свои деньги, ввязываясь в немыслимые авантюры. — Пруденс презрительно покачала головой. — Как ему взбрело в голову вложить все до последнего пенса в это фантастическое предприятие? Кто когда-либо слышал о железной дороге в Сахаре?

— Транссахарская железная дорога, — невольно рассмеялась Констанция. — Если бы наше положение не было таким тяжелым, это было бы смешно.

Пруденс не выдержала и против воли рассмеялась вслед за старшей сестрой. Честити пыталась сдержать улыбку, но тщетно. Их мать, леди Дункан, наделила своих дочерей здоровым чувством юмора, которое зачастую проявлялось весьма некстати.

— Не оборачивайтесь, но мои уши уже горят, — небрежно произнесла Честити, беря с тарелки ягодку смородины. — Готова поспорить на что угодно, что нас сейчас горячо обсуждают, если не осуждают.

— Кто? — Пруденс выпрямилась и оглядела зал, близоруко щурясь.

— Недавно появилась Элизабет Армитидж с мужчиной, которого я прежде не видела.

— Интересно, — сказала Констанция. — Новое лицо — это редкость в здешних местах. Где они сидят?

— Позади тебя, но только не оборачивайся. Это будет слишком явно. Я знаю, что она говорит о нас, я почти могу читать по ее губам.

— Она ужасная сплетница, — заметила Пруденс.

— Не вижу ничего ужасного в сплетнях, — отозвалась Констанция. — Я их постоянно пересказываю. — Она указала на газету, все еще лежавшую на столе. — Взгляните на колонку на второй странице, в которой я написала о свадьбе Пэтси Магуайр.

— Это не настоящие сплетни, — возразила Честити, — это светская хроника, в которой нет ничего недоброжелательного. Все любят ее читать.

— Я могла бы написать и что-нибудь недоброжелательное, если бы сочла, что это послужит правому делу, — задумчиво произнесла Констанция. — Мама всегда ратовала за то, чтобы разоблачать людское лицемерие, если это может принести пользу.

— Тогда это уже нельзя было бы назвать просто злобной сплетней, — объявила Честити. — Но мне очень хочется узнать, что о нас говорит Элизабет. Должна заметить, что ее спутник — очень привлекательный мужчина. Слишком привлекательный, чтобы сплетничать с леди Армитидж. Посмотрим, удастся ли мне их смутить.

Она облокотилась на стол, оперлась подбородком на ладонь и направила безмятежный изучающий взгляд в сторону столика, за которым угловатая дама средних лет оживленно беседовала с рослым мужчиной с густыми вьющимися волосами, обрамлявшими высокий лоб.

— Чес, ты невыносима, — сказала Пруденс, но тем не менее полностью скопировала позу сестры и ее безмятежный взгляд.

Констанции, сидевшей спиной к леди Армитидж и ее спутнику, оставалось только набраться терпения и ждать, как будут разворачиваться события.

— Ага, ее проняло. Она принялась рыться в сумочке, — удовлетворенно констатировала Честити. — А он разглядывает окружающих, стараясь не смотреть в нашу сторону. Он проявляет необычайный интерес к тому, что происходит на танцевальной площадке. Может быть, ему нравится танго?

Констанция больше не могла сдерживать любопытство. Она уронила на пол салфетку, наклонилась, чтобы поднять ее, и бросила беглый небрежный взгляд через плечо.

— Вы правы, красивый субъект, — подтвердила она. — И держится с достоинством.

— Немного высокомерен, на мой взгляд, — добавила Пруденс. — Полагаю, мы остановимся около их столика, когда будем уходить?

Констанция кивнула:

— Этого требует обыкновенная вежливость. Элизабет все-таки друг нашей семьи.

Она подняла руку, давая понять официантке, что пора нести счет.

— Но ты не успела рассказать нам о своей идее, — напомнила Пруденс.

— Расскажу, пока мы будем переодеваться к обеду.

Констанция взяла газету и принялась разглаживать рукой страницы, пока Пруденс отсчитывала монетки.

Девушки поднялись одновременно, взяли перчатки, шарфы, сумочки и медленно направились между столиками, обмениваясь с присутствовавшими приветственными улыбками, останавливаясь время от времени, чтобы переброситься с кем-нибудь парой слов. Наконец они приблизились к столику, за которым сидели леди Армитидж и ее таинственный спутник.

— Как поживаете, Элизабет? — вежливо наклонила голову Констанция. — Ужасная погода для середины лета, не правда ли?

— Действительно ужасная. А как вы, мои дорогие? Выглядите великолепно. — Самообладание вернулось к леди Армитидж, и она приветствовала девушек снисходительной улыбкой вдовствующей герцогини. — Я вижу, вы уже перестали носить траур.

— Лиловые и серые цвета нам успели порядком надоесть*, — ответила Констанция. — К тому же мама никогда строго не придерживалась этикета в этом вопросе.

— Это правда. Бедняжка. — Леди Армитидж сочувственно вздохнула, потом, вспомнив о своем спутнике, слегка повернулась в его сторону. — Мои дорогие, позвольте представить вам Макса Энсора. Он только что победил на дополнительных выборах в Саутуолде и прибыл в Лондон, чтобы занять свое место в парламенте. Его сестра — моя близкая подруга. Леди Грэм просто очаровательна, и я уверена, что вы все с ней

---

* Во втором периоде траура вместо черного платья носят серое, лиловое или черное с белым.

знакомы. Мистер Энсор, могу я представить вам высокородных* мисс Дункан.

Джентльмен поднялся со стула, и она жестом указала на сестер.

Он оказался выше, чем думала Констанция. Черный пиджак, черный жилет и серые брюки в полоску выгодно подчеркивали его атлетическое телосложение. Черные слегка подернутые сединой волосы и черные же брови являли необычный контраст с его ярко-синими глазами.

— Я Констанция Дункан, мистер Энсор, — произнесла девушка, — а это мои сестры, Пруденс и Честити. — Она улыбнулась. — Мы, конечно же, знакомы с леди Грэм. Вы пока остановились у нее?

Макс Энсор ответил поклоном одновременно и на приветствие, и на вопрос.

— Пока не найду подходящий дом в Вестминстере**, поближе к зданию парламента, мисс Дункан.

Для его мощного тела голос был удивительно мягким, бархатным и выразительным.

— Да, это очень существенно, — со знанием дела согласилась Констанция. — Вы не можете рисковать пропустить какое-нибудь важное обсуждение или голосование.

— Совершенно верно.

Ему почудилось, что в ее словах, произнесенных самым серьезным тоном, прозвучала ирония. Его взгляд стал настороженным. Она что, подтрунивает над ним? Он решил, что наверняка ошибся; преданность мужчины долгу вряд ли могла являться поводом для насмешки.

— Пожалуйста, садитесь, мистер Энсор, — сказала Честити. — Мы остановились лишь на минутку, чтобы поздороваться с Элизабет. На самом деле нам пора идти.

Джентльмен улыбнулся, но остался стоять. Его взгляд был по-прежнему настороженным.

---

* Титулование детей пэров.

** Район в центральной части Лондона, где находится здание парламента.

— Вы прежде видели эту газету, Элизабет? — спросила Констанция, положив на столик «Леди Мейфэра».

— О, это ужасная гадость! — воскликнула леди Армитидж. — Лорд Армитидж не позволяет держать ее в своем доме. Где вы ее раздобыли?

Хотя губы леди Армитидж были брезгливо поджаты, она с нескрываемым интересом протянула руку к газете.

— В салоне Элис на Риджент-стрит, — с готовностью ответила Честити. — У нее было три экземпляра на продажу.

— А я видела эти газеты у Хелен, — вставила Пруденс, — у нее на витрине выставлена прелестная соломенная шляпка. Я не удержалась и зашла ее померить. Конечно, совершенно непрактично при такой дождливой погоде. А в кассе продавались эти газеты!

— Продавались? — воскликнула леди Армитидж. — Прежде они были бесплатными.

— Мне кажется, газета увеличилась в объеме, — задумчиво произнесла Констанция. — Некоторые статьи оказались по-настоящему интересными. Там есть кое-что о свадьбе Магуайр, вам должно понравиться.

— Право, я... — Леди Армитидж продолжала нерешительно держать в руке газету. — Пожалуй, я бы ее посмотрела.

— Оставьте этот экземпляр себе, — сказала Констанция, сделав небрежный жест рукой, — я ее уже прочитала.

— О, как это мило с вашей стороны, моя дорогая, но я никак не смогу принести ее домой! С Эмброзом случится удар. — Говоря это, она тем не менее старательно складывала газету.

— А вы оставьте ее в комнате для отдыха, когда прочтете, — предложила Пруденс. — Никто и знать не будет, что вы ее читали.

— Ну нет, я разорву ее и выброшу, — объявила Элизабет, проворно засовывая сложенные листки в свою сумочку. — Такая скандальная газетенка.

— Вы правы, — пробормотала Честити со слабой улыбкой. — Заметка о свадьбе Магуайр на второй странице. Увидимся вечером у Бикменов. Насколько я поняла, они пригласили оперную певицу. По-моему, из Милана.

— Да, я буду там. Мой дорогой Армитидж равнодушен к пению, а я так просто обожаю его. Это так чудесно! — Элизабет откашлялась, словно собираясь запеть.

Сестры улыбнулись, вполголоса попрощались с членом парламента от Саутуолда, дружно откланялись и направились к выходу, звонко стуча каблучками по мраморному полу.

— Как мы заработаем деньги, если ты бесплатно раздаешь наши газеты? — возмущенно спросила Пруденс, когда они ждали в гардеробной, пока принесут шляпку и зонт Констанции.

— Это один из способов создать спрос, — резонно возразила Констанция, с унылой гримасой разглядывая пострадавшую от дождя шляпку. — Я так и знала, что перо испорчено. — Она подошла к зеркалу и принялась закреплять шляпку булавками. — Может быть, я не буду выбрасывать шляпку, а просто заменю перо. Что ты думаешь об этом, Пру?

Этот вопрос вывел Пруденс из задумчивости. Она была большой модницей и обладала хорошим вкусом.

— Сюда подойдут шелковые цветы, — объявила она. — Я видела очень красивые у Хелен. Завтра мы сходим к ней, заодно и узнаем, удалось ли продать хотя бы несколько газет.

— Итак, что вы думаете об этом достопочтенном* джентльмене? — сделав легкое ударение на титуле, спросила Констанция, когда они вышли на Пиккадилли.

Дождь к этому времени уже закончился, и мокрые тротуары поблескивали в слабых лучах заходящего солнца.

— Держится, несомненно, с большим достоинством. Вполне возможно, что довольно напыщен, — ответила Честити. — Поскольку он брат Летиции Грэм, нам наверняка предстоит еще не раз встретиться с ним.

— М-да, — пробормотала Констанция, оглядывая улицу в поисках кеба.

Она подняла зонтик, и через несколько мгновений к ним с шумом подкатил экипаж. От лошадей валил пар, летний воздух был душным и влажным.

---

* Официальное титулование членов парламента.

— Манчестер-сквер, номер десять, пожалуйста, — сказала Констанция кучеру, потом села в экипаж, и сестры последовали за ней.

Если Пруденс и Честити и заметили, что их сестра не спешит поделиться своими впечатлениями о Максе Энсоре, то сочли за лучшее промолчать.

Макс Энсор проводил сестер Дункан задумчивым взглядом. Теперь он уже не сомневался, что высмеяли не только его, но и Элизабет Армитидж. Ему было интересно, заметила ли это Элизабет. Почему-то он в этом сомневался. Ирония была такой тонкой, что он сам едва уловил ее. Просто легкая интонация в голосе и вспыхивавший временами в глазах огонек.

Хорошенькая троица. У всех рыжие волосы, но разных оттенков — желто-коричневатые цвета осенних листьев, красновато-коричневые цвета корицы и, наконец, огненно-рыжие у той из сестер, которая, на его взгляд, была самой младшей. И у всех зеленые глаза, хотя тоже разных оттенков. Он решил, что самая старшая, Констанция, с волосами цвета осенних листьев и темно-зелеными глазами, выглядела наиболее эффектно, хотя ему могло только показаться так, потому что она была выше остальных. Как бы там ни было, но эта троица его заинтриговала.

— Это дочери лорда Дункана? — поинтересовался он.

— Да, их мать умерла около трех лет назад. — Элизабет сочувственно вздохнула. — Бедняжки так переживали. Им всем уже пора быть замужем. Констанции не меньше двадцати восьми, и я знаю, что ей не раз делали предложения. — Она чуть нахмурилась, и между ее аккуратно выщипанными бровями появилась морщинка. — На самом деле, помнится, несколько лет назад был один молодой человек... там произошла какая-то ужасная трагедия. По-моему, его убили на войне... в Мафекинге или в каком-то другом из этих труднопроизносимых мест. — Элизабет неодобрительно покачала головой, небрежно отметая прочь весь африканский континент с его проблемами. — Что касается Честити, ей, должно быть, двадцать шесть, и у нее бесчисленное множество поклонников. — Она слегка подалась вперед и понизила голос до заговорщического шепота: — Но они очень тяжело переживали смерть матери, бедняжки. — Леди Армитидж сочувственно прищелкнула языком. — Это произошло так неожиданно. Буквально за несколько недель. Рак, — добавила Элизабет. — Просто сгорела как свечка. — Она снова покачала головой и откусила кусочек пирожного с фундуком и кремом.

Макс Энсор задумчиво пил чай.

— Я немного знаком с бароном. Он бывает почти на всех заседаниях палаты лордов.

— О, у лорда Дункана очень развито чувство долга, не сомневаюсь. Чудесный человек, просто чудесный. Но у меня есть подозрение, что он далеко не образцовый отец. — Элизабет изящно промокнула салфеткой накрашенные губки. — Ему следовало настоять на том, чтобы они вышли замуж, во всяком случае, хотя бы Констанция и Честити. Не может же он иметь в семье трех старых дев! Пруденс — немножко другое дело. Я уверена, что она предпочтет остаться с отцом и ухаживать за ним. Очень благоразумная девушка... Обидно, что ей приходится носить очки. Женщины в очках выглядят такими скучными!

«Скучная» не совсем тот эпитет, который Макс Энсор даже после первой встречи употребил бы по отношению к какой-либо из сестер Дункан. И насколько он успел разглядеть, за стеклами очков мисс Пруденс скрывались очень светлые и очень живые зеленые глаза.

Он уклончиво кивнул и попросил:

— Можно посмотреть ту газету, мадам?

— Это просто скандальный бульварный листок. — Элизабет снова открыла сумочку и понизила голос: — На самом деле все ее читают, просто никто не признается. Уверена, что даже Летиция иногда просматривает ее. — Она украдкой передала ему сложенные листки.

Макс Энсор сомневался, что его сестра Летиция читает что-либо, кроме меню, которое по утрам приносит ее кухарка, но оставил эти мысли при себе и развернул страницы.

Газета была напечатана профессионально, хотя он сомневался, что она вышла из-под большого типографского пресса. Бумага тонкая и дешевая, а оформление не отличалось художественностью исполнения. Он взглянул на оглавление на левой стороне первой страницы. Его брови изумленно поползли вверх. В списке статей значились два политических обозрения: первое — на тему лицензирования продажи спиртных напитков, второе посвящалось закону об ограничении скорости автомобилей до двадцати пяти миль в час. Вряд ли эти статьи могли вызвать интерес у светских дам вроде Элизабет Армитидж или Летиции Грэм, но тем не менее громкое название «Леди Мейфэра» указывало на то, что газета рассчитана именно на них.

Его взгляд натолкнулся на текст, напечатанный более крупным и жирным шрифтом, чем остальная страница. Бросался в глаза обведенный в рамку заголовок в форме одновременно и утверждения, и вопроса: «Женщины-налогоплательщицы требуют права голоса. Предоставит ли правительство либералов женщинам-налогоплательщицам право голоса?»

— Похоже, редакция претендует на большее, они не ограничиваются светскими сплетнями и новостями моды, — заметил Макс Энсор, постучав пальцем по заголовку.

— А, это! Они все время что-то пишут про суфражисток, — сказала Элизабет. — Такая скука! Но в каждом номере на первой странице обязательно присутствует что-нибудь подобное. Я на это не обращаю внимания, как и большинство читательниц.

Макс нахмурился. Кто все-таки издает эту газету? Возможно, она действительно принадлежит суфражисткам, которые вечно мутят воду, с каждым днем становясь все многочисленнее и настойчивее и забрасывая правительство требованиями дать им право голоса? Остальные заголовки были более привычными для дамского издания: статья об американском художнике Чарлзе Дана Гибсоне* и его идеализированных изображениях совершенной женщины, заметка о великосветской свадьбе, включающая список присутствовавших, расписание предстоящих светских мероприятий. Макс бросил небрежный взгляд на статью о Гибсоне, потом недоумевающе поднял брови и принялся внимательно читать. Он рассчитывал найти в статье настойчивые рекомендации придерживаться гибсоновских стандартов, чтобы добиться совершенства, а вместо этого столкнулся с умной и беспощадной критикой женского стремления слепо следовать веяниям моды, которую почти всегда диктуют мужчины.

Макс оторвался от газеты:

— Кто это пишет?

— Никто не знает, — отозвалась Элизабет, протягивая руку, чтобы снова завладеть своим ценным трофеем. — Это и делает ее такой интересной. Газета существует не меньше десяти лет. На какое-то время она пропала, но недавно опять появилась, увеличившись в объеме. — Она снова сложила листки. — Досадно, что теперь ее нужно покупать. Раньше экземпляры лежали бесплатно в гардеробных, фойе, приемных. Но тогда в ней было меньше интересных статей. Прежде там печатали в основном скучные политические обозрения. Право голоса для женщин, закон о собственности и тому подобное. Я ничего в этом не понимаю. Пусть мой дорогой Эмброз с этим разбирается. — Она хихикнула и убрала газету в сумочку. — Это совсем неподходящий для дам предмет.

— Совершенно с вами согласен, — кивнул Макс Энсор. — В мире достаточно проблем и без того, чтобы женщины вмешивались в дела, которые их не касаются.

— Именно так и говорит мой дорогой Эмброз.

Элизабет с самодовольной улыбкой подняла руки и поправила шляпку из черной тафты, украшенную белыми пе-

* Знаменит стилизованными изображениями хорошеньких девушек с осиными талиями в пышных платьях и больших шляпах; были популярны в 1890—1900 годах.

рьями. Она взглянула на приколотые к груди маленькие часики, отделанные эмалью, и воскликнула:

— О, Боже мой, как быстро пролетело время! Мне действительно пора идти. Чудесный чай. Большое вам спасибо, мистер Энсор.

— Это я должен благодарить вас за доставленное удовольствие, леди Армитидж. Надеюсь увидеть вас сегодня вечером у Бикменов. Летиция потребовала, чтобы я ее сопровождал. — Он встал, поклонился и подал ей перчатки.

— Вечер будет чудесный, я уверена, — объявила Элизабет, натягивая перчатки. — И вообще в Лондоне сейчас так чудесно, вы не находите?

— Да, действительно чудесно, — согласился Макс.

Он продолжал стоять, пока она не покинула зал, потом потребовал счет, попутно размышляя над тем, что прилагательное «чудесный» является наверняка самым часто используемым в настоящий момент у светских дам. Летиция описывала с его помощью все подряд, начиная от бантов в волосах своей дочурки до угля в камине. А уж сколько раз он услышал это слово из уст Элизабет Армитидж за последний час, невозможно было сосчитать.

Однако он мог поклясться, что ни одна из высокородных сестер Дункан ни разу не употребила его при нем.

Женщины-налогоплательщицы требуют права голоса!

«Небезынтересно было бы узнать, кто стоит за этой газетой», — размышлял Макс, беря в руки шляпу. Правительство делало все возможное, чтобы уменьшить влияние группы упрямых фанатичек и нескольких примкнувших к ним безрассудных мужчин, боровшихся за женские права. Но контролировать движение, ушедшее в подполье, было очень сложно, а настоящих зачинщиков невероятно трудно выявить. Эта газета, предназначавшаяся представительницам высшего света, вела настоящую подрывную деятельность. Определенно в интересах правительства поприжать ее издателей. Для этого существует достаточно способов, главное —

узнать, кто является издателями и авторами. Насколько трудно будет их найти?

Макс Энсор вышел на улицу и направился к Вестминстеру, тихонько насвистывая сквозь зубы.

Глава 2

— Итак, что ты там придумала, Кон? — спросила Пруденс.

Она разлила вино из хрустального графина в три бокала, два из них передала сестрам, а сама устроилась около зеркала. Окна в ее спальне были распахнуты, пропуская в комнату легкий ветерок, разгонявший влажную духоту долгого летнего вечера. Из маленького садика на противоположной стороне улицы доносились крики детей и удары крокетной биты о мяч.

Констанция штопала порванную кружевную оторочку своих вечерних перчаток. Сделав несколько заключительных крохотных стежков на кремовом шелке, она закрепила нитку, откусила ее и только после этого заговорила.

— Ну что ж, сгодится, — пробормотала она, разглядывая перчатку на свет. — Да, эти перчатки видели лучшие дни.

— Можешь одолжить мою запасную пару, — предложила Честити. Она примостилась на потертой бархатной подушке в оконной нише. — Они мамины, так что можно считать, что они общие.

Констанция покачала головой:

— Спасибо, но я думаю, эти продержатся еще несколько выходов. — Она положила перчатки рядом с собой на покрывало кровати. — Итак, помните, я говорила о карточках, которые прикрепляют к витринам газетных киосков? Объявления о том, что кто-то продает щенков или мебель...

Пруденс повернулась на вращающемся стуле, держа в руках пуховку.

— Ну и?.. — заинтересовалась она.

— Сегодня утром я заходила в два газетных киоска на Бейкер-стрит, и в обоих на дверях были прикреплены карточки. Не обычные объявления, а предложения о знакомстве.

Честити наморщила лоб:

— Что-то я не понимаю, о чем ты.

— На одной карточке было написано, что мужчина хочет познакомиться с женщиной, предпочтительно вдовой, около сорока лет, возможно с детьми. С женщиной, которая ищет спутника жизни, способного обеспечить ее старость, и готова в обмен на это вести хозяйство и следить за его удобствами... Уж не знаю, какие удобства имелись в виду, — с улыбкой добавила она. — Ну так вот, — продолжала она, видя, что сестры все еще находятся в недоумении, — а на другой карточке в другом киоске...

— Ой, я знаю, — перебила ее Честити. — Женщина, подходящая под описание, тоже ищет спутника жизни.

— Совершенно верно. — Констанция сделала глоток. — Разумеется, я не устояла. Два разных объявления в двух разных киосках, и никогда эти родственные души не встретятся, если кто-нибудь не вмешается.

— И что ты сделала? — поинтересовалась Пруденс, припудривая переносицу, на которой виднелись следы от очков.

— Скопировала объявления и повесила рядом, так что теперь на обоих киосках висят оба объявления. Когда люди, писавшие их, придут проверить, нет ли ответа, они увидят обе карточки. — Она засмеялась. — А уж дальнейшее в их руках, полагаю.

— Согласна, ты сделала доброе дело, — сказала Пруденс. — Но не понимаю, какое это имеет отношение к нашим денежным затруднениям.

— А вам не кажется, что люди согласятся заплатить за то, что им найдут подходящих партнеров? — Констанция перевела взгляд с одной сестры на другую, следя за их реакцией.

— Ты предлагаешь нам выступить в роли свах? — Честити скрестила ноги.

Констанция пожала плечами:

— Пожалуй, но я бы сказала — в роли посредников. Кого-то, кто организует встречи, передает послания.

— И мы будем брать за это деньги? — Пруденс скрутила жгутом свои длинные каштановые волосы и уложила их узлом на затылке.

— Ну да! Я думаю дать объявление в «Леди Мейфэра», абонировать почтовый ящик для писем, чтобы сохранить анонимность...

— В том числе и нашу собственную, — вставила Честити, направляясь к Пруденс, чтобы помочь ей заколоть волосы.

— Да, разумеется.

— Идея, безусловно, оригинальная, — задумчиво сказала Пруденс, подавая сестре черепаховые шпильки. — Я за то, чтобы попробовать.

— Я тоже, — поддержала Честити. — Завтра отнесу в типографию следующий номер и помещу объявление на последней странице. Что ты об этом думаешь?

Она высвободила один вьющийся локон из сложной прически на голове сестры и, отступив на шаг, критически разглядывала в зеркале творение своих рук.

— Я бы поместила это объявление на первой странице, — сказала Констанция. — По крайней мере первые два раза, чтобы привлечь побольше внимания. Как назовем наши «передряги»? Нужно придумать что-нибудь бросающееся в глаза. — Она задумчиво нахмурилась, постукивая пальчиком по губам.

— А почему бы так и не назвать — «Посредник»? — спросила Честити. — Ведь мы и предлагаем посредничество?

— Почему бы и нет? Что ты об этом думаешь, Пру?

— Мне нравится. — Пруденс повернула голову в одну сторону, потом в другую, стараясь получше рассмотреть результаты усилий сестры. — Чес, до чего же ты ловко управляешься с волосами!

— Может быть, мне стоит открыть салон, — улыбнулась Честити. — Где щипцы для волос? Неплохо бы подкрутить пару локонов.

— Ой, они у меня. — Констанция поднялась с места. — В моей комнате. Сейчас принесу.

Она направилась к двери, но по дороге задержалась у большого зеркала и оглядела себя придирчивым взглядом. Ее вечернее платье из кремового шифона спадало вниз изящными складками, из-под подола выглядывали лайковые туфельки цвета бронзы. Низкий вырез, отделанный кружевом кофейного цвета, оставлял обнаженными плечи; широкая атласная лента того же цвета охватывала тонкую талию, не нуждавшуюся в корсете.

— Лента и кружева совершенно преобразили это платье, — заметила Констанция. — Я сама не узнала бы его, а ведь ношу уже третий сезон.

— Ты всегда выглядишь элегантно, что бы ни надела, — отозвалась Честити. — Даже если ты вырядишься в лохмотья, вслед тебе будут оборачиваться.

— Какая неприкрытая лесть! — усмехнулась Констанция и выскользнула из комнаты, отправившись на поиски щипцов.

— Это чистая правда, — возразила Честити.

— Конечно, но очарование Кон отчасти и заключается в том, что она этого не замечает. Стоит ей одеться и закончить туалет, как она больше уже не смотрится в зеркало в течение всего вечера. — Пруденс надела очки и принялась внимательно изучать свое отражение. Потом она облизнула пальчик и старательно разгладила им брови. — Интересно, будет ли сегодня у Бикменов Макс Энсор.

— Чем это он так заинтересовал тебя? — полюбопытствовала Честити, знавшая, что сестра никогда и ничего не говорит просто так.

— Ну, — пожала плечами Пруденс, — Кон необычайно хороша сегодня.

— Уж не думаешь ли ты, что он ей понравился?

— Почему бы и нет? Он очень привлекательный мужчина. Признайся, эти темные с проседью волосы и синие глаза приковывают внимание.

— Возможно, но после смерти Дугласа Кон не интересовалась всерьез ни одним мужчиной. Она может немного по-кокетничать, но не более того. — Честити нахмурилась, ее лицо омрачила печаль, отразившаяся и в глазах ее сестры.

— Не может же она оплакивать его вечно, — помолчав немного, сказала Пруденс. — Конечно, она и виду не подает, но часто думает о нем. И до сих пор считает, что ни один мужчина не может сравниться с Дугласом.

— Глядя на знакомых мужчин, я готова согласиться с ней, — с неожиданным ехидством отозвалась Честити.

Пруденс негромко рассмеялась:

— Не буду спорить. Тем не менее сегодня днем, когда мы встретили мистера Энсора, мне показалось, будто Кон слегка оживилась.

— О, это оттого, что ей нравится поддразнивать Элизабет Армитидж.

— Возможно, — согласилась Пруденс, но взгляд ее по-прежнему оставался озабоченным. — Милая Элизабет, такая чудесная женщина!

Она так похоже передала интонации леди Армитидж, что Честити расхохоталась.

— Папа ужинает сегодня дома? — решив переменить тему, спросила она. — Уверена, что у Бикменов мы его не увидим. Оперные певицы несколько не в его вкусе.

— Полагаю, ты имела в виду тех, которые выступают на званых вечерах. — Пруденс кивнула с понимающим видом. — Я уверена, что это не относится к представительницам более легкого жанра.

В ответ на это едкое замечание Честити лишь приподняла брови.

— Он такой, каков есть, — примирительно сказала она.

— Кто? — поинтересовалась Констанция, входя в комнату с щипцами в руках. — А, вы имели в виду папу.

— Пру обвиняет его в том, что он увивается вокруг певичек.

— Не сомневаюсь, что это так. Но мама не стала бы на него обижаться, в конце концов, он вдовеет уже три года.

Она положила щипцы на специальную подставку в камине. Небольшой огонь был разведен для того, чтобы нагревать щипцы, но он также боролся с сыростью, пропитавшей воздух после дневного ливня.

— Я не обижаюсь, но во что все это обходится? — ядовито поинтересовалась Пруденс. — Мы ходим в старых платьях, а какая-то певичка, или как там ее лучше назвать, обвешивает себя драгоценностями и одевается по последней моде.

— Да будет тебе, Пру, — попыталась урезонить ее Честити. — Ты не можешь знать этого наверняка.

— Ты думаешь? — мрачно отозвалась сестра. — На днях я видела счет за флакон духов от «Уорта». Что-то не припомню, чтобы кто-нибудь из нас пользовался этими духами.

— Спроси его об этом за ужином, если, конечно, он будет ужинать дома, — предложила Констанция. — Посмотрим, что он скажет.

— Ну нет, только не я. — Пруденс решительно покачала головой. — Я не собираюсь провоцировать очередную сцену. Вы сами знаете, в какую он придет ярость, если узнает, что я просматривала его счета.

— Меня его крики не очень беспокоят. — Честити сняла с огня раскаленные щипцы и принялась завивать локон на голове сестры. В воздухе запахло палеными волосами. — Я не выношу другого — когда он с печальным упреком начинает говорить о «вашей дорогой матушке», как ей никогда в голову не пришло бы подозревать его в чем-либо, не говоря уже о том, чтобы следить за его расходами.

Она положила щипцы на подставку.

— Верно, — согласилась Пруденс. — Если хочешь, Кон, можешь сама спросить у него. Только не рассчитывай на мою поддержку. Он не возражает, чтобы я следила за хозяйственными расходами, но лезть в его личные дела? Ну, нет!

— Я буду нема как могила, — заверила ее Констанция. — Вы готовы? — Она направилась к двери.

Когда девушки спускались по широкой закругленной лестнице в холл с мраморным полом, откуда-то из тени появилась статная фигура их дворецкого Дженкинса. Казалось, он поджидал их.

— Мисс Пру, можно вас на несколько слов?

Он шагнул назад в тень под лестницей.

— Да, конечно.

Все трое направились к нему.

— Что-нибудь случилось, Дженкинс? — спросила Констанция.

— Это все по поводу вина на сегодняшний вечер.

Дженкинс расстроенно теребил свой острый подбородок. Он был высоким, очень худым мужчиной. Бледное лицо, черная одежда и окутывавшая дворецкого тень делали его похожим на призрак.

— Лорд Дункан заказал на сегодня к обеду две бутылки «Сент-Эстеф» девяносто четвертого года.

— И конечно, в погребе такого вина нет. — Констанция вздохнула.

— Вот именно, мисс Кон. Это вино закончилось еще несколько месяцев назад, и лорд Дункан велел мне заказать новую партию... — Дженкинс беспомощно развел руками. — Но сейчас цена одного ящика просто астрономическая, мисс. Когда лорд Дункан покупал прошлую партию, вино было совсем недорогим, но после того, как оно вылежалось, цена на него очень поднялась. — Он скорбно покачал головой. — Я даже не стал заказывать его у Харпера. Надеялся, что его светлость забудет о нем.

— Несбыточная надежда, — заметила Констанция, — у отца прекрасная память.

— Может быть, подменить вино? Налить какое-нибудь другое в графин, чтобы он не видел этикетки, — спросила

Честити и тут же сама ответила на свой вопрос: — Нет, конечно же, нет. Он сразу заметит.

— Почему бы не сказать ему, что у Харпера не оказалось нужного вина, но вы забыли упомянуть об этом? — предложила Пруденс. — Какое вино вы можете подать сегодня вечером, которое могло бы его устроить?

— Я достал две бутылки кларета девяносто восьмого года, он прекрасно подойдет к фрикасе из курицы, которое приготовила миссис Хадсон, — сказал Дженкинс. — Но я не хотел даже заикаться об этом его светлости, предварительно не переговорив с вами.

— Кто предупрежден, тот вооружен, — с лукавой гримаской произнесла Констанция. — Мы сами с ним поговорим. Скажем, что вы это уже обсуждали с нами.

— Спасибо, мисс Кон, — поблагодарил Дженкинс с явным облегчением. — По-моему, его светлость уже в гостиной.

Сестры вышли из-под лестницы, пересекли холл и направились к большим двойным дверям, ведущим в гостиную, расположенную в дальней части дома. Это была восхитительная комната, которую не портили даже потертые ковры на дубовом паркете, выцветшая обивка мебели и лоснящиеся пятна на тяжелых бархатных портьерах.

Большие окна, выходившие на широкую террасу с низким каменным парапетом, были открыты. Терраса тянулась вдоль всего дома, за ней располагался небольшой аккуратный садик с цветами, все еще усеянными блестящими переливающимися капельками дождя. Красная кирпичная стена, окружавшая садик, казалась теплой и розовой в лучах заходящего солнца. Городской шум едва доносился из-за стены.

Лорд Дункан, заложив руки за спину, стоял возле камина, украшенного мраморными колоннами. Как всегда, одет он был безупречно: его жилет, сорочка и высокий накрахмаленный воротничок с галстуком, подпиравшим несколько тяжеловатый подбородок, сверкали ослепительной белизной. Он приветствовал дочерей улыбкой и вежливым наклоном головы:

— Добрый вечер, мои дорогие. Сегодня я решил пообедать дома. Может быть, выпьем чего-нибудь на террасе? Вечер такой приятный, особенно после дождя.

— Я попала под дождь, — сказала Констанция, поцеловала отца в щеку и уступила место сестрам. — Промокла насквозь, пока добиралась до «Фортнума».

— Вы пили там чай? — поинтересовался Артур Дункан с ласковой улыбкой. — Уверен, что ели пирожные с кремом.

— О, это Чес их ела, — ответила Констанция.

— И Пру тоже! — воскликнула Честити. — Не одна я такая сластена.

— Вы сегодня прекрасно выглядите, — объявил отец, направляясь к открытым стеклянным дверям, ведущим на террасу.

В комнату вошел дворецкий и вопросительно посмотрел на Констанцию.

— Мы встретили в холле Дженкинса, — быстро заговорила она. — Он очень нервничал, так как забыл сказать тебе, что у Харпера больше нет того вина, которое ты заказал на сегодняшний вечер.

Пруденс вышла на террасу вслед за отцом.

— Дженкинс предложил взамен кларет девяносто восьмого года, — сказала она. — Он очень подойдет к фрикасе из курицы, которое приготовила миссис Хадсон.

На лице лорда Дункана появилось страдальческое выражение.

— Какая досада! «Сент-Эстеф» этого урожая был особенно удачным. — Он повернулся к Дженкинсу, следовавшему за ним, держа в руках серебряный поднос с графином и бокалами: — Надеюсь, Дженкинс, вы сказали Харперу, чтобы он прислал нам как можно быстрее какого-нибудь приличного вина.

— Конечно, милорд. Но он очень сомневался, что сможет быстро найти что-либо подходящее.

Лорд Дункан взял с подноса бокал и, нахмурившись, уставился на украшавшую парапет каменную вазу, заполненную яркими петуниями. Последовало молчание, во время которого все присутствовавшие, кроме лорда Дункана, затаили дыхание. Наконец он поднес бокал к губам и пробормотал:

— Ну что ж, испытания посылаются нам свыше. Итак, что вы планируете делать сегодня, девочки?

Похоже, самое худшее удалось предотвратить. Дженкинс вернулся в дом, а дочери лорда Дункана с облегчением вздохнули.

— Мы едем на музыкальный вечер к Бикменам, — сообщила Честити. — Они пригласили оперную певицу.

— Неужели, папа, ты захочешь сопровождать нас? — с лукавым блеском в глазах спросила Констанция.

— Не дай Бог! Это не для меня. — Лорд Дункан осушил свой бокал. — Нет уж, я, как обычно, отправлюсь в свой клуб. Поиграю в бридж... — Внезапно недовольно нахмурившись, он окинул взглядом дочерей. Похоже было, что он все еще не мог смириться с отсутствием своего любимого вина. — Удивляюсь, почему ни одна из вас до сих пор не вышла замуж, — пробурчал он.

— Может быть, вся беда в потенциальных женихах, — с мягкой улыбкой сказала Констанция.

Что-то в ее тоне и улыбке заставило отца нахмуриться еще больше. Он вспомнил о безвременной кончине лорда Дугласа Спендера. Он не любил, когда ему напоминали о неприятных вещах, да и Констанция никогда не выказывала чрезмерного горя в связи с потерей жениха... во всяком случае, не в его присутствии. Но он был достаточно умен, чтобы понять, что его только что поставили на место за бестактное замечание.

— Разумеется, это ваше дело, — откашлявшись, ворчливо произнес он. — Пойдемте к столу.

Обед прошел без осложнений. Лорд Дункан пил кларет без возражений и сделал только одно замечание по поводу скромного выбора сыров, которые подали перед десертом.

— Дженкинс, попросите Кобема подать экипаж через полчаса, — сказала Констанция, поднимаясь вместе с сестрами из-за стола, чтобы оставить отца наедине с кларетом и сигарой.

— Слушаюсь, мисс Констанция, — ответил Дженкинс, наполняя бокал его светлости.

— Да, совсем забыл вам сказать. Я собираюсь купить автомобиль, — объявил лорд Дункан. — Довольно этих карет и лошадей. На автомобиле мы сможем доехать из города до Ромзи-Мэнор менее чем за четыре часа. Только подумайте!

— Автомобиль! — воскликнула Пру. — Папа, ты, наверное, шутишь!

— А почему бы и нет? — спросил он. — Надо идти в ногу со временем, моя дорогая Пруденс. Через несколько лет у всех будут автомобили.

— Но он очень дорого стоит... — Она запнулась, увидев, что лицо отца заливается краской.

— А какое вам до этого дело, мисс?

— Да нет, никакого, — с беспечным видом ответила Пруденс. — Ну и как вам это нравится? — прошипела она сквозь зубы, выходя вместе с сестрами из столовой. — Он невыносим! Он же знает, что у нас нет денег, — гневно продолжала она вполголоса, когда они очутились в холле.

— Не уверена, что он об этом знает, — возразила Честити. — После смерти мамы он совсем потерял связь с реальностью.

— В настоящий момент мы никак не можем этому помешать, — сказала Констанция. — Отец всегда долго раскачивается, прежде чем что-нибудь предпринять, так что лучше подождать. — Она поспешно направилась к лестнице. — Идемте, не то прозеваем выступление певицы.

Пруденс с мрачным выражением лица стала подниматься по лестнице следом за ней. Они взяли свои вечерние накидки и снова спустились в холл, где Дженкинс уже ждал их возле открытых дверей. Несколько стертых ступеней вели от дома к тротуару, возле которого стояла четырехместная коляска. Пожилой кучер поджидал их, беспечно насвистывая что-то сквозь зубы.

— Добрый вечер, Кобем, — улыбнулась ему Честити, когда он подал ей руку, чтобы помочь взобраться в экипаж. — Мы едем к Бикменам.

— Хорошо, мисс Чес. Добрый вечер, леди, — проговорил он, приветствуя Констанцию и Пруденс, которые следом за Честити уселись в коляску.

— Вы слышали о том, что лорд Дункан собирается купить автомобиль? — спросила Констанция, когда он немного неуклюже взобрался на козлы.

— Да, мисс, он говорил что-то на днях, когда я вез его в клуб. Боюсь, из меня выйдет плохой шофер. Я уже слишком стар, чтобы обучаться новым трюкам... да и не люблю я все эти новомодные машины. И что станется с лошадьми? Отправим их пастись на травку? А меня на свалку? — добавил он ворчливо.

— Если он снова заговорит об этом, постарайтесь убедить его, что это не очень хорошая мысль, — сказала Пруденс.

Кобем кивнул и взмахнул хлыстом.

— Дорогое удовольствие все эти машины, — заметил он.

Дом Бикменов на Гросвенор-сквер был ярко освещен как изнутри, так и снаружи. Ливрейный лакей, стоявший на мостовой, регулировал движение, а трое его помощников держали в руках фонари, чтобы освещать гостям лестницу и входную дверь.

Поднимаясь по ступенькам, девушки услышали за спиной знакомый бархатный голос:

— Неужели это высокородные мисс Дункан? Как приятно снова встретиться с вами!

Констанция обернулась первой и неожиданно осознала, что отреагировала на приветствие с большей живостью, чем обычно. Она спряталась за холодной улыбкой и ответила небрежным кивком:

— Рада видеть вас, мистер Энсор. — С несвойственным ей энтузиазмом Констанция переключила свое внимание на его сестру, стоявшую рядом с ним: — Летиция, ты выглядишь замечательно. Очень элегантное платье — это Пакен? Золотая отделка в ее стиле. Мы не виделись уже несколько недель. Ты уезжала из города?

— Да, Берти настоял, чтобы мы сами забрали Памелу из Кента. Она провела несколько недель в деревне, но ей там довольно быстро надоело. С детьми всегда так. — Леди Грэм улыбнулась с умилением. — Ее гувернантка с ума сходит, не зная, как с ней справиться.

Констанция с деланным сочувствием кивнула, хотя ее выразительные брови, часто выдававшие подлинные чувства девушки, слегка приподнялись. Она улыбнулась, стараясь скрыть свою оплошность, и продолжила подниматься по лестнице.

Они вошли в холл, украшенный величественными колоннами.

— Позвольте, я помогу вам снять накидку.

Макс Энсор со спокойной уверенностью протянул руку, чтобы расстегнуть застежку на ее шелковой накидке.

— Благодарю вас.

Констанция пришла в замешательство. Мужчины обычно не позволяли себе таких вольностей без просьбы со стороны дамы. Она заметила, что Летиция не обращает на них внимания, поглощенная оживленной беседой с Пруденс и Честити.

Макс улыбнулся, перекинул накидку Констанции через руку и оглянулся по сторонам в поисках лакея, который должен был забрать ее у него.

— У меня сложилось впечатление, что вы не одобряете отношение моей племянницы к своей гувернантке, — заметил он после того, как избавился от собственного черного плаща, подбитого ярко-красным шелком.

— Это все мои предательские брови, — с театральным вздохом сказала Констанция, и он рассмеялся:

— Они действительно очень выразительные.

Констанция пожала плечами:

— Меня волнует проблема женского образования. Не понимаю, почему от девочек не требуют, чтобы они учились так же хорошо, как и мальчики.

В синих глазах Макса Энсора блеснул задорный огонек. Он что, смеется над ней? Констанция разозлилась и заговорила резче, чем это допускалось правилами хорошего тона:

— Могу лишь предположить, что у вашей племянницы плохая гувернантка. Она или не умеет сделать занятия интересными, или не может заставить свою воспитанницу слушать ее.

— Боюсь, что винить следует мать Памелы. — Глаза Макса все еще смеялись, но голос был совершенно серьезным. — Она не желает, чтобы ее дочь приучали к дисциплине. Если что-нибудь не нравится Пэмми, Пэмми может этого не делать.

Констанция внимательно посмотрела на него. Его губы поджались, а лукавая усмешка в глазах сменилась неодобрением.

— Вы не любите свою племянницу?

— Напротив, я ее обожаю. Она не виновата, что ее так избаловали. Малышке всего шесть лет, и я надеюсь, что с годами это у нее пройдет.

Он говорил с уверенностью, свидетельствовавшей о жизненном опыте. Констанция почувствовала, что ее враждебность улетучилась и уступила место любопытству.

— А у вас есть дети, мистер Энсор?

Он покачал головой с таким видом, будто вопрос был совершенно нелепым:

— Нет, у меня нет даже жены, мисс Дункан.

— Вот как!

«Сколько же ему лет?» — подумала Констанция. Она украдкой разглядывала его, пока они стояли в дверях большого, ярко освещенного зала в ожидании, когда дворецкий объявит об их прибытии.

На вид ему было под сорок, может быть, чуть больше. В любом случае он был немного староват для того, чтобы начинать парламентскую карьеру. И в таком возрасте ему полагалось иметь жену и полный дом детишек. Может быть, он уже был женат? Или у него была незаконная роковая связь, завершившаяся трагическим разочарованием? Констанция отбросила эту мысль, сочтя ее романтическим вздором.

— Высокородная мисс Дункан... достопочтенный мистер Макс Энсор, — объявил наконец дворецкий.

Они подошли поздороваться с хозяйкой дома, которая окинула Макса Энсора острым оценивающим взглядом. У нее было две дочери на выданье, и каждый вновь появившийся мужчина рассматривался как потенциальный кандидат в мужья. Незамужней Констанции, являвшейся возможной соперницей, она просто кивнула. Затем она стала со светской непринужденностью забрасывать вопросами Макса Энсора.

Констанция, хорошо знавшая обычную тактику Арабеллы Бикмен, вежливо улыбнулась и прошла в зал, чтобы поздороваться с друзьями и знакомыми. Она взяла фужер с шампанским с подноса, который проносили мимо, и стала наблюдать за Максом Энсором. К ее изумлению, он ухитрился через пять минут отделаться от назойливой хозяйки. Это был своеобразный рекорд для светского общества.

Он огляделся по сторонам и, увидев Констанцию, направился прямо к ней. Девушка смутилась, подумав, что он, вероятно, заметил ее заинтересованный взгляд, и поспешно заговорила с долговязым юношей, который из-за своей робости и прыщей на лице старался держаться в тени на подобных мероприятиях.

— Я чувствую себя, как после допроса с пристрастием, — сказал Макс Энсор, приблизившись к Констанции. — О, у вас кончилось шампанское. — Он взял фужер из ее внезапно сделавшихся ватными пальцев и с холодной улыбкой вручил его юноше: — Вам следует всегда следить за тем, чтобы у вашей партнерши было все, что ей нужно. Принесите мисс Дункан еще шампанского.

Констанция хотела была запротестовать, но юноша, запинаясь, пробормотал извинения и поспешил прочь с ее фужером.

— Я не хочу больше шампанского, — сказала она, даже не пытаясь скрыть своего раздражения.

— Чепуха, — беспечно ответил он. — Конечно, хотите. И в любом случае как еще я мог избавить вас от вашего собеседника?

— А вам не пришло в голову, что я не желала от него избавляться? — ехидно поинтересовалась она.

Его изогнутые черные брови недоверчиво поползли вверх.

— Да полно вам, мисс Дункан.

Несмотря на свое раздражение, Констанция не выдержала и рассмеялась:

— Бедный мальчик так застенчив, что поговорить с ним — это просто акт милосердия. Вы поняли, что Арабелла Бикмен интересовалась вами?

— Я заподозрил что-то подобное.

— А вы собираетесь подыскать себе жену? — не удержавшись, спросила девушка.

Он взял с подноса, предложенного лакеем, два фужера с шампанским и подал один Констанции. Краем глаза Макс заметил долговязого юношу, который с растерянным видом остановился в нескольких метрах от них, держа в руках наполненный фужер.

— Я об этом как-то не задумывался, — наконец ответил он. — А у вас есть намерение подыскать себе мужа, мисс Дункан?

— Надо полагать, один нескромный вопрос заслуживает другого, — поколебавшись, заметила она.

— А честный ответ заслуживает такого же честного ответа. — Он пристально посмотрел на нее, поднеся к губам фужер.

Констанция не могла не признать его правоту. Она сглупила, начав этот разговор, и лучше было бы поскорее его закончить. Ей не хотелось обсуждать эту болезненную для нее тему.

— Скажем так, мистер Энсор, я не ищу мужа, но в принципе ничего не имею против брака, — небрежно обронила девушка.

— Понятно. — Он задумчиво кивнул. — А ваши сестры придерживаются такого же мнения?

— Я не могу взять на себя смелость отвечать за них, — довольно резко сказала она.

— Что ж, весьма похвально! И тем не менее мне кажется довольно необычным, что три такие привлекательные девушки...

Он замялся, почувствовав, что чуть было не обидел девиц Дункан. Ему пришло в голову, что стоявшая перед ним читательница «Леди Мейфэра» может разделять политические убеждения издателей этой газеты.

Констанция сделала глоток шампанского.

— Необычно, что три девушки довольствуются перспективой остаться старыми девами. Вы это имели в виду?

Ее голос был совершенно ровным и спокойным, но она напряглась, предчувствуя битву. Вот теперь она уже ступила на привычную почву.

— Как правило, женщины вашего возраста отнюдь не стремятся избежать уз брака. — Макс с деланной небрежностью пожал плечами, хотя ему было очень любопытно узнать побольше о взглядах мисс Констанции Дункан. — Женщины не способны управлять своей жизнью самостоятельно. Я бы сказал, что это абсолютно противоестественно.

У Констанции перехватило дыхание, несмотря на то что она испытывала удовольствие, почувствовав вызов. Какое возмутительное высокомерие! Абсолютная безапелляционность, не допускающая и мысли, что может существовать иное мнение. Она вызывающе посмотрела на него.

— Противоестественно? — гневно спросила она, не в силах более притворяться равнодушной.

— Ну разумеется. — Казалось, Энсор не замечал ее возмущения. — Женщины недостаточно образованны, чтобы заниматься финансовыми и деловыми проблемами. И так и должно быть. Разделение обязанностей необходимо. Мужчины должны обеспечивать семью, а женщины — следить за домом, за детьми и... — тут он рассмеялся — и, конечно же, развлекаться.

— А еще угождать во всем мужьям, обслуживать их и потакать всем прихотям, — добавила Констанция, и в ее глазах вспыхнул опасный огонек.

— Но это же только справедливо, что мужчины рассчитывают на некоторое внимание в обмен на то, что обеспечивают достаток в доме, благополучие и комфорт, которые женщины считают такими необходимыми для полного счастья.

Этот мужчина был совершенно безнадежен. Он был даже не достоин того, чтобы с ним спорили.

— По-моему, сейчас начнется концерт, — объявила Констанция. — Взгляните, ваша сестра подает вам знаки. Полагаю, она нуждается в вашей мужской поддержке на то время, пока будет слушать арии.

Макс увидел огонь, сверкавший в темно-зеленых глазах, и у него появилось тревожное ощущение, будто он попал в клетку к тигру. Возможно, он зашел слишком далеко.

— Похоже, наши мнения расходятся, — заключил он с примирительной улыбкой.

— Вы удивительно проницательны, мистер Энсор. Прошу меня извинить, но я должна найти сестер.

Констанция быстро отошла от него, шурша шелковым шифоном, и ее темно-рыжие волосы, поразившие его вначале приятным приглушенным оттенком, неожиданно показались ему охваченными пламенем.

Определенно с этой женщиной нужно быть настороже. Он задумчиво поджал губы и направился к сестре.

Глава 3

В течение всего представления Констанция просто кипела от возмущения, совершенно не слыша великолепного сопрано. Сестры, сидевшие по обе стороны от нее, не могли не заметить ее возбуждения. Пруденс искоса взглянула на сестру, обратив внимание, что руки Констанции, лежавшие на коленях, были крепко сжаты.

Выступление закончилось, но Констанция продолжала сидеть на изящном позолоченном стуле, пока Честити не потрясла ее за плечо:

— Кон? Кон, концерт окончен.

— О! — Констанция вздрогнула и огляделась, словно пробудившись от глубокого сна. — Великолепно, не правда ли?

— Откуда тебе знать? — спросила Пруденс. — Ты не слышала ни единой ноты.

— Разумеется, слышала. — Констанция поднялась со стула, сжимая в руке вечернюю сумочку. — Но на сегодняшний вечер с меня достаточно. Пойдемте попрощаемся.

— Ты хорошо себя чувствуешь, Кон? — встревожилась Пруденс.

— Немного болит голова, — ответила Констанция. — Ничего страшного, но мне хочется побыстрее добраться до своей постели. Смотрите, Арабелла стоит у дверей. Мы успеем попрощаться, прежде чем все соберутся уходить. — Она поспешно направилась к хозяйке дома, желая опередить остальных гостей.

Пруденс обменялась с Честити красноречивым взглядом и последовала за старшей сестрой.

— Вы так быстро покидаете нас, дорогая Констанция?! — воскликнула Арабелла. — А в желтой гостиной накрыт ужин.

— У меня немного разболелась голова. — Констанция приложила руку ко лбу и страдальчески улыбнулась, хотя чувствовала себя на редкость бодрой, потому что злость всегда придавала ей сил. — Но вечер был просто замечательным, Арабелла.

— Разве не чудесная певица? Изумительный голос, просто изумительный. Мне так повезло, что удалось заполучить ее.

Констанция с улыбкой согласилась, и они направились к дверям.

— Мисс Дункан, мисс Пруденс, мисс Честити... вы уже уходите? — Макс Энсор пробился к ним сквозь толпу. — Позвольте мне вызвать ваш экипаж.

— Не стоит беспокоиться, мистер Энсор. Кто-нибудь из лакеев вызовет его. — Констанция протянула ему руку в перчатке. — Желаю вам спокойной ночи.

— По крайней мере, милые дамы, позвольте мне принести ваши накидки, — запротестовал он, слегка сжав ее обтянутые шелком пальцы.

Констанция резко отдернула руку, и он тотчас выпустил ее.

— Уверяю вас, в этом нет никакой нужды, — твердо заявила Констанция. — Я знаю, что вам не терпится приступить к ужину.

— В таком случае вы знаете обо мне гораздо больше меня самого, — ответил он. — По правде сказать, меньше всего я расположен сейчас ужинать.

— О! — Констанция несколько растерялась, но тут же твердо повторила: — Желаю вам доброй ночи. — И направилась к лестнице.

— Могу я нанести вам визит? — спросил Макс, обращаясь к Пруденс, поскольку ему не хотелось кричать вслед быстро удалявшейся Констанции.

— Разумеется. Мы принимаем по средам с трех часов. Будем рады видеть вас.

Она протянула ему руку и, бросив на него испытывающий взгляд, последовала за сестрами.

— Ну и что все это значит? — спросила Пруденс, пока они стояли на ступенях, ожидая Кобема.

— Ты о чем? — поинтересовалась Констанция, глядя в сторону.

— Сама прекрасно знаешь. Почему ты так холодно обращалась с Максом Энсором?

— Мы едва знакомы, с какой же стати я должна обращаться с ним, как с задушевным другом? — Она посмотрела на сестер и натолкнулась на их скептические взгляды. — Если хотите знать, я считаю его самым высокомерным, напыщенным и чванливым типом из всех, с кем я имела несчастье разговаривать.

— Что ж, звучит интригующе! — сказала Честити. — И чем же он провинился?

Констанция подождала, пока они усядутся в коляску, и только после этого кратко изложила им содержание своей беседы с достопочтенным Максом Энсором.

— Мама быстро бы поставила его на место, — заметила Честити с усмешкой.

— Вот мы повеселимся, когда он заявится к нам с визитом. — Глаза Пруденс загорелись. — Мы его отделаем как следует.

— Неужели ты пригласила его?! — воскликнула Констанция.

— Он сам спросил, можно ли нанести нам визит.

— Ну что ж, если он придет, пусть не рассчитывает на горячий прием, — с гримаской проговорила Констанция.

— А мне кажется, следует попробовать обратить его в истинную веру, — предложила Честити. — Маме это бы удалось.

— Не думаю, что он стоит таких усилий, — отозвалась Констанция. — Даже мама не тратила время в безнадежных случаях.

— Но он все-таки член парламента, — возразила Пруденс. — Только подумай, как полезен он может оказаться в дальнейшем.

Констанция уставилась на сестер, пока до ее сознания доходил смысл сказанного.

— Вы совершенно правы, — медленно произнесла она. — Достопочтенный член парламента от Саутуолда вскоре обнаружит, что в лондонском свете есть женщины, не отвечающие его требованиям. Может быть, он придет уже в эту среду.

— На самом деле у тебя нет никакой головной боли, правда? — спросила Честити.

— Это была головная боль по имени Макс Энсор, — призналась Констанция. — Как это ни удивительно, сейчас она совершенно прошла.

— Прекрасно, — сказала Честити, — потому что надо написать объявление для «Посредника» и просмотреть окончательный макет следующего номера. Завтра утром мне нужно отнести его в типографию.

— Мы обязательно разделаемся с этим до того, как ляжем спать.

Коляска остановилась возле дома на Манчестер-сквер, и Дженкинс отворил дверь прежде, чем Констанция успела достать ключ.

— Вы, должно быть, видели, как мы подъехали, — заметила она.

— Я ждал вас, мисс Кон.

— Лорд Дункан дома? — спросила Пруденс, входя в холл и снимая перчатки.

— Нет, мисс Пру. Он поехал в клуб и сказал, что не стоит его дожидаться.

Пруденс кивнула. Отец довольно часто возвращался домой очень поздно, а то и под утро. И сестры предпочитали не выяснять, где он был.

— Вы хорошо провели время? — осведомился Дженкинс, закрывая тяжелую входную дверь.

— Да, очень, — ответила Пруденс, с улыбкой посмотрев на сестер. — По крайней мере Чес и я. Насчет Кон не уверена. Спокойной ночи, Дженкинс.

— Спокойной ночи, мисс Пру.

Он подождал, пока они поднимутся наверх, потом потушил все лампы, кроме одной, стоявшей на маленьком пристенном столике, и отправился к себе в буфетную.

Маленькая квадратная комната на втором этаже, выходившая окнами на улицу, когда-то была гостиной леди Дункан, и сейчас ею пользовались только девушки. Комната имела приятный жилой вид. Мебель была старенькая, обивка и портьеры выцвели с годами от солнца и стирки. Но все столы и полки были уставлены вазами с цветами, повсюду были разбросаны книги, журналы и швейные принадлежности. Как обычно, на боковом столике на маленькой спиртовой горелке стояла кастрюля с молоком.

— Сегодня у нас сандвичи с ветчиной, и миссис Хадсон снова приготовила свои фирменные макароны, — с удовлетворением объявила Честити, заглянув под льняную салфетку, накрывавшую поднос, стоявший рядом с горелкой. Она чиркнула спичкой. — Пока молоко греется, мы можем посмотреть макет. По-моему, я положила его на секретер. — Она порылась в куче бумаг. — Ага, вот он.

Констанция бросила свою накидку на спинку дивана и примостилась на широком подлокотнике. Она взяла листы, которые протянула ей сестра, и просмотрела их.

— Знаете, что было бы очень забавным...

— Нет, — сказала Пруденс, чувствуя, что от нее ждут какого-нибудь ответа.

— Почему бы не написать заметку о сегодняшнем приеме? Сколько там собралось народу? Чуть меньше ста человек. Не много, но там были все, кто что-либо собой представляет. Единственным новым лицом был Макс Энсор. А поскольку он брат Летиции и свежеиспеченный член парламента, нельзя сказать, что он неизвестная величина. — Констанция хмыкнула. — Это вызовет настоящий переполох. Будет очевидно, что заметка написана кем-то из гостей. Можете себе представить, как все будут заинтригованы?

— Хорошая реклама, — согласилась Пруденс, убавляя огонь в горелке. — О небольшом приеме трудно что-нибудь узнать людям со стороны, не то что о великосветской свадьбе или, например, о большом бале. Там всегда полным-полно незваных гостей и газетчиков. Сегодняшний раут — совсем другое дело.

— Этот выпуск просто расхватают, — предсказала Честити. — Нужно будет заказать в типографии вдвое больше экземпляров. Кто напишет заметку?

— Я, — ответила Констанция, загадочно усмехаясь.

— Не уверена, что ты сможешь написать что-нибудь путное о самом концерте, — заметила Пруденс. — Ты совсем не слушала выступление.

Констанция только отмахнулась:

— Самого выступления достаточно просто коснуться. Это никого не заинтересует. Интерес вызовут наблюдения и мелкие подробности, известные только тем, кто там присутствовал.

Честити задумчиво посмотрела на нее:

— Ты что-то скрываешь.

— Возможно, — с улыбкой ответила старшая из сестер. — Давайте перейдем к объявлению для «Посредника».

— Чес, положить тебе шоколад в молоко? — спросила Пруденс, разламывая плитку шоколада.

— Да, пожалуйста.

— Как вы можете пить это тошнотворное пойло? — заметила Констанция. — Я лучше выпью немного коньяку.

— Каждому свое!

Пруденс бросила два кусочка шоколада в молоко и принялась помешивать его деревянной ложкой. Спустя несколько минут она уже несла две широкие чашки, наполненные темным душистым напитком, к софе, на которой Честити раскладывала листы бумаги, исписанные убористым почерком.

Констанция налила коньяку в бокал, положила на тарелку сандвич с ветчиной и отнесла все это на маленький столик рядом с софой.

— Почему бы не сделать объявление в виде рекламного заголовка? — предложила она, задумчиво жуя сандвич. — Прямо на первой странице, под названием газеты. Там оно привлечет больше внимания.

Честити взяла чистый листок бумаги и остро заточенный карандаш.

— Что мы напишем?

— «Вы одиноки? Вам не с кем поговорить? Вы проводите долгие вечера наедине со своими мыслями? — начала Пруденс, беря сандвич. — Вы не можете найти родственную душу...»

— «Вам нужен «Посредник», — подхватила Констанция. — «Посредник» поможет вам найти свою половину. Мы гарантируем абсолютную анонимность и сохранение тайны. Напишите нам о своих...»

— Не так быстро, — запротестовала Честити, — я пытаюсь записать все это.

Она прервалась, чтобы выпить немного шоколада. Сестры терпеливо ждали, пока она снова возьмется за карандаш.

— Ну хорошо. «Напишите нам о своих...» — Она вопросительно взглянула на сестер. — О чем именно? Требованиях? Нет, это звучит слишком казенно.

— Сокровенных желаниях? — предложила Пруденс, поправив очки на носу.

Констанция чуть не подавилась:

— Пру, мы же не бордель рекламируем.

Пруденс улыбнулась:

— Согласна, это звучит немного двусмысленно.

— Может быть, просто прямо в лоб: «Напишите нам о себе и пришлите описание человека, с которым вы хотели бы познакомиться. Все остальное мы сделаем за вас»? — Честити говорила и быстро писала одновременно.

— Браво, Чес! Прекрасно, — зааплодировала Констанция. — Теперь нам нужен адрес.

— Почему бы не спросить у Дженкинса, возможно, его сестра согласится получать нашу почту? Она владеет магазинчиком в Кенсингтоне, и я знаю, что она держит что-то вроде абонентского ящика для живущих по соседству людей, которые по каким-либо причинам не имеют почтового адреса. И забирать у нее письма будет очень удобно. — Пруденс принесла блюдо с макаронами. — В конце концов, Дженкинс всегда был на нашей стороне.

— Так же, как он всегда был на маминой стороне. — Честити взяла макаронину и с наслаждением принялась жевать ее. — Он всегда выполнял ее поручения, касавшиеся «Леди Мейфэра», если никто из нас не мог этого сделать.

— Я спущусь и спрошу у него. Он, наверное, еще не лег спать. — Констанция направилась к двери. — Тогда мы сможем закончить все сегодня.

Дженкинс, расположившийся с кружкой эля у себя в буфетной, выслушал просьбу Констанции с обычным непроницаемым видом.

— Уверен, моя сестра с удовольствием согласится, мисс Кон, — сказал он, когда девушка закончила свои объяснения. — Я пойду к ней в воскресенье вечером, как обычно. Тогда все ей и объясню.

Он достал из шкафа лист бумаги и ровным аккуратным почерком написал адрес.

— Это просто замечательно, Дженкинс! — горячо воскликнула Констанция, забирая у него лист бумаги. — Огромное вам спасибо!

— Не за что, мисс Кон.

Констанция улыбнулась, пожелала ему доброй ночи и поспешила обратно в гостиную.

— Итак, все устроилось, — объявила она, закрывая за собой дверь.

— Ему твоя просьба не показалась странной? — спросила Честити.

— Не особенно. Он уже привык к эксцентричным выходкам членов нашего семейства, — с улыбкой ответила Констанция. — Вот адрес. — Она протянула им листок бумаги. — А теперь я сяду писать о сегодняшнем приеме, а вы тем временем закончите макет.

Она уселась за секретер, сдвинула в сторону груду бумаг и взяла ручку. Ее сестры дружно принялись за макет, пока она быстро строчила заметку. Это было обычным для них разделением обязанностей, поскольку из всех троих Констанция лучше всего владела пером и писала бóльшую часть статей.

— У меня родилась еще одна идея, — неожиданно сказала Честити. — Почему бы не сделать колонку личных объявлений? Ну, например, если у кого-то возникли проблемы, он сможет нам написать и попросить совета. А мы опубликуем и письмо, и совет.

Констанция на миг оторвалась от работы:

— Не уверена, что способна дать хороший совет. Я свою-то жизнь никак не могу наладить.

— Это потому, что у тебя уходит целая вечность на то, чтобы принять какое-либо решение, — заметила Пруденс. — Ты каждый вопрос рассматриваешь со всех возможных сторон.

— Это правда, — с деланным вздохом согласилась Констанция. — Но, раз приняв решение, я твердо придерживаюсь его.

— И это правда, — признала Пруденс. — Я тоже не мастер давать советы. Большей частью я вообще не могу понять, из-за чего люди так беспокоятся. Лучше пусть Честити ведет эту колонку, у нее очень развита интуиция.

— С удовольствием, — отозвалась Честити. — А для начала я сама напишу письмо. Подписывать письма мы предложим только инициалами, чтобы никто не мог опознать авторов, тогда они будут чувствовать себя в безопасности и не будут стесняться выносить на обсуждение свои проблемы. — Она принялась грызть карандаш. — И какую тему мы подкинем читателям?

— С любовной проблемой ты точно не промахнешься, — предложила Констанция. — Как насчет женщины, разрывающейся между двумя возлюбленными? — Она промокнула лист бумаги и принялась перечитывать написанное.

— Мне кажется, сойдет. Что вы об этом думаете?

Она подошла к софе, протянула листок сестрам, взяла свой бокал и, потягивая коньяк, принялась следить за их реакцией.

Честити хихикнула.

— Кон, это же просто скандал. — Она стала читать вслух: «Достопочтенный Макс Энсор, новоиспеченный член парламента от Саутуолда, графство Эссекс, дебютировал в свете на восхитительном музыкальном вечере, который давала леди Арабелла Бикмен в своем очаровательном особняке на Гросвенор-сквер. Мистер Энсор приходится братом леди Грэм, проживающей на Албермарл-стрит, семь. Как свежее лицо в обществе, к тому же завидный жених, достопочтенный джентльмен сразу привлек к себе внимание, и озабоченные матери принялись без устали представлять ему своих дочек. Неизвестно, является ли мистер Энсор поклонником оперного пения, но несомненно то, что этим вечером сам он приобрел немало поклонниц».

Пруденс тихо присвистнула:

— Что это, Кон, объявление войны?

— Возможно, — улыбнулась Констанция.

— Это уже перебор, — смеясь, сказала Пруденс. — К тому же не совсем в тему.

— Здесь есть продолжение, — вмешалась Честити, — описание вечера, щедрые похвалы в адрес певицы, небольшое критическое замечание по поводу исполнения арии Глюка — похоже, ты все-таки слушала, Кон, — и немного о Глинис Фэншоу и ее новом кавалере. — Честити взглянула на сестер. — Неужели Глинис появилась в сопровождении этого старого развратника Джека Дэвидсона? Докатилась.

— А вот этого я не говорила, — с напускной невинностью сказала Констанция.

— Конечно, и, разумеется, ты даже ни на что и не намекала. — Честити покачала головой. — Вот читатели-то повеселятся!

— В этом суть замысла. Где мы поместим эту заметку?

— На последней странице. Будем размещать там всякую легковесную ерунду в надежде, что читатели все-таки прочтут серьезные статьи Кон, прежде чем доберутся до нее.

— Как в детстве — чтобы получить пирожное, сначала нужно съесть кусок хлеба с маслом, — усмехнулась Пруденс. — Как продвигается письмо с личной проблемой?

— Я хочу сделать его предельно простым, — ответила Честити, — но как обращаться? Дорогой или дорогая кто?

— Кто-нибудь, кто ассоциировался бы с бабушками, запахом пряников и накрахмаленными фартуками.

— Тетушка Мейбл, — внезапно сказала Констанция. — Не смейтесь! — протестующе воскликнула она. — Это очень хорошее имя, символизирующее надежность, мудрость и доброжелательность — качества, обычно присущие любимой тетушке. Невозможно представить, чтобы тетушка Мейбл дала неправильный совет.

— Хорошо, пусть будет тетушка Мейбл, — согласилась Честити. — Тогда слушайте: «Дорогая тетушка Мейбл...» — Она замолчала, потому что в дверь постучали.

— Девочки, вы еще не спите? — послышался голос лорда Дункана.

Констанция схватила бумаги, лежавшие на столе, и спрятала их под диванную подушку.

— Нет, папа, не спим, — громко отозвалась она, — заходи.

Лорд Дункан вошел в гостиную. В руке он держал шелковый цилиндр, его галстук-бабочка съехал на сторону. Взгляд его был добродушным, но слегка мутным.

— Я проходил мимо и увидел свет под дверью, — сообщил он, потом прислонился к двери и огляделся по сторонам. — Ваша мать очень любила эту комнату. — Лорд Дункан нахмурился. — Здесь все такое старое и обшарпанное. Почему бы вам не поменять портьеры, да и новая обивка не повредит.

— Мы хотим сохранить эту комнату такой, какой она была при жизни мамы, — успокаивающим тоном произнесла Констанция.

Он понимающе кивнул и немного смущенно кашлянул в кулак:

— Да, да, я понимаю. Конечно... разумеется. Эти чувства делают вам честь. Как вы провели вечер?

— Прекрасно. Исполнение было выше всяких похвал, — сказала Пруденс. — Мы как раз это обсуждали за чашечкой горячего шоколада.

— Боже мой! Неужели вы травите свои желудки этим отвратительным пойлом?! — воскликнул лорд Дункан. Затем он перевел взгляд на бокал с коньяком, который Констанция все еще держала в руке, и одобрительно кивнул: — По крайней мере одна из вас не лишена хорошего вкуса.

— Я считаю, что шоколад — одна из самых хороших вещей в этой жизни, — улыбнувшись ему, проговорила Честити.

Он сокрушенно покачал головой:

— Я должен быть готовым к подобным высказываниям, живя в доме с одними женщинами. — Внезапно его взгляд упал на газетный листок, валявшийся на полу. — Бог мой, откуда здесь взялась эта возмутительная газетенка? — Он шагнул вперед, наклонился и поднял упавший номер «Леди Мейфэра». — Сегодня в клубе мы нашли такую же. Никто не мог понять, как она туда попала. — Он брезгливо держал газету двумя пальцами, словно опасался подцепить заразу.

— Действительно, трудно представить, что подобная газета может оказаться в чисто мужском заведении, — невозмутимо заметила Констанция. — Однако она стала значительно лучше и серьезнее, чем прежде.

— Ваша мать любила читать ее, — с гримасой сказал лорд Дункан. — Я пытался запретить ей... весь этот вздор о женских правах, — он пожал плечами, — но пытаться запретить вашей матери что-либо всегда было бесполезно. Да и с вами, полагаю, этот номер не пройдет. Ну да ладно. — Он снова пожал плечами, словно этот факт мало его беспокоил. — Пожалуй, пожелаю вам спокойной ночи. Не ложитесь слишком поздно — вам нужно спать, чтобы сохранить свежий цвет лица, если вы хотите... — Он закрыл дверь, не договорив.

— Найти себе мужей, — хором закончили за него сестры.

— Я думала, что ему уже надоела эта старая песня, — заметила Констанция. — Однако я действительно хочу спать. — Она достала бумаги из-под подушки. — Слава Богу, папа постучал. Я не слышала, как он поднимался по лестнице.

Пруденс зевнула:

— Мне кажется, на сегодняшний вечер мы и так сделали достаточно. Я тоже пойду спать. — Она забрала у сестры бумаги и закрыла их в секретере. — Признаюсь, меня очень интересует, как читатели воспримут этот номер. Я думаю, спрос на газету возрастет, и нам придется увеличить тираж.

— Просто из любопытства хотелось бы знать, как газета попала в «Брукс»*? — поинтересовалась Честити, собирая грязную посуду. — Есть какие-нибудь соображения?

— Возможно, лорд Лукан случайно обнаружил газету у себя в кармане пальто. — Констанция усмехнулась. — Вчера утром мы столкнулись с ним, когда он направлялся в клуб. Мы остановились поболтать, и он так оживленно размахивал руками, что его пальто, наброшенное на плечи, упало. Я наклонилась помочь его поднять — ну а дальше вы догадываетесь. Я думаю, он обнаружил газету, когда отдавал пальто в гардероб, и даже не разобрался, что это такое. Он ведь не блещет особым умом.

— Бедолага, но он такой добрый, — с присущей ей терпимостью проговорила Честити.

— Да, милая. И ты тоже. — Констанция поцеловала сестру в щеку и открыла дверь. — Нам с Пру следует брать с тебя пример.

— Я могу быть и злой, — с оттенком негодования возразила Честити. — Очень злой, при определенных обстоятельствах.

Ее сестры рассмеялись, обняли девушку, и все трое, взявшись под руки, направились к своим спальням.

Глава 4

— Ну и что мы будем делать с этими суфражистками? — спросил премьер-министр, тяжело опускаясь в огромное кожаное кресло в комнате отдыха палаты общин.

---

* Фешенебельный лондонский клуб. Основан в 1764 г. как клуб вигов в противовес клубу тори «Уайтс».

У сэра Генри Кемпбелла-Баннермана постоянно был встревоженный, озабоченный вид. Даже стоявший перед ним на столике большой бокал с коньяком и огромная сигара, которую он курил с видимым удовольствием, казалось, не помогали ему расслабиться.

— Эта Панкхерст организовала Женский социально-политический союз уже в Лондоне. По крайней мере пока они оставались в Манчестере, их можно было игнорировать. — Он критически осмотрел кончик своей сигары. — А теперь следует ожидать петиций, делегаций и демонстраций под собственными окнами.

— Может быть, попробовать политику умиротворения, — предложил один из его собеседников. — Провоцируя их, мы ничего не добьемся. Пообещайте им создать специальный комитет, это же ни к чему не обязывает.

Макс Энсор был одним из четверых мужчин, удобно расположившихся в креслах вокруг низенького столика, чтобы выпить коньку после плотного ленча. Он протянул премьер-министру номер «Леди Мейфэра» и указал на броский заголовок: «Предоставит ли либеральное правительство право голоса женщинам-налогоплательщицам?»

— Это, похоже, самый наболевший вопрос. Можно объявить, что мы создаем комитет с целью выяснить, сколько в стране женщин-налогоплательщиц. Это заставит их приутихнуть хотя бы на время.

Сэр Генри взял в руки газету.

— Такую же газету обнаружили сегодня в офисе кабинета министров, — сказал он. — Как, черт возьми, она могла туда попасть? Я опросил весь штат, но никто ничего не знает.

— Эти газеты сейчас повсюду. Скоро в них будут заворачивать рыбу с картошкой*, — невесело рассмеялся один из собеседников и протянул руку за коньяком.

— Вы не знаете, кто это пишет? — спросил премьер-министр.

---

* Рыба с картофелем во фритюре — популярное национальное блюдо, подается в небольших специализированных кафе; если покупатель берет рыбу с собой, она, по традиции, завертывается в газетную бумагу.

— Ни малейшего понятия. — Двое из сидевших мужчин пожали плечами. — Может быть, это все та же Панкхерст.

— Нет, она слишком занята, организовывая все эти собрания и акции протеста. К тому же трудно представить, чтобы миссис Панкхерст интересовалась светскими сплетнями и новостями моды. А в последнем номере они предлагают службу знакомств — так называемый «Посредник». Еще там есть тетушка Мейбл, которая поможет вам решить любовные проблемы. Нет, Панкхерст сочтет ниже своего достоинства заниматься такой ерундой.

— Но это очень умная стратегия, — заметил Макс Энсор. — Большинство женщин не интересуются политикой, а светская хроника не может не привлечь их внимания и...

— Я заметил, что о вас упомянули в одной из заметок, — перебил его один из коллег. — Это можно рассматривать как комплимент.

Однако вид у Макса Энсора был не слишком довольный.

— Сущий вздор, — коротко ответил он. — Однако я хочу продолжить свою мысль. Женщины, которые никогда и не думали о подобных вещах, неизбежно натолкнутся на эти заголовки и политические статьи, листая газету.

— Если мы не проявим бдительности, скоро наши жены и дочери станут размахивать плакатами на ступенях всех городских ратуш, — пробормотал Герберт Асквит, министр финансов. — Кто бы ни был автором, он, безусловно, побывал на вечере у Бикменов. Человек, лично там не присутствовавший, не смог бы написать такую заметку об Энсоре. Что вы об этом думаете, Энсор?

— Я думаю, что это не требует комментариев, Асквит. — Макс пытался скрыть раздражение, но ему это удавалось с трудом. Его уязвила скрытая насмешка, сквозившая в заметке. Он считал, что, будучи политиком, давно научился не обращать внимания на подобные уколы, однако они почему-то задели его. — По крайней мере мы знаем, что статьи в газете пишет женщина... или женщины.

— С чего вы так решили?

Премьер-министр протянул руку к мраморной пепельнице и задумчиво уставился на длинный столбик серого пепла, ожидая, пока он упадет сам собой.

— Это очевидно. — Макс небрежно махнул рукой в сторону газеты. — Только женщины могут так увлеченно писать о мелочах. Мужчины не сильны в сплетнях. Не говоря уже обо всей этой пустой болтовне и брачных объявлениях.

— Светских женщин, — уточнил Асквит. — Так кто же все-таки автор, по-вашему?

Макс не отвечал, и его собеседники с интересом посмотрели на него.

— Макс, у вас есть какие-либо соображения на этот счет?

— Возможно, — уклончиво ответил он, небрежно пожав плечами. — Но это всего лишь смутная догадка, требующая проверки.

— Как бы там ни было, я очень хотел бы знать, кто за всем этим стоит. — Премьер-министр зевнул. — Почему стейки и пирог с почками обладают таким снотворным эффектом?

Поскольку вопрос был риторическим, никто не ответил. Макс поднялся с кресла:

— Прошу простить меня, премьер-министр... джентльмены... У меня на три часа назначена встреча.

Он оставил их мирно дремать в комнате для отдыха, где царила тишина, лишь изредка нарушавшаяся тихим похрапыванием или звуками приглушенной беседы. Сам он отправился за сестрой на Албермарл-стрит. Его сжигало нетерпение. Ему очень хотелось поиграть в кошки-мышки с мисс Констанцией Дункан.

— Не понимаю, куда подевалась Констанция. Она говорила, когда вернется? — спросила Честити сестру, когда та вошла в гостиную, держа в руках огромную хрустальную вазу с большими темно-красными розами.

— Нет, но, учитывая, что она только собиралась зайти в магазин за лентами, ей давно пора вернуться.

Пруденс поставила вазу с цветами на круглый столик из вишневого дерева и вытерла рукавом упавшую на поверхность капельку воды.

Честити озабоченно нахмурилась:

— Она предупредила бы, если бы не собиралась возвращаться к трем часам, когда могут появиться первые гости.

— Да, как правило, она предупреждает, даже когда не собирается возвращаться к ленчу, — заметила Пруденс, пытаясь в то же время жизнерадостной улыбкой унять беспокойство сестры.

Отчасти ей это удалось, и мысли Честити приняли другое направление.

— Констанция не много потеряла, — объявила она, расправляя подушки, лежавшие на диване. — Вчерашний подогретый рыбный пирог. — Честити сморщила носик. — Есть что-то на редкость неаппетитное во вчерашней рыбе, особенно если это треска. — Она поймала направленный на нее взгляд сестры и добавила: — Не нужно смотреть на меня с таким неодобрением, Пру. Имею же я право высказать свое мнение. Я отлично знаю, что мы не можем себе позволить выбрасывать еду, но при этом я не обязана любить вчерашнюю треску.

Пруденс грустно покачала головой, удивляясь, почему она всегда испытывает чувство вины за те неудобства, которые им приходится терпеть в целях экономии. Это правда, что большей частью она одна за всех принимает решения относительно ведения хозяйства, но кто-то же должен это делать.

— Разумеется, ты не обязана ее любить, — согласилась она. — И я тоже. Но когда папа не обедает дома, мы можем себе позволить только доесть то, что осталось со вчерашнего дня.

— Поэтому когда представляется возможность нормально поесть, ее нельзя упускать, — с недовольной гримаской отозвалась Честити. Она взглянула на изящные позолоченные часы, стоявшие на мраморной каминной полке. — Посмотри, сколько времени. Где все-таки Кон? Уже почти половина третьего, а в три начнут прибывать гости. — В ее голосе снова послышалась тревога.

Пруденс опять предприняла попытку отвлечь ее. Она знала, что если Честити начнет о чем-то беспокоиться, то вскоре станет воображать себе все мыслимые несчастья и катастрофы.

— Интересно, приедет ли сегодня Макс Энсор? — Пруденс подошла к стеклянным дверям, ведущим на террасу. — Как считаешь, может быть, открыть их?

Честити попыталась сосредоточиться.

— Почему бы и нет? — ответила она. — Погода сегодня чудная, может быть, кто-нибудь захочет прогуляться по террасе. — Она расставила кресла полукругом, чтобы сидящим было удобнее беседовать. — Если он и приедет, то только из-за Кон. Было видно, что он очень ею заинтересовался на вечере у Бикменов. Он был бестактен, но заинтригован, — добавила она с усмешкой, на секунду забыв о своем беспокойстве. — К тому же он не мог знать, в какую ярость приведут Кон его замечания. Жду не дождусь, когда она разнесет в пух и прах его возмутительное высокомерие. — Честити опять заволновалась: — Да где же она?

Пруденс открыла стеклянные двери.

— С ней ничего не могло случиться, Чес, иначе нам бы уже сообщили. Полиция давно была бы здесь... О, Дженкинс... — Она взглянула на дворецкого, который вошел в комнату с подносом, уставленным чашками и блюдцами. — Кон еще не появилась?

— Нет, мисс Пру. — Он поставил поднос на боковой столик. — Миссис Хадсон приготовила два вида сандвичей — с огурцом и с яйцом и салатом. Есть еще помидоры, если хотите, но она рассчитывала оставить их для супа.

— Разумеется, оставьте помидоры для супа, — послышался голос в дверях. — Мы всегда можем предложить гостям консервированный мясной паштет или джем.

— Кон, где ты была? — возмущенно спросила Пруденс, игнорируя шутливое предложение сестры. — Мы уже всерьез начали беспокоиться. По крайней мере Чес, — добавила она.

— Ничуть я не беспокоилась, — принялась защищаться Честити, — но ты могла бы по крайней мере предупредить нас.

Констанция вытащила булавки из широкополой шляпки и сняла ее.

— Мне очень жаль, — с искренним раскаянием сказала она. — Я не хотела, чтобы вы тревожились, и обязательно сообщила бы вам, что задерживаюсь, но у меня не было возможности. У меня был очень интересный день. — Ее щеки раскраснелись, темно-зеленые глаза сверкали; казалось, энергия переполняет ее. — Мне очень жаль, — повторила она. — Вам пришлось одним готовиться к приезду гостей.

— Да здесь почти нечего было делать, — заверила ее Честити, улыбаясь. Видно было, что она испытала огромное облегчение при появлении сестры. — Тебе крупно повезло — не пришлось есть холодный пирог с треской.

— Вчерашний?

— Угу.

— А я съела жареный пирожок и выпила бокал вина, — с раскаянием произнесла Констанция. — Но, честно говоря, еда меня интересовала меньше всего.

— Так где же ты была? — с любопытством разглядывая ее, спросила Пруденс.

— Вы помните Эммелину Панкхерст, мамину подругу?

— Конечно. Мама работала с ней в комитете защиты женских прав и в комитете по защите собственности замужних женщин. Я думала, она живет в Манчестере.

— Уже нет. Я знала, что она переехала в Лондон, но мне не представлялся случай навестить ее. А сегодня утром мы буквально столкнулись. Она вместе с дочерью Кристабель организовала лондонское отделение Женского социально-политического союза. Они пытаются добиться права голоса для женщин, но вы, безусловно, уже знаете об этом. — Констанция принялась рыться в сумочке. — Сегодня утром я отправилась на собрание союза, а потом записалась в члены... Вот, видите? — Она вытащила яркий бело-малиново-зеленый значок. — Это мой официальный значок с цветами союза.

— Итак, ты отправилась за лентами, а вернулась с политическим мандатом, — сказала Честити. — Как это произошло?

— Я даже не успела зайти в магазин. Столкнулась с Эммелиной у входа, и она пригласила меня на собрание. Она произнесла речь в Кенсингтонском дворце. Это было потрясающе! Вы даже представить не можете.

Констанция принялась быстро рассказывать, едва поспевая за мыслями, и по мере того, как она говорила, в ее голове всплывали все новые подробности утреннего собрания. Восторженные, полные энтузиазма речи присутствовавших все еще звучали у нее в ушах. Она с рождения слышала все то, что обсуждалось на собрании Женского социально-политического союза, но на таком мероприятии присутствовала впервые. Ее мать очень убедительно доказывала своим дочерям необходимость предоставить женщинам равные права с мужчинами. Но восторг присутствовавших на собрании женщин, охваченных общей идеей, готовых сражаться за правое дело, чувство локтя — все это было для Констанции внове.

— Не скажу, что меня это удивляет, — заметила Пруденс. — Ты всегда принимала все это очень близко к сердцу. Не то чтобы нас с Чес это волновало меньше, просто все эти громкие речи с трибуны и союзы не для меня.

Констанция покачала головой:

— Я тоже так думала, но там со мной что-то произошло. Меня словно неожиданно... захватило... — Девушка пожала плечами, не в силах более точно описать те ощущения, которые она испытала.

— В любом случае делай что хочешь, только не показывай никому свой значок, — серьезно сказала Пруденс. — Если узнают о том, что ты вступила в союз, очень быстро кто-нибудь знающий политические взгляды авторов «Леди Мейфэра» сложит два и два. И тогда поднимется настоящий переполох.

— Ты права, — согласилась Констанция. — Я буду нема как рыба. Уверена, что смогу незаметно посещать собрания и даже выступать на них, но только в тех уголках Лондона, куда никто из наших знакомых не сунется ни за что на свете. —

Кроме того, — продолжала она, — поскольку я была в Кенсингтоне, я зашла в магазинчик вашей сестры, Дженкинс, и забрала почту. Четыре письма для «Леди Мейфэра»!

Она достала письма и победоносно помахала ими в воздухе.

— Ты открывала их?

— Конечно, нет. Я подумала, что первые письма мы откроем все вместе. Но и это еще не все, — многозначительно сказала Констанция. — Прежде чем отправиться за лентами, я зашла в те магазины на Бонд-стрит и Оксфорд-стрит, которые согласились продавать «Леди Мейфэра». И угадайте, что? — Она сделала паузу, но, когда сестры недоуменно покачали головами, продолжила: — Они продали. Все экземпляры, во всех магазинах. И все сказали, что в следующем месяце закажут у нас в три раза больше экземпляров.

— Ну что ж, значит, сработало, — сказала Пруденс. — И что, по-твоему, Кон? Тетушка Мейбл, «Посредник» или твоя язвительная сплетня?

— А может быть, политические статьи, — предположила Констанция, но тут же грустно покачала головой: — Нет, конечно же, нет. Еще рано. Но я продолжаю надеяться! Чес придется нацепить ее черную вуаль и вдовий траур и пойти забрать выручку. Ну так что, откроем письма? Это недолго, просто взглянем, кому они — «Посреднику» или тетушке Мейбл.

— У нас сейчас совсем нет времени, — неохотно отозвалась Пруденс, самая практичная из троих. — Тебе нужно успеть переодеться, Кон, гости могут явиться с минуты на минуту. Может быть, для политического собрания ты одета так, как требуется, но для приема гостей это несколько мрачновато.

— Ты думаешь? — Констанция с сомнением осмотрела свою серую юбку и черные ботинки на пуговицах.

— Безусловно, — решительно заверила ее Пруденс.

Констанция по своему обыкновению подчинилась мнению сестры, обладавшей прекрасным вкусом и всегда точно знавшей, что и в каких случаях следует надевать.

— Я вернусь раньше, чем приедет первый гость.

— Мы думаем, что Макс Энсор может заехать к нам сегодня, — заметила Честити с лукавой усмешкой.

— Так это ради него я должна переодеваться? — спросила Констанция, иронично приподняв брови.

Сестры не ответили. Констанция, поймав заинтересованный взгляд Дженкинса, решила сменить тему:

— Я вернусь через десять минут.

Она быстро вышла из комнаты и поспешила наверх, чтобы подыскать более подходящее для приема гостей платье. Однако она не намеревалась предпринимать каких-либо дополнительных усилий в расчете на маловероятный случай, что достопочтенный член парламента от Саутуолда решит навестить их с целью отведать сандвича с огурцом и бисквитного торта, приготовленного миссис Хадсон.

Она принялась изучать содержимое гардероба, попутно развязывая узкий галстук, который прекрасно сочетался с блузкой в серую с белым полоску и серой юбкой. Как удачно, что именно сегодня она надела этот комплект, придававший ей строгий, деловой вид. Это оказалось очень кстати, если учесть, где она так неожиданно провела утро. Наконец Констанция остановила выбор на бледно-зеленой крепдешиновой блузке и зеленой в белую полоску шелковой юбке с широким поясом, подчеркивавшим ее тонкую талию.

Констанция села на стул, чтобы застегнуть пряжки на зеленых лайковых туфлях на высоком каблуке, потом повернулась к зеркалу. Ее волосы были уложены в тяжелый пучок, но он слегка растрепался, и из него выбились несколько темно-рыжих локонов. Девушка хотела было причесаться заново, но решила, что на это нет времени. Вместо этого она лишь подобрала парой черепаховых гребней самые непослушные пряди.

Лицо показалось ей несколько раскрасневшимся, поэтому она слегка припудрила щеки, потом протянула руку к тюбику с губной помадой. Ее подарила ей на день рождения подруга, чьи естественные краски редко можно было разглядеть под густым слоем румян, пудры и помады. Эта современная косметика была удивительно удобной, ее можно было даже носить с собой в сумочке на случай, если возникнет необходимость поправить макияж. Разумеется, если бы Констанцию волновали подобные глупости. Но она относилась к помаде пренебрежительно. Больше хлопот, чем проку, к тому же от нее оставались размазанные отпечатки на краю бокалов и на белых салфетках. Так почему же она сейчас потянулась за ней? Она что, хотела произвести на кого-то впечатление? Девушка резко, словно обжегшись, отдернула руку от помады. Она просто собиралась поставить на место Макса Энсора, если вдруг ему вздумается заявиться к ним сегодня, и для этого совершенно не обязательно красить губы.

В тишине дома раздался звон дверного колокольчика. Девушка вскочила, расправила юбку и проверила, все ли жемчужные пуговки на блузке застегнуты. Потом она поспешно вышла из комнаты и направилась к лестнице. Снизу, из холла, до нее доносился чинный голос Дженкинса.

— Леди Бейнбридж, добрый день, — сказала она, замедляя шаг и неторопливо, с достоинством спускаясь по лестнице.

В холле она протянула руку даме, туго затянутой в корсет, и обратилась к двум девушкам, сопровождавшим ее. Девушки были одеты в платья из жестко накрахмаленного бомбазина с тесными корсажами, на шляпках у них были вуалетки с мушками, которые они подняли в ответ на приветствие Констанции. Две пары одинаковых светлых глаз были жеманно опущены.

Леди Бейнбридж поднесла к носу пенсне и критически осмотрела Констанцию.

— У вас лицо раскраснелось, — объявила она. — Надеюсь, в доме нет больных?

— Просто день сегодня выдался жаркий, — ответила Констанция, с некоторым усилием заставив себя улыбнуться.

Леди Бейнбридж приходилась дальней родственницей леди Дункан и постоянно отравляла ей жизнь своей злобной критикой. Ее дочери-близнецы были бледными и худосочными, словно жили в подземелье и редко видели дневной свет. Их мать полагала, что солнечные лучи губительно действуют на цвет лица.

Леди Бейнбридж презрительно хмыкнула и, оставив Констанцию позади, поплыла в гостиную, где подвергла Пруденс и Честити столь же придирчивому осмотру, явно надеясь обнаружить какой-нибудь изъян. Очевидно, ей не удалось найти ничего предосудительного ни в приветливых улыбках на лицах сестер, ни в их безупречных туалетах, и она еще раз громко хмыкнула, сухо поприветствовала их и переключила свое внимание на гостиную.

— Вы совершенно запустили эту комнату, Констанция, — заявила она. — Ваша мать всегда так гордилась своим домом.

Поскольку сестры отлично помнили обличительные речи в адрес их матери, по поводу небрежно отполированной мебели или плохо почищенного столового серебра, они не ответили на это замечание. Леди Бейнбридж уселась на диван, нахмурилась и принялась ковырять пальцем обивку на подлокотнике. Приглядевшись, Пруденс увидела там маленькое пятнышко от кофе.

— Садитесь, девочки, садитесь. Что вы встали как истуканы?

Ее светлость махнула веером в сторону дочерей, и Мэри и Марта послушно примостились на краешке дивана, стоявшего напротив.

— Хотите чаю, леди Бейнбридж?

Честити протянула гостье чашку, а Дженкинс предложил тарелку с сандвичами. Ее светлость недовольно осмотрела сандвичи и жестом отказалась. Чаю, однако, она выпить согласилась. Ее дочери также покорно отказались от сандвичей и взяли в руки чашки с чаем.

— Говорят, брат Летиции Грэм приехал в Лондон? — спросила леди Бейнбридж. — Меня не было на вечере у Бикменов на прошлой неделе, но я слышала, что он был там и произвел впечатление.

— Мы видели его мельком, — сказала Честити. — Просто обменялись любезностями. Я не заметила, чтобы он произвел сильное впечатление, а ты, Кон?

— Нет, — чуть нахмурившись, ответила Констанция. — Насколько я помню, мадам, мне он показался совершенно невзрачным.

— Но я читала совсем другое, — глотнув чаю, произнесла ее светлость.

— Правда? Кто-то писал вам о нем? — Пруденс наклонилась вперед, широко раскрыв озорные зеленые глаза, спрятанные за стеклами очков.

— Вы получили письмо, леди Бейнбридж? — спросила Честити, с восторженным вниманием глядя на гостью.

Цвет ее глаз был не ярко-зеленым, как у сестер, а скорее светло-карим.

— Мама нашла эту скандальную газету, — прошептала Мэри, — в дамском гардеробе в одном из магазинов, представляете?

— Довольно, Мэри, — оборвала ее леди Бейнбридж. — Ты слишком любишь болтать.

Три сестры обменялись сочувственными взглядами. Мэри разговаривала так редко, что они даже голоса ее толком никогда не слышали.

— Какую газету? — Пруденс невинно улыбнулась.

— Да вы наверняка ее видели, мерзкая газетенка. — Леди Бейнбридж поставила чашку на маленький столик. — Называется «Леди Мейфэра». Самое неудачное название, какое только можно было придумать. Ни одна настоящая леди не станет ее читать.

— Леди Летиция Грэм и достопочтенный мистер Энсор, мисс Дункан.

Голос Дженкинса, раздавшийся в дверях, заставил всех вздрогнуть от неожиданности. Никто не слышал звона дверного колокольчика.

— О, леди Бейнбридж, я полностью с вами согласна! — защебетала Летиция, вплывая в гостиную, шурша шелком и кружевами и распространяя вокруг запах лавандовой воды. — Я просто шокирована! Мой бедный брат был ошеломлен, узнав, что стал героем подобной заметки. Так неловко, вы не находите? Для человека, только что приехавшего в город, это не лучший способ быть представленным в обществе.

— Ты удивишься, Летиция, но мне даже льстит, что я привлек столько внимания.

Голос у Макса Энсора был все таким же мягким, каким он запомнился Констанции, но она почувствовала в нем нотку раздражения. Она с удовлетворением поняла, что он не так уж добродушно отнесся к упоминанию о его особе на страницах «Леди Мейфэра», как хотел показать.

— Мистер Энсор, как мило, что вы почтили нас своим присутствием.

Констанция шагнула вперед и протянула руку. За вежливой, но холодной улыбкой она старалась спрятать легкое волнение, охватившее ее от предвкушения нового поединка с ним.

— Это большая честь для меня, мисс Дункан. — Он склонился над ее рукой.

— Вы сегодня решили пропустить время запросов*, мистер Энсор? — спросила Честити.

— Как видите, мисс Честити, — ответил он и взял у Дженкинса чашку с чаем.

— Но члену парламента, ответственно относящемуся к своим обязанностям, должно быть, очень важно присутствовать во время запросов, — заметила Констанция. — Не хотите ли сандвич? С яйцом и салатом или с огурцом? — Она протянула ему тарелку.

Макс обнаружил, что оказался в центре внимания трех пар глаз различных оттенков зеленого. В этих глазах было нечто большее, чем просто вежливый интерес. Он чувствовал себя мышкой, за которой пристально наблюдают три хищные кошки.

---

* В палате общин с понедельника по четверг время с 14 ч. 45 мин. до 15 ч. 30 мин. отводится для ответов премьер-министра и министров на вопросы членов парламента.

— Будьте уверены, если случится что-нибудь из ряда вон выходящее, меня известят, — сказал он, с неудовольствием почувствовав, что оправдывается. — Но так получилось, что я обедал сегодня с премьер-министром и расстался с ним менее часа назад.

Он взял сандвич с яйцом и салатом.

— Понимаю, — с улыбкой отметила Констанция. — Вы имеете возможность общаться с премьер-министром в неформальной обстановке. Необычная честь для вновь избранного члена парламента, не правда ли?

Макс не ответил. Если она рассчитывала выставить его хвастуном, он не собирался ей в этом подыгрывать.

Констанция насмешливо разглядывала его.

— Как я поняла, вы стали героем заметки в «Леди Мейфэра». Вы находите, что это комплимент?

Макс посмотрел на пухлый сандвич, который держал в руке, и пожалел о своем выборе. Сандвич с огурцом выглядел гораздо аккуратнее, чем эти листья салата и рубленые яйца.

— Я едва просмотрел эту заметку, мисс Дункан.

— Вот как? Но конечно же, вас вряд ли могла заинтересовать женская газета. Женщины ведь интересуются одними пустяками. Насколько я помню, такова была ваша точка зрения.

Она продолжала улыбаться. Ее темно-зеленые глаза не отрывались от его лица. Он заметил, что ее сестры присоединились к остальным гостям на другом конце гостиной. Макс почувствовал, что оказался в невыгодном положении, стоя напротив этой женщины и держа в руках два куска хлеба, между которыми торчали листья салата и рубленые яйца, грозившие выпасть на ковер. Он огляделся, надеясь положить куда-нибудь свой сандвич, поскольку было невозможно одновременно есть и поддерживать вразумительную беседу. А точнее, уверенно и с достоинством отвечать на явные нападки. Он приехал сюда, намереваясь поиграть по собственным правилам, но нашел в мисс Дункан достойного противника. Очевидно, на том вечере у Бикменов он задел ее за живое.

— Я вижу, вы ищете тарелку, мистер Энсор. — Констанция шагнула к боковому столику и взяла чистую тарелку. — Прошу прощения за мою невнимательность.

Макс подозревал, что невнимательность была намеренной, но взял тарелку с облегчением.

— Я ничего не знаю об этой газете, мисс Дункан. На прошлой неделе вы дали экземпляр леди Армитидж. Как вы сами сказали, в газете нет никакой полезной информации. Обычные сплетни и обсуждение различных пустяков, которые так нравятся женщинам.

Макс внимательно следил за ее лицом и заметил, что в ее глазах вспыхнула досада. Очко в его пользу, решил он. Теперь они квиты.

— Там была статья о новых законах лицензирования, — с небрежной улыбкой сказала Констанция. — Вы полагаете, что эти законы тоже пустяк, мистер Энсор? Мне кажется, член парламента должен иметь какое-то мнение по этому вопросу и интересоваться мнением других.

— Безусловно, но только авторитетным мнением, мисс Дункан.

Макс уже начал получать удовольствие от их спора и чувствовал, что Констанции это тоже нравится.

— А женское мнение, надо полагать, не является авторитетным?

— Я этого не говорил, мисс Дункан. Есть немало областей, в которых женское мнение является и авторитетным, и жизненно важным.

— Домашнсе хозяйство, кухня, воспитание детей. Да, в прошлый раз вы совершенно ясно высказались по этому поводу.

— И это вас оскорбило? — Он насмешливо поднял брови. — Это не входило в мои намерения. Я испытываю к представительницам прекрасного пола глубочайшее уважение и искренне восхищаюсь ими.

— Представительницы женского пола должны чувствовать себя весьма польщенными, мистер Энсор. Позвольте мне представить вас леди Бейнбридж и ее дочерям, леди Марте и леди Мэри.

Она отвернулась, и Макс понял, что сражение закончено, по крайней мере на этот раз. И он не был уверен, кто выиграл этот раунд.

Дженкинс объявил о прибытии еще троих гостей, и комната наполнилась голосами. Констанция и ее сестры были слишком заняты, ухаживая за гостями, чтобы принимать активное участие в разговорах, но Констанция чувствовала, что Макс Энсор незаметно наблюдает за ней. Казалось, ему наскучило происходящее. Он избавился от чашки с чаем и сандвича и теперь стоял, не принимая участия в беседе, позади стула, на котором расположилась его сестра. Казалось, он не замечает никого, кроме Констанции.

Девушка отрезала кусок бисквитного пирога и направилась к нему.

— Мистер Энсор, наша кухарка славится своими бисквитными пирогами. — Она вручила ему тарелку прежде, чем он успел отказаться. — С кем из присутствующих вы хотели бы познакомиться?

— Ни с кем, благодарю вас, — сказал он. — Я пришел сюда, чтобы поговорить с вами, мисс Дункан. Больше меня никто не интересует.

От его дерзости у нее перехватило дыхание.

— Вы хотите сказать, что в этой комнате нет никого достойного вашего внимания?

— Этого я не говорил, мисс Дункан.

Макс смотрел на нее, и в его глазах можно было прочесть одновременно и вопрос, и вызов. Констанция почувствовала, как ее щеки заливает румянец, и с трудом отвела от него взгляд. Она пыталась найти достойный ответ, но на этот раз находчивость подвела ее. На его губах появилась удовлетворенная улыбка. Он знал, что привел ее в замешательство.

Макс отломил кусочек пирога. Констанция не могла не заметить, что для мужчины у него были необычайно длинные и изящные пальцы.

— Человек с такими ограниченными интересами вряд ли может рассчитывать на то, чтобы вызвать интерес у других, — сказала она холодно.

Констанция понимала, что этот выпад был не в состоянии выразить и малой доли того, что она чувствовала, но впервые она растерялась, столкнувшись с таким чудовищно непробиваемым высокомерием.

— Туше, мисс Дункан. — Улыбка на его лице стала еще шире. — Я уверен, что все ваши гости очень достойные люди, — заверил он ее. — Боюсь, мое отсутствие интереса говорит лишь о том, что мне не хватает светских навыков. — Он небрежно пожал плечами.

— Вынуждена с вами согласиться, — ответила девушка.

Неожиданно до них донесся голос Летиции, что-то возбужденно рассказывавшей:

— Уверяю вас, моя дорогая леди Бейнбридж, я всерьез подумываю о том, чтобы уволить эту женщину.

— Настоятельно советую вам это сделать, леди Грэм, не теряя ни минуты. — Леди Бейнбридж решительно ударила сложенным веером по руке. — Нельзя доверять своих бесценных детей таким женщинам. Они развратят их молодые и несформировавшиеся умы. Я не позволила бы Марте или Мэри слушать подобные кощунственные высказывания.

— Какие еще высказывания, Летиция? — поинтересовалась Констанция, радуясь возможности дать себе передышку и собраться с мыслями.

— О, моя дорогая, вы даже не поверите. Я осматривала комнату мисс Уэсткотт сегодня... Мисс Уэсткотт — это гувернантка Пэм. Приходится следить за такими вещами. Я считаю своим материнским долгом периодически производить осмотр комнаты гувернантки. — Летиция закивала с видом воинствующей добродетели. — И как вы думаете, что я там нашла? — Она сделала многозначительную паузу, стараясь завладеть вниманием всех присутствовавших.

— Понятия не имею, — сказала Пруденс.

— Один из памфлетов этой организации, женский союз или как он там называется.

— Женский социально-политический союз, — ровным голосом произнесла Констанция.

— Как бы там ни было! Она спрятала его в шкафу. Разумеется, ей отлично известно, что я не потерплю подобного скандального вздора в своем доме. Куда катится мир, если невозможно доверять гувернантке собственной дочери?

— Куда, действительно? — пробормотала Констанция. — Ваша бдительность делает вам честь, Летиция. И право на личную жизнь и частную собственность не зря принесено на алтарь материнского долга. — Она бросила взгляд на Макса Энсора, и огонь, блеснувший в ее глазах, заставил бы благоразумного человека поостеречься. — Вы тоже разделяете мнение вашей сестры, мистер Энсор?

«Ей не понадобилось много времени, чтобы возобновить атаку», — подумал он. Но поскольку его живо интересовали ее взгляды на женский союз, он сознательно пренебрег предостережением, которое прочитал в ее глазах, и решил намеренно спровоцировать ее.

— Я как-то об этом не думал, — сказал он. — Однако утверждение, что женщины, платящие налоги, должны иметь право голоса, не лишено логики. — Ему показалось, что в ее глазах промелькнуло удивление. Внимательно наблюдая за ней, он продолжил, небрежно махнув рукой: — Однако это касается такой малой части женского населения, что вряд ли имеет какое-либо значение.

Он рассчитывал вызвать у Констанции какую-либо реакцию, но был разочарован. Она отвернулась, чтобы взять чайник и предложить Марте еще чаю.

— Мужчины прекрасно могут голосовать за нас, — проговорила Летиция. — Я уверена, что мой дорогой Берти отлично разбирается в том, за что следует отдать свой голос. Однако я не знаю, что мне делать с мисс Уэсткотт... Пэмми к ней очень привязана, а у нас и без того было немало осложнений с гувернантками. Они так часто не устраивали Пэмми.

— Не думаю, что политические убеждения мисс Уэсткотт имеют какое-либо значение для шестилетней Пэм, Летиция, — заметила Пруденс.

— О, если бы вы только знали, Пруденс. На какие только ухищрения не идут эти женщины, чтобы воздействовать на юные умы, — с содроганием произнесла леди Бейнбридж.

— Ох, я в таком затруднении, совершенно не знаю, как мне поступить, — пожаловалась Летиция. — Даже не могу поговорить с ней об этом, так как она поймет, что я обыскивала ее комнату.

Летиция надула губки, и Констанция подумала, что такая гримаса была бы более уместной на лице ее дочери.

— Да, действительно, все это очень неловко, — пробормотала она и поймала негодующий взгляд Честити.

По мнению Честити, шпионить за другими и совать нос не в свои дела было ничуть не лучше, чем воровать или убивать.

— На вашем месте, Летиция, — с трудом сдерживаясь, заметила Честити, — я руководствовалась бы старой пословицей: «Чего глаз не видит, о том сердце не болит». Насколько вам было бы спокойнее, если бы вы ничего не знали о политических пристрастиях мисс Уэсткотт.

— Я обязана заботиться о благополучии собственной дочери, — сухо объявила Летиция, поставив чашку на столик. — Ну что ж, мне пора. Я обещала Пэмми отвезти ее в гости к тетушке Сесили. — Она поднялась с кресла. — Нет нужды провожать меня, если ты предпочитаешь остаться, Макс. Джонсон с коляской ждет на площади. Он доставит меня домой в целости и сохранности.

Максу не потребовалось и секунды, чтобы принять решение. Он приехал, чтобы повидаться с Констанцией Дункан и немного прощупать почву. Оправившись от первоначального нападения, он прекрасно провел время, кое-что прояснил для себя, но теперь чувствовал, что ничего большего на этот раз не достигнет. Пора было ретироваться и перегруппировать войска.

— Моя дорогая Летиция, я привез тебя сюда, я и отвезу обратно, — сказал он с обворожительной улыбкой. — Мисс Дункан, милые дамы... — Он поклонился всем сестрам по очереди. — Я прекрасно провел время.

Констанция протянула ему руку:

— Я боялась, что вам скучно, мистер Энсор. Рада, если это не так.

— Не могу поверить, что у вас сложилось такое абсолютно ложное впечатление, — парировал он.

Он взял ее руку в свою и слегка сжал. Если она и заметила это, то не подала виду и лишь ответила ему ничего не значащей вежливой улыбкой.

— Может быть, вы позволите мне навестить вас еще раз и исправить это впечатление, — продолжал он, сильнее сжав ее пальцы.

Констанция, к собственной досаде, почувствовала, что он разоружил ее этой сменой тактики — открытая улыбка, живой блеск в синих глазах, добродушное выражение лица... Сейчас Макс Энсор уже не казался высокомерным, равнодушным или скучающим.

— Если вы думаете, что это возможно, — сказала она.

— О, я уверен, — ответил он, еще шире расплываясь в улыбке. — По крайней мере дайте мне шанс.

Со старомодной учтивостью Макс поднес ее руку к губам, затем взял свою сестру под руку, и они покинули гостиную.

Честити и Пруденс обменялись многозначительными взглядами, а Констанция почувствовала, как краснеет, что бывало с ней не часто. Она укоризненно посмотрела на сестер.

— Довольно представительный джентльмен, — объявила леди Бейнбридж, поднимаясь со стула и поскрипывая кринолином. — Хотя не стоит того, чтобы поднимать вокруг него столько шума. С чего вдруг они прицепились к нему в этой газетенке, ума не приложу.

— Просто безобидная сплетня, леди Бейнбридж, — с успокаивающей улыбкой проговорила Честити. — Было очень приятно повидаться с вами... и, конечно, с Мартой и Мэри. — Она с приветливой улыбкой смотрела, как они собирают свои перчатки и веера. — Мы непременно должны как-нибудь погулять с вами в парке.

— Надеюсь, со мной вы тоже погуляете, мисс Честити, — предложил лорд Лукан.

Он приехал позже остальных и теперь с нерешительным видом стоял рядом с Честити, не желая уходить вместе со всеми.

— Мы уезжаем за город на выходные. Будем рады, если вы присоединитесь к нам. Гостей будет не много, — сообщила Честити. — Мы планируем устроить теннисный турнир, а я знаю, как вы сильны в этой игре.

Лорд Лукан покраснел и, запинаясь, пробормотал слова благодарности, заметив, что он должен уточнить у матери, свободен ли он в эти дни или она уже что-то запланировала для него.

Честити сжалилась над ним и прервала его путаные объяснения:

— Ну что ж, дайте нам знать. Будем рады видеть вас, если сможете приехать.

— Мы пробудем за городом с пятницы до понедельника, — сказала Пруденс. — Если леди Лукан пожелает сопровождать вас, мы будем счастливы видеть и ее.

Их приглашение было пустой формальностью, поскольку вдовствующая леди Лукан редко покидала свою спальню, хотя при этом зорко следила за тем, что делает ее сын, и позволяла ему принимать лишь те приглашения, которые вызывали ее одобрение.

Чувствуя себя неловко, лорд Лукан распрощался с сестрами и удалился. Наконец Дженкинс закрыл парадную дверь, и сестры снова остались одни.

— Все прошло хорошо, — заключила Констанция, собирая на поднос грязные тарелки и чашки.

— Что именно — прием в целом или нападение на достопочтенного члена парламента от Саутуолда? — поинтересовалась Честити, откусывая от куска пирога.

— И то и другое, — ответила Констанция, отдавая поднос Дженкинсу. — Хочется верить, что этот джентльмен здесь больше не появится.

— О, в этом я не уверена, — усомнилась Пруденс, бросив на Констанцию проницательный взгляд. — По-моему, он принял твой вызов.

— Но мы все нападали на него, — уточнила Констанция, перехватив взгляд сестры, который ей очень не понравился.

— Только в самом начале, а дальше это было уже твое сольное выступление, — возразила Пруденс.

— И уверяю тебя, он, несомненно, тобой заинтересовался. Я чувствовала это даже на расстоянии. — Честити усмехнулась. — Ты же знаешь, я всегда чувствую такие вещи.

Констанция пожала плечами с кажущейся небрежностью:

— Если мне удалось его заинтересовать, я попробую это использовать. Если он действительно так близок с премьер-министром, кто знает, какие идеи можно будет через него протаскивать.

— Возможно, тебе даже понравится это занятие, — заметила Пруденс и подмигнула.

Констанция сдалась. Ей никогда не удавалось провести сестер.

— Может быть, и понравится, — согласилась она, потом подошла к дверям, ведущим на террасу. — Давайте немного пройдемся и прочитаем полученные письма.

— О, ты принесла их с собой? — Честити поставила на боковой столик чайник, который держала в руках.

— Они здесь, в кармане. — Констанция вытащила письма и помахала ими перед сестрами.

Они вышли в тихий садик, где вечерний воздух был напоен сладким ароматом роз. Из-за стены до них доносились стук железных колес и цоканье лошадиных подков. Сестры уселись на низкий парапет, и Констанция вскрыла первое письмо.

Глава 5

«“Леди Мейфэра”, “Посреднику”
14 июля 1906 года

Я хочу воспользоваться вашими услугами. Находясь в очень сложном и деликатном положении, я не хотела бы излагать суть дела в письменном виде, так как подозреваю, что моя работодательница имеет привычку обыскивать мою комнату и просматривать мои бумаги. Если это возможно, я бы предпочла встретиться с автором объявления и обсудить свои дела в приватной беседе.

В настоящий момент я служу в гувернантках и бываю свободна только по четвергам с трех до шести часов дня, когда моя подопечная отправляется вместе с матерью с визитами. Если можно, назначьте встречу на это время. Должна подчеркнуть, что мое дело очень спешное и, разумеется, сугубо конфиденциальное. Я полностью рассчитываю на то, что вы сохраните все доверенное вам в тайне. Ответ, пожалуйста, адресуйте в почтовое отделение на Парк-лейн на имя мисс Амелии Уэсткотт. Я могу забирать свою корреспонденцию по утрам, когда гуляю после завтрака в парке с моей воспитанницей. Вы не указали в объявлении стоимость ваших услуг. Должна сразу признаться, что навряд ли смогу заплатить большую сумму, но в любом случае я гарантирую оплату первичной консультации. Надеюсь, что вас это устроит, и рассчитываю вскорости встретиться с вами».

— Амелия Уэсткотт, — пробормотала Констанция, внимательно разглядывая подпись. — Удивительное совпадение, вам не кажется?

— Ничуть, — сказала Пруденс. — Можно, я взгляну? — Она взяла письмо у Констанции и молча внимательно перечитала его, прежде чем отдать Честити. — Это наверняка гувернантка Грэмов. Ее работодательница обыскивает ее комнату, в качестве выходного дня ей предоставляют жалкие три часа в неделю... Все совпадает.

— Я твердо намерена помочь этой бедной женщине, с которой обращаются так возмутительно, — заявила Честити, складывая письмо.

— В ее положении нет ничего необычного, — заметила Констанция. — Можно даже сказать, что ей повезло. Подумайте о помощницах поваров или младших горничных, которые поднимаются в шесть утра и ложатся после полуночи. Их плохо кормят, заставляют работать сверх меры, платят им гроши, дают всего два часа выходных в неделю...

— Кон, ты опять села на своего любимого конька, — прервала ее Пруденс. — Мы и сами все это прекрасно знаем и сочувствуем, поэтому не нужно читать нам лекции.

— Простите, — улыбнулась Констанция. — Просто я еще не остыла после сегодняшнего утреннего собрания.

Ее сестры рассмеялись.

— Прибереги свой пыл для Макса Энсора, — посоветовала Честити.

— На самом деле я чувствую себя немного виноватой, — нахмурившись, призналась Констанция. — Я резко отозвалась о мисс Уэсткотт, разумеется, до того, как узнала обо всех обстоятельствах. А Макс... мистер Энсор... встал на ее защиту.

— Как так?

— Я вынесла несколько поспешное суждение о ней, когда Летиция принялась жаловаться, что ее дочь всегда скучает и гувернантка не может ничем ее заинтересовать. — Констанция пожала плечами. — В разговоре с Максом Энсором я заметила, что гувернантка, по всей видимости, плохо справляется со своей работой. Она либо не умеет заинтересовать ребенка занятиями, либо не пользуется у нее авторитетом. Но он сказал, что во всем виновата Летиция. Она не позволяет никому призвать к дисциплине ее драгоценную Пэмми.

— Что ж, это обнадеживает, — сказала Пруденс. — Может быть, он не такой плохой, каким прикидывается.

— Но зачем ему вводить нас в заблуждение?

— Может быть, он что-то замышляет, — задумчиво предположила Честити. — Но ты ведь тоже ищешь общения с ним не без тайного умысла, так почему же ему нельзя?

Констанция подумала, что интуитивные умозаключения Честити порой лишь все усложняют. Но следовало признать, что ее сестра зачастую оказывалась права.

— Я подумаю над этим, — сказала девушка. — А сейчас давайте откроем оставшиеся письма. Твоя очередь, Пру.

Пру вскрыла очередной конверт, достала лист бумаги и начала разворачивать его.

— Ой, смотрите, наш первый гонорар! — Она достала хрустящую банкноту, вложенную в письмо.

— Опять адресовано «Посреднику»? — Честити наклонилась и заглянула ей через плечо.

— Да, от джентльмена, который предпочел не называть себя, — сказала Пруденс. — Он пишет, что хочет познакомиться с молодой леди из хорошей семьи, при этом не обязательно, чтобы она была богатой или красивой. — Она посмотрела на сестер и вопросительно подняла брови.

— Интересно. И зачем она ему понадобилась? — спросила Констанция.

— Чтобы жениться, разумеется.

— Он что, не может найти невесту обычным способом?

— Кон, ты неисправимый циник, — объявила Честити. — Почему ты считаешь, что человек не может стремиться найти родственную душу, не придавая значения деньгам или внешности?

— Может, но в таком случае это очень необычный человек.

Пруденс нетерпеливо взмахнула рукой, призывая их помолчать:

— Он говорит, что холостяк, с приличным состоянием, не любит городской жизни, поэтому ищет тихую, спокойную девушку, которой понравится жить в деревне.

— Но он хочет сохранить анонимность? — Констанция нахмурилась. — Мне не хотелось бы знакомить какую-нибудь доверчивую девушку с человеком, о котором мы ничего не знаем.

— Давайте предложим ему встретиться где-нибудь с нами. Например, в магазинчике у сестры Дженкинса. Это логично, поскольку мы указываем ее адрес. И наденем вуали на случай, если он окажется с нами знаком, — предложила Пруденс.

— Я считаю, что идти должна только одна из нас, — сказала Констанция. — Честити. Она видит людей насквозь и сразу же почувствует, если будет что-нибудь подозрительное.

— Мне кажется, вам тоже следует быть там, даже если вы не хотите показываться, — возразила Честити. — Я буду чувствовать себя увереннее.

— Да, конечно, — тут же согласилась Констанция. — Давайте назначим встречу после выходных. Например, в среду. Утром, чтобы успеть вернуться домой до приезда гостей. А завтра нам нужно обязательно встретиться с Амелией Уэсткотт, потому что это ее выходной. Иначе нам придется ждать еще неделю.

Сестры кивнули, после чего Честити вскрыла третье письмо.

— Это для тетушки Мейбл, — усмехнулась она. — Смотрите-ка, этой леди очень понравился мой ответ женщине с двумя возлюбленными. Нужно будет обязательно напечатать это письмо. Вы только послушайте... — Она начала читать слащавым манерным голосом: — «Такой умный, полный сочувствия и понимания ответ. Такая мудрость, опытность и знание жизни...» — Она подняла глаза: — Разве это не одно и то же?

— Одно и то же, — подтвердила Констанция. — Продолжай.

— Ну, дальше она говорит, что у нее была похожая проблема, и, если бы в свое время кто-нибудь дал ей такой мудрый совет, она не оказалась бы в той ситуации, в которой теперь находится.

— И что же это за ситуация?

— Она сделала неправильный выбор, — коротко ответила Честити. — Я лучше напишу ответ, и мы его опубликуем вместе с письмом.

— А вот и еще одно для тетушки Мейбл. — Констанция помахала четвертым письмом. — У замужней женщины проблемы со свекровью, которая контролирует каждый ее шаг, держит сына на коротком поводке, не давая ему денег, а теперь грозится переехать из поместья в Лондон, потому что невестка не умеет правильно вести хозяйство.

— Подписано?

Констанция отрицательно покачала головой:

— Сказано только: «Отчаявшаяся из Найтсбриджа».

— Я знаю нескольких женщин, к которым все это применимо, — заметила Пруденс.

Честити протянула руку и взяла у Констанции письмо.

— Я найду какое-нибудь подходящее решение. Только мне кажется, не стоит нам гадать по поводу авторов этих писем, не то мы начнем подозрительно присматриваться ко всем нашим знакомым.

Констанция рассмеялась:

— Ты права, Чес. Но похоже, твоя тетушка Мейбл просто находка. — Она вновь посерьезнела. — Однако что мы ответим нашей первой клиентке?

— Верно, Амелия Уэсткотт сейчас самое важное, — сказала Пруденс. — Нужно немедленно написать ответ. Дженкинс опустит его в почтовый ящик, когда отправится вечером на прогулку.

— В пивную. Мистер Дженкинс любит пропустить кружку пива, — уточнила Честити.

— Напишем, что мы встретимся с ней завтра днем, — продолжала Пруденс, направляясь к дому. — Письмо уйдет с утренней почтой, а она получит его к завтраку. Где назначим встречу?

— Только не в «Фортнуме». Там она будет себя неловко чувствовать, — быстро проговорила Честити, следуя за сестрой.

— Да, ты права, — кивнула Констанция. — Ой, я знаю! Что скажете про «Лайонз-Корнер-Хаус» около Марбл-Арч? Никто из наших знакомых в жизни туда не заглянет. Но это очень респектабельное заведение для среднего класса.

— Имеющее к тому же еще одно весомое преимущество — там относительно недорого, — добавила Пруденс. — Я не знаю, каковы правила этикета касательно встреч с клиентами за чашечкой чаю, но если она захочет заплатить за себя, следует позаботиться о том, чтобы сумма была приемлемой. То же самое относится и к нам, если мы собираемся платить за своих клиентов.

— Только не говори, что чай со сливками в «Фортнуме» разорит нас. Не забывай, что мы собираемся брать деньги за свои услуги, — сказала Констанция.

— А это мы еще даже не обсудили, — бросила Пруденс, оглядываясь. — Может быть, сделаем гибкую систему оплаты? Богатые платят больше, чтобы можно было брать меньше с бедных.

— Согласна, — решила Констанция. — Конечно, гораздо проще, когда они присылают плату сразу же в письме, но нельзя ожидать, что все будут так поступать.

— К тому же расходы всякий раз будут разными, — продолжала Пруденс, открывая дверь в гостиную. — Например, нам может понадобиться купить билет на поезд или нанять кеб...

— Но мы же не знаем, каких именно услуг от нас будут ждать и какие расходы это может за собой повлечь. — Констанция подошла к секретеру. — Мне кажется, нужно брать почасовую таксу по гибкой шкале с компенсацией накладных расходов и предусмотреть дополнительную плату в особых случаях. — Она достала лист бумаги. — Здесь папин герб. Нам нужна простая бумага. — Она принялась рыться в ящике секретера.

— Мне кажется, нам всем следует пойти на встречу с мисс Уэсткотт, — поразмыслив, объявила Пруденс. — Мы знаем, кто она, а она понятия не имеет, кто мы. И даже если бы она знала, то не меньше нас заинтересована в соблюдении тайны.

— С остальными клиентами придется маскироваться. Темные вуали и измененные голоса... — говорила Констанция, усаживаясь за секретер и обмакивая перо в чернильницу. —

Прекратите смеяться и попытайтесь сосредоточиться. Я говорю совершенно серьезно. Итак, что будем писать?

Они как раз закончили надписывать адрес на конверте, когда в дверь постучали и на пороге появился Дженкинс с письмом в руке.

— Это принесли для вас, мисс Кон. Посыльный ждет ответа.

Констанция повернулась и протянула руку:

— Спасибо, Дженкинс. А вот письмо, которое нужно отправить сегодня вечером. Вы могли бы это сделать?

— Разумеется, мисс.

Они обменялись конвертами.

Констанция посмотрела на почерк. Он был ей незнаком, но определенно писал мужчина. Черные чернила, четко прописанные буквы, никаких завитушек. Девушка сразу же инстинктивно поняла, от кого оно. Почерк был так же характерен для этого человека, как и его голос. Совершенно неожиданно Констанция почувствовала, как у нее замерло сердце. Стараясь не обращать на это внимания, она с деланным спокойствием вскрыла конверт серебряным ножом и развернула лежавший внутри лист бумаги. Подпись оказалась именно той, которую она и ожидала увидеть.

— Ну, что там? — спросили сестры.

— Это от Макса Энсора. Приглашение поужинать сегодня вечером. — Констанция прочитала вслух короткую записку, радуясь, что ее голос звучит, как всегда, ровно, а сердце уже успокоилось. — Если я не занята...

— А ты как раз не занята.

— Это верно. — Она задумчиво посмотрела на лист бумаги. — Идти или не идти?

— Вот уж действительно вопрос вопросов. — Пруденс взяла новый лист бумаги, на этот раз украшенный гербом, и положила перед Констанцией. — Посыльный ждет ответа.

— Вам не кажется, что он торопит события, предлагая мне интимный ужин тет-а-тет, особенно после того, как сегодня днем мы приложили все усилия, чтобы поставить его в неловкое положение? — спросила Констанция. — И вообще, с чего это ему вздумалось ужинать со мной?

— Если не пойдешь, то никогда этого не узнаешь, — как всегда, здраво рассудила Пруденс.

— Ты права. И полезно прощупать его насчет гувернантки, — задумчиво нахмурившись, сказала Констанция. — Должен же он что-нибудь знать о ней.

Пруденс с понимающей улыбкой посмотрела на сестру.

— Это будет очень полезно, — согласилась она. — Так что напиши, что ты согласна, и пойдем тебя одевать.

— Интересно, он повезет тебя в «Савой» или «Кафе ройял»? — принялась размышлять Честити.

— «Кафе ройял», — со знанием дела сказала Пруденс, размахивая листом бумаги, чтобы быстрее высохли чернила. Она отняла письмо у Констанции, опасаясь, как бы та не передумала. — Готова поспорить. Хотя, — задумчиво добавила она, — «Савой» больше в его стиле. Судя по манере одеваться и по тому, как он держится. Но «Кафе ройял» больше подходит для тихого интимного ужина. А в «Савое», с другой стороны, лучше кормят.

Сестры не прерывали ее монолога, потому что в подобных вещах она всегда оказывалась права. Наконец Пруденс приняла решение:

— Мы оденем тебя для «Кафе ройял». — Она сложила записку и протянула ее терпеливо ожидавшему дворецкому. — Вот, Дженкинс. Не перепутайте, которое из них отдать посыльному.

— Мисс Пру! — негодующе воскликнул он.

— Я пошутила, Дженкинс.

Она чмокнула его в щеку, и он, смущенно покраснев, поспешно вышел.

Макс Энсор вставил бриллиантовые запонки в высокий воротничок рубашки. Такие же запонки поблескивали в его манжетах. Его камердинер стоял в дверях, держа в руках плащ с ярко-алой подкладкой и черный шелковый цилиндр.

— Ну, вот и все, полагаю. — Макс одернул фалды фрака и приподнял ногу, чтобы посмотреть на свои черные туфли. Они сверкали, начищенные специальным кремом, который Марсел изготавливал на основе шампанского. — Поздравляю, Марсел, это превосходно.

Макс с готовностью признавал, что страдал некоторым тщеславием, но при этом был готов первым посмеяться над своим пристрастием к хорошей одежде, которое Марсел разделял с хозяином.

— Да, сэр.

Камердинер поклонился и с присущим только людям его положения восхищением посмотрел на то, как изящно сидит фрак на широких плечах хозяина. Он почти с благоговением набросил плащ поверх фрака и принялся суетливо расправлять складки.

— Найти вам кеб, сэр?

— Нет, сегодня прекрасный вечер. Я пройдусь пешком до Манчестер-сквер и возьму кеб там. — Он принял из рук Марсела белые перчатки. — Думаю, я вернусь не позже часа.

— Слушаюсь, сэр. — Камердинер открыл дверь спальни.

Макс направился по широкому коридору к парадной лестнице. Проходя мимо узких ступеней, ведущих наверх в детскую, он остановился, услышав, как что-то с грохотом упало на пол и разбилось, вслед за чем раздался истошный крик ярости. Усталый голос произнес:

— Если ты не хочешь этого, Памела, я сейчас все унесу. Не из-за чего плакать.

Вопли продолжались какое-то время, потом внезапно утихли. Последовала напряженная тишина. Затем снова послышался терпеливый усталый голос:

— Пожалуйста, Памела, не делай этого.

Макс никогда не обращал никакого внимания на мисс Уэсткотт. Наверное, он встречал ее в течение дня и уж совершенно точно видел ее, когда она приводила свою воспитанницу в гостиную навестить леди Грэм. Однако он не смог бы сказать, как она выглядит. Но усталая покорность в ее голосе привлекла его внимание. После того, что он услышал сегодня днем о том, как Летиция обращается с бедной женщиной, и хорошо зная, как она балует своего ребенка, он мог себе представить, насколько тяжела жизнь гувернантки в этом доме.

«Неудивительно, — подумал он, поднимаясь в детскую, — что образованные женщины вроде мисс Уэсткотт находят привлекательными лозунги Женского социально-политического союза». Забитые, не имеющие возможности хоть сколько-нибудь изменить свою жизнь, они надеются, что право голоса позволит им как-то повлиять на условия их работы. Эта мысль была совершенно новой и неожиданной для него. До того как он посетил сегодня сестер Дункан, подобные мысли не нарушали его восприятия общественного устройства мира, в котором он жил. Макс невесело усмехнулся, подумав, что внезапным решением посетить детскую он целиком обязан Констанции Дункан.

Дверь была открыта, и он смог рассмотреть, что там происходило. Маленькая девочка, с волосами, забранными в хвостики и торчащими в обе стороны, стояла возле перевернутого стула посреди комнаты с ярко окрашенными стенами. Ее лицо было налито кровью, глаза закатились, и было видно, что она нарочно задерживает дыхание. Измученного вида женщина лет тридцати стояла рядом и смотрела на нее с бессильным раздражением. Эта женщина, помогавшая няне Бакстер, воспитавшей Макса и его сестру и сейчас слишком старой, чтобы активно ухаживать за детьми, нервно сжимала руки и бормотала:

— Дышите же, мисс Пэмми, дышите!

Макс подхватил девочку и высоко поднял ее на вытянутых руках. От удивления она с шумом втянула в себя воздух, и ее глаза приняли нормальное выражение. Он заметил, что она не пролила ни слезинки. Он держал ее до тех пор, пока цвет лица девочки не приобрел естественный оттенок, после чего опять поставил на пол.

— Похоже, у тебя что-то случилось, Пэмми, — дружелюбно заметил он.

Племянница на какое-то время, казалось, лишилась дара речи. Она только глазела на него, засунув в рот большой палец.

— Прошу простить, если мы вас побеспокоили, мистер Энсор, — извинилась гувернантка. Она отвела со лба прядь волос, выбившуюся из прически. — Не было никакой необходимости поднимать скандал. Пэмми не хотела есть тост с маслом, и я сразу же забрала его, но она все равно... — Женщина пожала плечами, и в этом жесте отразились безысходность и отчаяние.

Макс внимательно посмотрел на девочку.

— Наверное, это очень разочаровывает, когда противник сдается при первых признаках сопротивления, — заметил он. — Хороший скандал очень полезен для того, чтобы выяснить границы дозволенного. Но когда таких границ нет, что остается ребенку?

В серых глазах Амелии Уэсткотт мелькнула признательность.

— Леди Грэм не поощряет никаких ограничений.

— Я так и понял. Несчастный ребенок, — он улыбнулся, — и несчастная воспитательница. Я глубоко сочувствую вам, мадам.

— Благодарю вас, сэр. — Легкий румянец тронул ее бледные щеки. — Кажется, сегодня продолжения уже не будет. Обычно ее хватает только на один скандал за вечер.

Макс неодобрительно покачал головой:

— Я поговорю со своим зятем.

Она внезапно шагнула к нему:

— О нет, мистер Энсор! Вы очень добры, но я не хотела бы, чтобы леди Грэм думала, будто я жалуюсь на Пэмми.

Он раздраженно хлопнул сложенными перчатками о ладонь. Ради собственного удобства и чтобы не огорчать дочь, Летиция могла смириться с гувернанткой, имеющей подозрительные политические взгляды. Но она не потерпит и намека на критику в адрес ребенка ни от кого, особенно от людей, находившихся у нее в услужении. Кроме того, в глубине души он был уверен, что разговор с Берти ни к чему не приведет. Лорд Грэм ненавидел проблемы и решительно закрывал глаза на все, что могло их вызвать.

— Хорошо.

Макс кивнул и повернулся к двери, собираясь уходить.

— Дядя Макс, — наконец заговорила Памела и дернула его за фалду фрака. — Куда ты идешь? Можно я пойду с тобой?

— Я собираюсь на ужин, — ответил он, — с другой дамой. Я не хотел бы отменять ужин в последнюю минуту. Это было бы чрезвычайно невежливо, тебе не кажется?

Памела задумалась. Закончив скандалить, она теперь готова была проявить благоразумие.

— Она может подумать, что я ее соперница в любви, — объявила она, захлопав в ладоши.

Макс уставился на гувернантку:

— Бог мой, откуда она?..

— Няня Бакстер очень любит романтические истории, мистер Энсор, — с каменным лицом сообщила мисс Уэсткотт.

— Понимаю.

— Леди Грэм и няня Бакстер любят обсуждать чужие любовные дела, когда ее светлость навещает детскую.

— О, понимаю, — повторил Макс. Он ласково дернул племянницу за хвостик и сказал: — Доброй ночи, мисс Уэсткотт.

Убедившись, что в детской воцарился покой, он повернулся и быстро вышел.

В холле он столкнулся с зятем.

— А, Макс, отправляешься в парламент? — игриво спросил Берти, распространяя вокруг себя запах виски. — Я только что оттуда... с очень скучного заседания, посвященного сельскому хозяйству. Честно говоря, меня это совершенно не интересует. До тех пор пока арендаторы исправно платят, лучше оставить их в покое, вот мое мнение. Согласен?

— Я представляю интересы городских жителей, Берти, — сказал Макс. — В сегодняшней повестке нет ничего, что касалось бы моих избирателей. Поэтому я решил пригласить на ужин мисс Дункан.

— Да? — Лорд Грэм попытался сфокусировать взгляд. — А, старшая. Чертовски привлекательная девушка, напоминает свою мать. Но скоро превратится в старую деву, если не приглядит себе мужчину... а ведь за ней многие увиваются. Жаль того парня, за которого она собиралась замуж, не могу вспомнить, как его звали... Его убили на войне. Под Мейфкингом... или еще в какой-то Богом забытой дыре в Южной Африке. Если я не ошибаюсь, он служил в драгунах.

— Когда это случилось? Лет пять-шесть назад? — заинтересовался Макс.

Ему трудно было представить Констанцию Дункан в роли трагической героини, все еще оплакивающей потерянную любовь.

— Что-то около того, — небрежно махнул рукой Берти. — Это было страшным потрясением для всей семьи. Мать увезла дочерей на полгода в Италию, надеясь, что Констанция оправится от удара. Полагаю, сейчас она уже смирилась со своей потерей. Девушки ее возраста не могут вечно оплакивать погибшего жениха.

Макс помолчал, обдумывая услышанное, потом снова направился к двери.

— Желаю приятно провести вечер, Берти.

— Постой, я хотел спросить тебя... — Лорд Грэм придержал руку зятя. — Это правда, что тебе прочат место в кабинете министров? Я слышал, ты в очень хороших отношениях с премьером.

— Отнюдь, — рассмеялся Макс. — Я недавно в политике, поэтому вряд ли удостоюсь такой чести.

— Жаль, — вздохнул Берти. — Член кабинета министров может быть очень полезен семье.

Макс покачал головой и оставил зятя предаваться размышлениям наедине с графином. Вечер был чудесный, и он быстро зашагал в сторону Манчестер-сквер. Вопрос Берти не был для него неожиданностью, хотя он и предпочел отшутиться. Премьер-министр действительно доверял ему и ценил его мнение. Но Макс слишком мало пробыл членом парламента, чтобы рассчитывать на такое повышение сейчас.

Если он не совершит ошибок, то рано или поздно получит этот пост во время правления либеральной партии. А он твердо намерен не совершать ошибок. К тому же Макс нащупал слабое место премьера. Кемпбелл-Баннерман и весь его кабинст были серьезно настроены против суфражисток, но не могли позволить себе вызвать недовольство тех членов либеральной партии, которые их поддерживали. Поэтому если Макс найдет приемлемый компромисс в этом вопросе, это обеспечит ему в конечном счете министерский портфель. А ведь существовало немало способов тормозить деятельность Женского социально-политического союза, не раздражая при этом его наиболее влиятельных сторонников. И лучше всего было начать с установления доверительных дружеских отношений с активным и преданным членом союза.

Макс не знал, была ли Констанция Дункан членом союза, но она не скрывала своих радикальных взглядов на женское равноправие. Он не знал наверняка, имеет ли она отношение к «Леди Мейфэра», но подозревал, что имеет. Либо она сама активно участвовала в этом движении, либо знала тех, кто стоял у руля. Если издатели газеты намерены причинять неприятности властям, очень важно выяснить, кто за ней стоит. Поэтому ему очень хотелось объединить полезное с приятным, завязав более близкое знакомство с мисс Дункан.

Макс долго колебался, прежде чем пригласить ее сегодня на ужин, размышляя, не слишком ли рано назначать столь интимную встречу. Но потом решил, что лобовая атака в отличие от традиционного ухаживания застигнет ее врасплох и заставит принять приглашение. Он будет с ней мил, любезен, разоружит ее своим обаянием. А после этого сделает вид, что охладел, оставит ее без внимания на несколько дней. Пусть гадает, каковы его намерения. Такая тактика в прошлом всегда срабатывала.

Но Макс не мог не признаться самому себе, что в данном случае не уверен в успехе. Констанция была для него загадкой. Она не была похожа ни на одну женщину, с которыми он до этого встречался. Она была резка и самоуверенна, как синий чулок, язвительна, как мегера, красива, как богиня, а держалась и одевалась, как прирожденная леди. И в то же время ее нельзя было причислить ни к одной из этих категорий. Ни ее саму, ни ее сестер. Не стоило сбрасывать со счетов и историю с погибшим женихом. Наверняка подающий большие надежды отпрыск родовитой семьи, отдавший жизнь, сражаясь за свою страну. «Если она все еще оплакивает его, рядовому скромному политику будет нелегко сравняться в ее глазах с погибшим героем», — думал Макс, поднимаясь по ступеням ее дома.

Он позвонил, дверь распахнулась, и дворецкий, которого он уже видел днем, с поклоном пригласил его войти.

— Не будете ли вы так любезны подождать в гостиной, сэр? Я сообщу мисс Дункан о вашем приходе.

— Спасибо. И пожалуйста, пошлите кого-нибудь за кебом.

Макс последовал за дворецким в гостиную и с удивлением услышал, как тот объявил:

— Мистер Энсор, милорд. Он приехал за мисс Кон.

Лорд Дункан, стоявший в дверях, выходивших на террасу, обернулся.

— О, а я и не знал, что моя дочь куда-то идет сегодня вечером. — Он направился к гостю и протянул ему руку. — Никто мне ничего не рассказывает в этом доме, — пожаловался он. — Желаете что-нибудь выпить?

— Пожалуй.

— Дочери никогда ничего не рассказывают, — продолжал лорд Дункан, — почти как жены. — Он рассмеялся и протянул Максу бокал с вином. — Ну, и куда вы ее везете? Не подумайте, будто я вмешиваюсь или проявляю чрезмерную отцовскую заботу. Кон вполне способна сама о себе позаботиться.

— Думаю, в «Кафе ройял», — ответил Макс.

— Отличный выбор. Я возил туда ее мать на следующий день после свадьбы... Должно быть, уже прошло лет тридцать с тех пор. — Лицо лорда Дункана на мгновение омрачилось, но тут же снова прояснилось. — Вы у нас политический деятель, не так ли? Один из протеже Кемпбелла-Баннермана?

— Я бы не сказал, что протеже, сэр.

— Во всяком случае, подаете большие надежды, — заговорщически подмигнул лорд Дункан. — Сигару? — Он поднял крышку резной серебряной шкатулки.

— Нет, благодарю вас.

Лорд Дункан прикурил сигару и глубоко затянулся.

— И где вы познакомились с моими дочерьми? Я полагаю, что если вы знаете одну из них, то знакомы и с остальными.

— Вы правы, лорд Дункан. — Макс нетерпеливо посмотрел на дверь. — Я познакомился с ними в «Фортнуме», где мы с леди Армитидж пили чай. Она подруга моей сестры, леди Грэм, — на всякий случай уточнил он.

— О да, мне известно, мой мальчик. Вы непременно должны приехать в наше загородное поместье в эти выходные. У нас соберется небольшая компания. Девочки хотят поиграть в теннис... Сам я не большой поклонник этой игры. Предпочитаю крокет, он гораздо азартнее. Как только подумаешь...

— Папа, ты до смерти надоешь мистеру Энсору своими рассуждениями о крокете. — Констанция вошла в комнату, шурша юбкой из черной тафты. — Мистер Энсор, надеюсь, я не заставила вас долго ждать.

— Вовсе нет, мисс Дункан.

Макс не мог отвести от нее глаз. Цвет плотно облегающего темно-красного корсажа почти в точности совпадал с цветом ее волос. Глубокий вырез, отделанный черным блестящим гагатом, обнажал изящные ключицы и верхнюю часть нежной округлой груди. Констанция выглядела настолько соблазнительно, что Макс непроизвольно сжал кулаки. Туфли на высоком каблуке придавали еще больше стройности ее безупречной фигуре. Высоко забранные волосы были украшены крохотными бабочками из черного гагата и, казалось, просились, чтобы их высвободили из плена прически и дали локонам свободно рассыпаться по ее точеным плечам. Макс смотрел на нее как завороженный.

— Кон выглядит сегодня особенно красивой, мистер Энсор, — раздался голос Пруденс, и Макс с трудом стряхнул с себя оцепенение.

Он заметил, что сестры Констанции разглядывают его с понимающими улыбками. Было ясно, что от них не укрылась его реакция.

— Мисс Дункан прекрасна как всегда, — слегка поклонился он. — Так же, как и ее сестры.

— Как мило с вашей стороны, мистер Энсор, — улыбнулась Честити. Он бросил на нее подозрительный взгляд, но не заметил и тени насмешки. — Итак, куда вы везете Кон?

Макс подумал, что из всех троих Честити была самой доброжелательной. Что касается двух других, с ними следовало держаться настороже. Им были присущи колкость и язвительность, но, как это ни странно, он находил эти качества привлекательными и возбуждающими, особенно в Констанции.

— Я думаю, в «Кафе ройял», если это вас устроит, мисс Дункан.

— Вполне, — ответила Констанция. — Кажется, я слышала, как отец приглашал вас в Ромзи-Мэнор на выходные?

Макс поклонился и пробормотал:

— Но я не уверен, что...

Он не закончил фразу, внимательно наблюдая за ней, пытаясь уловить недовольство или нерешительность. Из вежливости ей придется поддержать отца, но он уже сделал один смелый шаг и не спешил делать другой. Макс не собирался рисковать, принимая приглашение, если это вызовет хотя бы малейшее неодобрение с ее стороны. Лучше действовать медленно, но верно, чем поспешить и спугнуть ее.

Констанция размышляла недолго. Она сможет обратить его в свою веру, и он даже не заметит, что им манипулируют. А три дня в загородном поместье предоставят ей для этого уйму возможностей. К понедельнику, она была уверена, он уже станет ярым сторонником женского движения.

Констанция сдержала смешок и с искренним радушием произнесла:

— О, я очень надеюсь, что вы сможете присоединиться к нам! Я понимаю, что это приглашение несколько неожиданно для вас, но мы будем рады вашему обществу.

Она повернулась к сестрам, и они горячо поддержали ее.

Их радушие выглядело весьма убедительно, но Макс почувствовал некоторую настороженность, причину которой он сам не мог понять. Тем не менее с готовностью ответил:

— Благодарю, с удовольствием принимаю ваше приглашение.

— Вот и прекрасно, мы поговорим об этом за ужином. Вы играете в теннис?

— Немного.

Констанция слегка прищурилась:

— Вы чересчур скромны, мистер Энсор.

Он рассмеялся:

— Я не настолько тщеславен, чтобы хвастаться своим умением, пока не выясню, насколько сильны мои соперники.

В этот момент вошел Дженкинс и доложил о прибытии экипажа.

— Вы готовы, мисс Дункан? — Макс предложил Констанции свою руку.

— Желаю приятно провести время, — улыбнулась Честити.

— Увидимся в пятницу, мистер Энсор, — сказала им вслед Пруденс.

— Вы не держите в городе собственного экипажа? — спросила Констанция, когда Макс помогал ей сесть в кеб.

— У меня есть автомобиль, — ответил он. — Но я стараюсь не пользоваться им в городе.

— Автомобиль! — с искренним восхищением воскликнула Констанция. — Я ни разу не ездила в автомобиле.

— Может быть, вы позволите мне отвезти вас в поместье в пятницу?

Констанция не отвечала, и он с тревогой посмотрел на нее:

— Я что-то не так сказал?

— Нет, нисколько. — Она вздохнула. — Просто это будет несколько неловко.

Макс рассчитывал, что она объяснит, что имеет в виду, но поскольку Констанция молчала, он решил оставить эту тему.

Глава 6

Экипаж остановился около ресторана, и Макс провел Констанцию внутрь и отдал их накидки служителю в гардеробе. Затем они проследовали за метрдотелем по широкой позолоченной лестнице наверх, где их усадили за маленький столик в нише, откуда Констанция могла наблюдать за сидящими в обеденном зале.

Макс заказал шампанское, открыл меню и вопросительно посмотрел на свою спутницу:

— Вы любите устриц, мисс Дункан? Сегодня у них есть бретонские.

— Вообще-то люблю, — ответила Констанция, — но сегодня мне что-то их не хочется.

— Ну, тогда, наверное, мы возьмем заливные перепелиные яйца, — пробормотал он почти про себя. — Потом палтус под голландским соусом и голубиную грудку с трюфелями. — Макс выжидательно взглянул на нее.

Констанция нервно переплела пальцы. Она терпеть не могла, когда мужчины брали на себя смелость заказывать за нее. А этот тип вообще едва знаком с ней. Она открыла свое меню и с улыбкой бросила взгляд на официанта, наполнявшего ее фужер шампанским.

— Вы быстро принимаете решения, мистер Энсор, — сказала она. — Я, напротив, люблю тщательно изучить меню.

Обычно мне требуется не менее четверти часа, чтобы определиться, что же я намерена заказать.

Макс уловил язвительные нотки в ее голосе и с трудом подавил досаду. Он привык, что женщины позволяют делать выбор за них, более того, это было непременной частью любовной игры. А теперь получалось, что, для того чтобы не уронить своего достоинства, он должен притвориться, будто сделал заказ только для себя. А он терпеть не мог палтус, не слишком любил голубей и с удовольствием предвкушал, как закажет себе седло барашка, которым так славился «Кафе ройял».

Он принялся изучать карту вин, решив, что уж здесь-то она не посмеет вмешаться. Констанция внимательно наблюдала за ним, потягивая шампанское.

— Я всегда считала, что сансер неплохо подходит к палтусу, — предложила она. — И доброе старое бургундское с голубями, чтобы подчеркнуть вкус трюфелей.

Макс закрыл меню и взял в руки фужер с шампанским.

— Может быть, мисс Дункан, когда вы сообщите мне, что вы все-таки намереваетесь есть, я смогу подобрать для вас подходящие вина.

— О да, разумеется, — сказала Констанция, возвращаясь к изучению меню.

Он заметил, что в ее глазах блеснули искорки, а щеки слегка зарумянились.

Макс в задумчивости крутил фужер своими длинными пальцами. Констанция просто светилась от самодовольства, указав ему его место. Стоит ли уступать? Разоружить ее, искренне извинившись за то, что взял на себя слишком большую смелость? Или проигнорировать случившееся и есть своего палтуса и голубей, даже если они застрянут у него в горле? Макс решил, что лучше извиниться. Это обезоружит ее. А ему, чтобы продвинуться в своих отношениях с Констанцией Дункан, потребуется преимущество неожиданности. Макс добродушно рассмеялся.

— Я ненавижу палтус, — признался он. — И намерен заказать себе седло барашка.

Констанция посмотрела на своего спутника с явным удивлением, затем рассмеялась вместе с ним. Это был искренний, сердечный смех, в котором не было и тени иронии.

— Я не хотела, чтобы это выглядело так, будто я собираюсь поставить вас на место.

— О нет, именно этого вы и добивались!

— Ну что ж, прошу меня простить. Это было крайне невежливо с моей стороны, в то время как вы просто старались быть внимательным.

— Внимательным?! — возмущенно воскликнул Макс. — Вовсе нет. Я старался быть обворожительным!

— Вот как? — сказала она. — Меня всегда удивляло, почему мужчинам кажется, будто женщинам приятно, когда за них принимают решения.

— Вы очень своеобразная леди, — сухо заметил Макс.

— Возможно, не такая уж своеобразная, как вам кажется, — парировала она. — Думаю, таких достаточно много.

— Давайте заключим перемирие, мисс Дункан. — Макс протянул ей руку через стол.

Не видя причин отказываться, по крайней мере на этот вечер, Констанция с деловым видом ответила на его рукопожатие.

— Давайте уж заодно избавимся от излишней формальности, Макс. Меня зовут Констанция.

— Констанция, — повторил он, задерживая ее руку в своей чуть дольше, чем того требовал этикет.

Девушка почувствовала странное ощущение в кончиках пальцев, будто их покалывали иголочками, и поймала себя на том, что разглядывает его руку. Она подумала, что ей нравятся его руки, понравились с первого момента их знакомства. Отбросив эти мысли, она решительно высвободила свои пальцы.

— Что вы будете есть? — спросил он, когда молчание грозило стать неловким.

— Барашка, — ответила она. — Копченого лосося, суфле из омаров и барашка.

Макс серьезно кивнул и снова открыл карту вин:

— Вы думаете, сансер?

Констанция подняла руки, показывая, что сдается:

— Пожалуйста, выбирайте сами, я не осмелюсь вам указывать.

— Да неужели?

Он улыбнулся и чуть прищурил свои ярко-синие глаза. Это придало ему почти мальчишеский вид, и Констанция снова удивилась. Она была готова признать, что он красивый мужчина, но до сих пор не находила его особенно привлекательным. Может быть, она просто не думала об этом?

Эта мысль смутила ее. Констанция откинулась на спинку стула и принялась рассеянно оглядывать обеденный зал, пока Макс разговаривал с сомелье.

Констанция чувствовала, что на них обращают внимание. Новый повод для любителей посплетничать. Ей пришло в голову, что она может написать небольшую заметку в следующем номере газеты о том, как Макс Энсор ужинал с мисс Дункан. У нее вырвался невольный смешок, и Макс повернулся к ней:

— Что вас так развеселило?

— Да так, пришла в голову одна мысль, — небрежно сказала она, помахав рукой знакомым, сидевшим напротив.

Макс оказался приятным собеседником, и Констанция с готовностью поддерживала беседу. Они обсудили новую пьесу Бернарда Шоу «Человек и сверхчеловек», недавнюю смерть французского художника Камиля Писсарро, архитектуру нового ливерпульского кафедрального собора. Ее удивил широкий круг его интересов. Они выходили за рамки обычной светской беседы.

— Позвольте мне угадать, — сказал он, когда официант убрал их тарелки с остатками седла барашка. — Вы предпочитаете сыр перед десертом.

— Горячо, но не совсем, — ответила она, глядя на него поверх бокала с вином.

— А, тогда сыр без десерта, — понимающе кивнул Макс.

— В самую точку.

— Похвальная добродетель, но сам я не могу устоять перед здешним крем-брюле.

— Моя сестра Честити могла бы сказать вам, что здесь самые лучшие наполеоны в городе. А она знаток в этом деле.

— Непривычно встретить женщину, которая не любила бы сладкого, — заметил он.

Констанция подняла брови:

— Еще один стереотип, Макс?

— Наблюдение, основанное на опыте, — парировал он.

Повернувшись к тележке с сырами, Констанция решила, что теперь ее черед уступить.

— По правде говоря, это действительно необычно. Я унаследовала безразличие к сладкому от матери. Кусочек эпуас, пожалуйста, — она указала на круглую головку сыра на деревянной доске, — и немного «Блю Д'Овернь».

— Бокал портвейна? — предложил Макс, указав официанту на стилтон. — Вместо десерта.

— С удовольствием. — Констанция с удовлетворением вздохнула, когда официант положил ей на тарелку рядом со стилтонским сыром гроздь зеленого винограда. — Портвейн, сыр и виноград... божественное сочетание. Как можно предпочесть этому пирожное?

Макс еще раз переговорил с сомелье, потом облокотился на стол и посмотрел на нее:

— Итак, вы позволите мне отвезти вас за город в пятницу?

Констанция покачала головой:

— Боюсь, что нет.

Было видно, что этот ответ привел его в некоторое замешательство.

— Уверяю вас, я очень осторожный водитель.

— Не сомневаюсь. — Констанция помолчала, потом, понизив голос, заговорила доверительным тоном: — Видите ли, мой отец в отличие от вас плохой водитель. Зрение у него уже не то, что прежде, но он твердо намерен приобрести автомобиль. Мы делаем все возможное, чтобы отговорить его, и, если он увидит, как я весело разъезжаю в машине, наши аргументы покажутся ему несколько неискренними.

— Понимаю, — Макс кивнул, — но он может нанять шофера.

— Конечно, но отец скажет, что это то же самое, что завести собаку и лаять вместо нее. Кроме того, наш кучер Кобем уже сказал, что не сможет привыкнуть к этим новомодным машинам, а сам он слишком давно служит у нас, чтобы «отправлять его пастись на травку». — Она пожала плечами и посмотрела на него с грустной улыбкой.

— Да, это неловкая ситуация, — согласился Макс. — Пожалуй, лучше я поеду с вами на поезде.

— Не думаю, что стоит идти на такую жертву.

— Может быть, я все-таки предпочту пойти на нее, — проговорил он, вдыхая аромат портвейна. Макс кивком указал на ее бокал: — Скажите мне, если вам понравится.

Констанция подтвердила, что портвейн ей понравился.

— Зачем вам отказываться от поездки на автомобиле? Я слышала, что это захватывающее ощущение.

— Это действительно так, но я с удовольствием променяю поездку на ваше общество.

Неужели он считал, что она настолько наивна, чтобы купиться на такую дешевую откровенную лесть?

— Вы так сладкоречивы, мистер Энсор! — заметила Констанция, разочарованная тем, что он опускается в ухаживании до таких банальностей. Хотя мужчина, имеющий такое низкое мнение о женщинах, не видит ничего зазорного в том, чтобы пускать в ход самые избитые, зато проверенные временем средства.

— Вы обвиняете меня в неискренности, мисс Дункан? — спросил Макс, отрезая кусок стилтона.

— Ну, если ботинок по ноге... — отозвалась она и быстро переменила тему, прежде чем разговор принял неприятный оборот: — Обычно мы уезжаем двенадцатичасовым поездом с вокзала Ватерлоо. Он прибывает в Саутгемптон в три, там мы делаем пересадку до Ромзи и прибываем на место в половине четвертого. В Ромзи нас кто-нибудь встретит на двуколке.

— Могу я расценивать это как приглашение встретиться на вокзале Ватерлоо?

Он потягивал портвейн, твердо решив сохранять безмятежное спокойствие, хотя мисс Констанция Дункан оказалась самой строптивой и ершистой женщиной, с которой он когда-либо ужинал.

— Да, конечно.

Она подняла свой бокал и улыбнулась ему. Констанция видела, что он сбит с толку, и решила, что враждебность не принесет желаемого результата. Ей следует попридержать свой язычок.

— Я чувствую себя виноватой за то, как отозвалась вчера вечером о гувернантке вашей племянницы, — сказала она, отрывая от ветки виноградину.

— В самом деле? — Макс мигом заинтересовался. — Почему? Что у вас общего с мисс Уэсткотт?

Констанция оторвала еще одну виноградину, избегая встречаться с ним взглядом.

— Ничего, разумеется. Именно поэтому я и переживаю. Я не имела права выражать сомнение в ее профессионализме, не будучи даже знакома с ней.

— Ну, поскольку она ничего не знает о вашей критике в ее адрес, вы можете жить с чистой совестью, — сухо заметил Макс, продолжая внимательно наблюдать за ней.

Он решил, что это всего лишь предлог, чтобы отвлечь его, а затем внезапно атаковать.

Констанция одарила его обезоруживающей улыбкой.

— Все это немного неловко. Извиняясь за то, что высказала критические замечания в адрес гувернантки, я тем самым косвенным образом подвергаю критике вашу сестру.

— Да, действительно, — согласился он. — И признаюсь, мне очень любопытно, зачем вы это делаете.

Его не обманула ее обезоруживающая улыбка.

Констанция встретила его изучающий взгляд и решила действовать напрямик:

— Вы выступили в защиту гувернантки. Просто хочу сказать, что после услышанного от вашей сестры сегодня днем я готова согласиться с вами.

Макс слегка поджал губы, потом спросил:

— Кофе?

— После того, как вы расправитесь с крем-брюле.

— Мне кажется, что после портвейна я уже не хочу никакого пудинга. — Он подал знак дежурившему поблизости официанту. — Итак, вы считаете, что мать не должна интересоваться политическими убеждениями тех, кому она доверяет воспитание своего ребенка?

— Я считаю, что она не имеет права вторгаться в личную жизнь людей, находящихся у нее в услужении, — возразила Констанция. — Их убеждения не должны никого касаться, если они держат их при себе. Эта мисс Уэсткотт способна постоять за себя?

— Скорее всего нет, — признал Макс, стараясь сохранять безучастный вид.

— Как давно она служит у вас?

— По-моему, продержалась уже около десяти месяцев, — ответил Макс. — На полгода дольше, чем все ее предшественницы.

Констанция заподозрила, что Энсор намеренно провоцирует ее своим безразличием, но решила не поддаваться на провокацию.

— Она очень молода?

Девушка налила две чашки кофе из изысканного фарфорового кофейника, который благоговейно установили рядом с ней. Официант взял одну чашку и поставил ее перед Максом.

— Далеко не девочка, — ответил Макс, беря серебряными щипцами кусочек сахара и опуская его себе в чашку. — А почему она вас так заинтересовала?

— Банальное любопытство, — ответила Констанция.

Макс недоверчиво посмотрел на нее:

— Да? А я полагал, что нещадно эксплуатируемая мисс Уэсткотт должна вызывать у вас живейший интерес.

Констанция попробовала кофе.

— Я не стану этого отрицать. Мы с сестрами воспитаны женщиной, принимавшей подобные вещи очень близко к сердцу.

Макс наклонился и пристально взглянул ей в глаза:

— И после этого вы беретесь утверждать, что на детях никак не сказываются убеждения тех, кто отвечает за формирование их умов?

— Нет, конечно же, я этого не утверждаю. Я не говорила ничего подобного. Я просто сказала, что, если женщина ясно дает понять, что хочет держать собственные убеждения при себе, она имеет на это полное право. А у вас есть свидетельства того, что мисс Уэсткотт навязывала свои политические взгляды шестилетней девочке?

— Я сомневаюсь, что Пэмми в состоянии понять нечто столь сложное, — ответил Макс. — Как и большинство... — Он запнулся.

— ...как и большинство женщин, — закончила за него Констанция. — Вы ведь именно это хотели сказать?

Макс вздохнул:

— Но я этого не сказал.

— Однако вы не скрываете своих взглядов.

Энсор облокотился на стол и слегка подался вперед:

— Я не понимаю, зачем женщинам право голоса. Они и так пользуются огромным влиянием на мужчин в своей семье. Я, например, знаю гораздо больше женщин, чем мужчин, обладающих реальной властью. Их мужья и братья делают то, что они им приказывают.

Констанция с явным неодобрением уставилась на него.

— Вот уж не ожидала, что вы затянете эту старую песню, — сказала она. — «Женщины — это власть за троном». И даже если я соглашусь, что некоторым женщинам посчастливилось иметь влияние на мужчин, принимающих за них решения, что говорить о тех, которым меньше повезло в этом вопросе? Кто будет проводить решения, которые смогут улучшить условия их жизни? Кто ими вообще интересуется? — Она покачала головой.

Макс подумал было сказать ей, что она очень красива, когда сердится, но решил, что для одного вечера он уже достаточно часто провоцировал ее. Он почти убедился в том, что Констанция является членом Женского социально-политического союза и, таким образом, вполне подойдет для его целей. Сейчас настало время немного отступить, предложить перемирие, а тем временем обдумать следующий шаг. Если он правильно разыграет свои карты, Констанция выложит ему всю необходимую информацию.

— Возможно, создание женского политического союза имеет определенный смысл, — спокойно произнес он. — Но эти женщины должны хорошо продумать все отдаленные последствия планируемых ими социальных изменений. Это следует рассматривать со всех точек зрения.

Вызванный спором румянец понемногу начал сходить с лица Констанции. С этим заявлением она не могла не согласиться. И девушка заставила себя говорить так же спокойно, как и он:

— Но нам нужны определенные заверения со стороны правительства, что этот вопрос будет рассматриваться.

Пламя свечи, стоявшей на столике, слегка колыхнулось, и Макс увидел, как вспыхнули золотистые отблески в темно-зеленых глазах девушки. Он отметил и случайно вырвавшееся у нее «нам». Констанция окончательно выдала себя.

— Насколько мне известно, этот вопрос включен в повестку обсуждений кабинета министров, — сказал он.

Констанция внимательно посмотрела на него, но не смогла ничего прочесть на его лице. Надо полагать, он знает, что говорит, если так часто обедает с премьер-министром и членами кабинета.

— Это уже хоть что-то, — нарочито безразличным тоном заметила она.

Макс слегка наклонил голову в знак согласия, потом решительно переменил тему:

— Что вы думаете по поводу коньяка? Не выпить ли нам?

— Нет, благодарю вас. Завтра у меня должна быть свежая голова. Но пусть это вас не останавливает.

— Мне тоже нужна свежая голова. — Энсор жестом подозвал официанта и попросил принести счет и вызвать экипаж. — Может быть, в следующий раз, когда вы окажете мне честь ужинать со мной, мы прокатимся в автомобиле? Я могу встретить вас где-нибудь за пределами Манчестер-сквер, и мы проедемся вдоль реки. Недалеко от Виндзора есть премилое местечко с хорошей кухней, прекрасным видом...

— Звучит заманчиво, — ответила Констанция и взяла свою сумочку. — Прошу извинить меня.

Макс встал, официант отодвинул ее кресло, и она поднялась из-за стола. Макс смотрел, как она шла по залу в сторону дамской комнаты, задерживаясь по пути то у одного столика, то у другого. Он никак не мог решить, успешно прошел вечер или нет. Он выяснил то, что хотел знать, но сомневался, что ему удалось хоть немного растопить сердце этой леди. Констанция никак не откликнулась на его лесть и ухаживания. Что касается его самого, то, несмотря на то что она, несомненно, была красивой женщиной и интересным собеседником, он находил ее страстные убеждения и бесконечные нападки невероятно утомительными. Но может быть, это лишь способ вызвать его интерес? В этом случае вечер удался как нельзя лучше.

А ей и в самом деле удалось заинтересовать его. И так или иначе, Макс намеревался взять штурмом эту крепость. За интеллектуальными рассуждениями должна скрываться настоящая женщина. С такой страстью отдаваться своим убеждениям было совсем неплохо, и Макс с должным уважением относился к ее умственным способностям. Но при всей ее целеустремленности она должна была признать, что существуют и другие страсти, способные доставить немало удовольствия.

Констанция вышла из дамской комнаты, не преминув потихоньку сунуть в стопку льняных полотенец, подальше от глаз прислужницы, копию газеты «Леди Мейфэра». Она размышляла о том, что дал ей сегодняшний вечер. Некоторые сведения о мисс Уэсткотт, но ничего существенного, и намек на то, что в правительстве по крайней мере собираются поднять вопрос о правах женщин. Не так уж много. И она была уверена, что ей не удалось поколебать воистину доисторические взгляды Макса Энсора на положение женщины в обществе. Но впереди выходные, в стенах ее собственного дома. И если за это время она не сумеет хоть немного вскружить ему голову, грош ей цена как женщине.

Она подошла к столу, и Макс поднялся ей навстречу. На лице ее играла легкая, загадочная и слегка самодовольная улыбка, похожая на улыбку Моны Лизы. А подозрительный блеск в ее глазах сразу же заставил его насторожиться.

«Что она затевает?» — подумал он, но сказал лишь:

— Экипаж подан.

Поймав его изучающий взгляд, Констанция обнаружила, что улыбается, и спохватилась. Она сообразила, что улыбалась все то время, пока направлялась к нему через зал, и поспешно придала своему лицу строгое выражение.

В напряженном молчании они сидели в полумраке экипажа. Констанции было любопытно, предпримет ли он что-нибудь, но она не могла решить, как ей отреагировать, если это произойдет. Не будет ничего необычного в том, что в конце такого вечера мужчина попытается поцеловать свою спутницу. Ей пришлось ждать недолго. Макс нежно опустил руку на ее колено. Она не шелохнулась. Сквозь тонкий шелк она чувствовала тепло его руки. Он слегка наклонился к ней и, коснувшись другой рукой ее подбородка, повернул ее лицо к себе. Она продолжала молчать, сидя совершенно неподвижно, не будучи уверена сама, чего ей хочется.

Макс кончиком пальца провел по ее губам, не зная, как расценивать ее молчание и неподвижность. Во всяком случае, не как сопротивление. Внезапно она шевельнула губами и легко дотронулась до его пальца языком. Этот смелый ободряющий жест удивил его, хотя он уже пришел к выводу, что пора перестать удивляться, имея дело с Констанцией Дункан. Он наклонился и коснулся губами ее губ. По ее реакции он сразу же понял, что она не новичок в подобных делах. Тем лучше. Она обвила его шею руками и позволила ему проникнуть языком во влажную глубину ее рта. Макс намеревался предложить ей всего лишь невинный, целомудренный поцелуй, но она перехватила инициативу. Со свойственной ему противоречивостью он не мог решить, нравится ему это или нет.

Экипаж остановился, и голос кебмена нарушил тишину:

— Манчестер-сквер, господа.

Они отодвинулись друг от друга. Констанция подняла руки и поправила прическу.

— Благодарю вас за приятный вечер, Макс.

— И я благодарю вас, Констанция.

Его белые зубы блеснули в темноте в ответ на ее церемонные слова и прохладную вежливую улыбку. Он вышел из экипажа и подал ей руку, чтобы помочь спуститься. Проводив ее до двери, он нажал на кнопку звонка и поднес ее руку к губам.

— До скорого свидания.

— Пятница, вокзал Ватерлоо, ровно в полдень, — откликнулась Констанция.

— Буду ждать с нетерпением!

Дверь открылась, Констанция подняла руку в прощальном жесте и вошла в дом.

— Хорошо провели время, мисс? — спросил Дженкинс.

— Сама не знаю, — ответила девушка. — Сестры уже легли?

— Навряд ли, мисс Кон, — с видом заговорщика улыбнулся Дженкинс. — Думаю, вы найдете их наверху, в гостиной.

— Ну тогда спокойной вам ночи!

Констанция помахала ему рукой и, придерживая юбку, взбежала по ступеням. Ей не избежать допроса сестер, которые с нетерпением ждали ее возвращения, да она и не хотела увиливать. Просто она не решила, как много готова рассказать им об эпизоде в экипаже. Констанция рассчитывала на легкий, игривый поцелуй, только чтобы подразнить Макса. Но каким-то необъяснимым образом все изменилось.

Она открыла дверь в гостиную. Пру и Честити играли в шашки, но, увидев ее, тут же вскочили.

— Рассказывай скорее, — потребовала Честити. — Вы весь вечер обменивались колкостями или, наоборот, любезничали?

— О, Чес, ты невыносима. — Констанция принялась стягивать перчатки. — На самом деле мы и вправду беспрестанно спорили. А единственный романтический момент был, когда он поцеловал меня на прощание в экипаже.

— Тебе понравилось? — спросила Пруденс, приподняв брови.

— Еще не решила.

Констанция упала в кресло и сбросила туфли. Ее сестры следили за ней с жадным вниманием, как львицы, ждущие, когда им бросят кусок мяса.

— По десятибалльной шкале? — продолжила допытываться Пруденс.

Констанция сделала вид, будто серьезно обдумывает ответ. Она вытянула руки и принялась задумчиво рассматривать свои ногти.

— Дерзкий, — задумчиво сказала она, — сильные, горячие губы... проворный язык... Но поскольку я не могу сказать «десять», так как никогда не знаешь, что еще доведется испытать, остановимся на восьми.

— Высокая оценка, — решила Пруденс.

— Довольно смело для первого поцелуя, — заметила Честити, складывая шашки.

— Пожалуй, — согласилась Констанция, — но в этом виноват не он один.

— Вот как? — Сестры внимательно посмотрели на нее. Потом Честити прямо спросила: — Это было так же, как с Дугласом?

Констанция ответила не сразу.

— Не знаю, — проговорила она спустя минуту. — Это ужасно, но я уже не помню, как было с Дугласом. Я даже с трудом могу вспомнить черты его лица. Но когда я вспоминаю о том, что он покоится где-то среди южноафриканских холмов, мне хочется рвать на себе волосы, кричать, шипеть и плеваться от такой дьявольской несправедливости. — Она невидящим взглядом уставилась на ковер. — Конечно, я уже оправилась от удара, но не спешу похоронить память о нем в чьих-либо объятиях.

— Значит, Макс Энсор не произвел на тебя впечатления, — констатировала Пруденс.

— Нет, — решительно ответила Констанция. — У него взгляды настоящего неандертальца. Но мне нравится идея поработать над ним. — Лицо ее снова прояснилось. — Я намерена вплотную заняться образованием Макса Энсора, и, прежде чем закончу, он будет носить значок Женского социально-политического союза.

— И он приедет в Ромзи на выходные?

Констанция кивнула:

— Да. Мы договорились встретиться на вокзале Ватерлоо.

— И у тебя уже есть определенные планы относительно его?

— Пока только смутная идея. — На губах Констанции промелькнула улыбка. — Но я непременно сообщу вам, как только приду к какому-нибудь решению. Да, кстати, он хотел отвезти нас на автомобиле, но я ухитрилась отговорить его. Я сказала ему, что у отца портится зрение, но он все равно упорно хочет приобрести автомобиль, и мы не собираемся поощрять его.

— Удачно выкрутилась. — Пруденс непроизвольно зевнула. — Узнала что-нибудь полезное о мисс Уэсткотт?

— Немного. Не очень молода — это единственное, что удалось узнать. Далеко не девочка, как выразился Макс. И она умудрилась продержаться у Грэмов дольше, чем ее предшественницы, значит, воспитанница привязана к ней. Вот, в общем, и все.

— Ну что ж, уже кое-что. Интересно, что у нее за сложное и деликатное положение, — задумчиво сказала Честити, направляясь к двери.

— Вне всякого сомнения, мы скоро об этом узнаем.

Констанция погасила лампу, вслед за сестрами вышла из комнаты и направилась в спальню.

Амелия Уэсткотт быстрым шагом пересекла Парк-лейн, таща за собой упирающуюся воспитанницу. Едва они успели вбежать в почтовое отделение, как дождь хлынул с новой силой.

— Моя шляпка намокла, — жаловалась Пэмми. — Это моя новая соломенная шляпка. Мама только что купила ее, а теперь она мокрая и совсем испорченная.

— Она высохнет, Пэмми, — сказала Амелия. — Видишь, мы уже спрятались от дождя. — Она плотно закрыла за собой дверь. — Давай поиграем с каплями дождя. — Подведя девочку к окну, она указала на две капли, медленно сползавшие по стеклу. — Пусть левая будет моей.

— Нет, моей!

— Прекрасно, тогда моей будет правая.

Подавив вздох, Амелия подошла к конторке. Стоявший там клерк сочувственно улыбнулся ей:

— Доброе утро, мисс Уэсткотт. У меня для вас письмо. Пришло с утренней почтой. — Он повернулся к стене и вынул из ящичка длинный конверт.

— Моя выиграла, моя выиграла! — От возбуждения Памела принялась приплясывать вокруг конторки. — Посмотрите, мисс Уэсткотт, моя выиграла!

Девочка схватила гувернантку за руку и потащила ее за собой. Амелия опустила письмо в карман, с улыбкой поблагодарила клерка и позволила подвести себя к окну, чтобы присутствовать при триумфе безымянной капли.

— Смотрите! — Памела ткнула пальцем в стекло. — Это была моя! Давайте еще поиграем. Я хочу еще! — Она повысила голос, словно ожидая сопротивления.

— Какая будет твоей? — поспешно спросила ее Амелия.

— Вот эта! — Девочка указала на каплю. — А эта будет вашей.

Амелия смирилась с тем, что ей придется провести не менее четверти часа за этой нудной игрой. Письмо жгло ей карман, но она ничего не выиграет, если разозлит Памелу. Она устало напомнила себе, что всегда любила детей. Она всегда убеждала себя, что быть гувернанткой не самая печальная участь, которая может выпасть на долю образованной женщины без средств. Теперь же, глядя на эту избалованную и в то же время не слишком счастливую девочку, она подумала, что, возможно, жизнь на улице имеет свои преимущества.

Наконец Памела устала от игры, да и дождь закончился. Они направились на Албермарл-сквер. Девочка пребывала в самом хорошем расположении духа. Она болтала без остановки и перепрыгивала через лужи, не обращая внимания на то, что забрызгивает при этом свой передник и белые чулки. «Няня Бакстер будет ворчать весь день, сидя в своем уютном кресле», — подумала Амелия. Но сегодня это ее мало волновало. У нее было несколько коротких часов свободы и письмо в кармане.

Усадив свою подопечную за стол в детской и оставив ее обедать под надзором горничной, Амелия поспешила в свою комнату, удобно расположенную рядом со спальней мисс Пэмми, чтобы можно было услышать, если девочке приснится кошмар. Она вытащила конверт из кармана и нетерпеливо вскрыла его. Достав из конверта лист бумаги, она медленно опустилась на узкую кровать. Почерк был женским, и, прочитав короткое послание, Амелия почувствовала, как у нее забилось сердце. «“Лайонз-Корнер-Хаус”, Марбл-Арч, в четыре часа дня». Кто бы ни был этим посредником, она или они готовы ей помочь.

Амелия легла на кровать, не снимая мокрого пальто и шляпки. Когда она увидела объявление в «Леди Мейфэра», оно показалось ей ответом на ее молитвы. Ее положение было невыносимым, казалось, у нее нет выхода, ей не к кому было обратиться. И вдруг это объявление. Наверняка подобные услуги предоставляют женщины, потому что ни один мужчина не станет давать объявления в «Леди Мейфэра». Впервые Амелии показалось, что впереди забрезжил луч надежды. Она перечитала письмо во второй раз, внимательно вчитываясь в каждое слово, и с удивлением почувствовала себя увереннее. Единственные подруги, которых она помнила, были у нее, когда она училась в школе в Бате. С тех пор как она покинула школу, получив необходимое для гувернантки образование, Амелия общалась только со своими хозяйками, с которыми нельзя было и помыслить о дружеских отношениях. Летиция Грэм была, пожалуй, худшей из всех.

— Мисс Уэсткотт? Ваш обед уже остыл, — послышался голос горничной, сопровождавшийся стуком в дверь.

— Уже иду, — откликнулась она.

Амелия сняла пальто и шляпку, причесалась и направилась в детскую, чтобы разделить со своей воспитанницей макаронный пудинг.

Наконец пробило три часа. Дождавшись, когда Памела с матерью уедут, Амелия вышла из дома и быстро направилась к Марбл-Арч. Резкие порывы ветра срывали остатки листьев с деревьев, пешеходы прикрывались зонтами, прятались в дверных проемах или под арками. Но Амелия даже не замечала непогоды.

«Лайонз-Корнер-Хаус» оказался небольшим кафе на самом углу Марбл-Арч. Амелия вошла внутрь и взглянула на часы. Она пришла на полчаса раньше. Выбрав столик подле окна, она села лицом к двери, чтобы видеть входящих, положила на самом виду экземпляр «Леди Мейфэра» и заказала чай. В письме было сказано, что посредник будет держать в руке экземпляр «Леди Мейфэра», поэтому она решила сделать то же самое.

Ей принесли чай и щедро намазанную маслом сдобную лепешку. Амелия ела медленно, наслаждаясь каждым кусочком. Кроме ужина, за которым ей всегда подавали холодное мясо с помидорами или со свеклой, она разделяла все трапезы со своей подопечной, а вкусы Пэмми отличались удивительным однообразием. Она не сводила глаз с двери, и ровно в четыре часа в кафе вошли три женщины. На них были прелестные шляпки с изящными вуалетками, прикрывавшими верхнюю часть лица; одежда, хотя и приглушенных тонов, свидетельствовала о богатстве. У Амелии упало сердце, но вдруг она заметила на самой высокой из женщин яркий пурпурно-бело-зеленый значок. Она держала в руках «Леди Мейфэра». Амелия воспрянула духом. Эта женщина была членом Женского социально-политического союза!

Посетительницы остановились у входа и принялись оглядываться по сторонам. Амелия нерешительно приподняла свою газету, и они тут же направились к ней, поднимая на ходу вуалетки.

— Мисс Уэсткотт. — Женщина со значком на груди протянула ей руку. — Меня зовут Констанция. Позвольте представить моих сестер. Это Пруденс, а это Честити.

Она указала на своих спутниц, которые также, в свою очередь, пожали Амелии руку и сели за стол.

— Итак, мисс Уэсткотт, чем мы можем вам помочь?

Глава 7

— Мне необходимо найти мужа, — заявила Амелия Уэсткотт.

— Вот уж действительно прямо и по существу, — заметила Констанция, снимая перчатки и убирая их в сумочку.

— Но это же входит в предоставляемые вами услуги? — с замирающим сердцем спросила Амелия, и в ее серых глазах отразились неуверенность и тревога.

— Конечно же, входит, — успокоила ее Пруденс. — Давайте закажем чаю. — Она улыбнулась пожилой официантке в накрахмаленном фартуке и чепчике: — Пожалуйста, принесите нам тарелку лепешек и четыре пирожных с кремом.

Официантка записала заказ в блокнот и удалилась тяжелой поступью, характерной для тех, кто проводит много времени на ногах.

— Итак, какого мужа вы хотели бы найти? — поинтересовалась Констанция.

— Ну, даже не знаю... Я полагала, у вас есть список... мужчин, которые ищут себе жен.

Сестры обменялись взглядами, и Амелия почувствовала, как ее тревога усиливается. Возвращение официантки с чаем не позволило им продолжить разговор, но, как только она ушла и чай был разлит по фарфоровым чашкам, а блюдо с лепешками обошло присутствовавших, Пруденс сняла очки, протерла их носовым платком и снова водрузила на нос.

— В настоящий момент у нас пока нет такого списка, — сказала она, слегка прищурившись. — Видите ли, на самом деле вы наша первая клиентка.

— О! — Амелия была совершенно сбита с толку. — Как... же так получилось?

— Ну, всегда кто-то должен быть первым, — заметила Честити, кладя сахар в чай.

— Дело в том, что мы... точнее, владельцы «Леди Мейфэра» только начали предлагать услуги «Посредника», — объяснила Констанция, аккуратно разрезая лепешку на ровные квадратики. — Но я уверена, что мы сможем вам помочь. Вы упоминали о деликатном положении. Если вы немного расскажете нам о себе и о своих затруднениях, мы сможем приступить к делу.

Амелия с сомнением разглядывала трех сестер. Она была морально готова к тому, чтобы доверить свои проблемы серьезному, деловитому агенту. Она не рассчитывала получить приглашение на чай от трех светских дам и обсуждать с ними свои затруднения, словно это была пустая вежливая болтовня.

Заметив ее колебания, Констанция сказала:

— Мисс Уэсткотт, мы отчасти догадываемся о том, каково ваше положение. Находиться на службе у леди Грэм, должно быть, не очень-то приятно.

Амелия покраснела:

— Откуда вы могли узнать, что...

— Ситуация немного неловкая, — сказала Пруденс. — Мы знакомы с Летицией. И мы совершенно случайно узнали, что гувернантку ее дочери зовут мисс Уэсткотт. — Она пожала плечами, словно оправдываясь. — Такого рода вещи неизбежны в нашем кругу. — Она снова пожала плечами.

Амелия взяла перчатки, лежавшие на столике рядом с ней.

— Не вижу, чем вы можете мне помочь. Я полагала, что это будет чисто деловое соглашение. Трудно довериться людям, которые могут случайно проговориться и выдать меня.

Руки с трудом повиновались ей, пока она старалась справиться с пуговицами на перчатках. Последовало молчание, потом Честити подалась вперед и сжала рукой дрожавшие пальцы Амелии.

— Послушайте минуту, Амелия. Мы ни при каких обстоятельствах никому вас не выдадим. Даем слово сохранить все услышанное в тайне. То, что нам известно о Летиции, лишь усиливает наше желание помочь. Вам нужен муж, чтобы избавиться от необходимости работать у нее, верно?

В ее голосе было столько искренности и дружеского участия, что Амелия почувствовала, как надежда возвращается к ней. Она взглянула на сочувственные лица женщин и увидела в их глазах силу и решимость, внушавшие уверенность.

Амелия решилась. Да и что ей терять, в конце концов?

— Все не так просто, — сказала она, и ее щеки покрылись густым румянцем. — Если бы это было так, я просто ушла бы от нее и нашла себе другое место. — Она видела, что они внимательно слушают ее. Чай остывал в их чашках, на лепешках таяло масло. — Два месяца назад я уехала с Памелой в деревню. Лорд и леди Грэм хотели, чтобы она провела лето вдали от Лондона, в их загородном имении в Кенте.

Сестры кивнули. Амелия нервно крутила ложку, не отрывая глаз от белой льняной скатерти.

— Официально у нас не должно было быть занятий, поскольку девочка ехала на каникулы, но я должна была водить ее на прогулки, следить за ее уроками верховой езды... — Амелия сделал паузу, и румянец на ее щеках разгорался еще сильнее, — и наблюдать за ее музыкальными занятиями. Памела очень не любит фортепьяно. Боюсь, что она вообще не очень терпеливая ученица.

— Ее мать не верит в силу женского образования, — заметила Констанция.

Амелия коротко рассмеялась:

— Это верно. Но трудно винить леди Грэм, учитывая, что ее собственное образование оставляет желать лучшего. Более того, порой мне кажется, что она расценивает образование как женский недостаток.

— Уверена в этом, — подтвердила Пруденс, поправляя указательным пальцем очки на носу, и устремила проницательный взгляд на Амелию. — Итак, учитель музыки...

Амелия сделала глубокий вдох.

— Генри Франклин, — выпалила она. — Младший сын местного магистрата* и владельца кирпичной фабрики. Генри — музыкант, но его отец не одобряет этого занятия. Он хочет, чтобы сын работал бухгалтером на фабрике. Два его брата уже работают там, и мистер Франклин требует, чтобы Генри к ним присоединился.

— А Генри отказывается? — Честити с задумчивым видом слизнула малиновый джем с пальца.

— Не совсем... Он... — Амелия безуспешно пыталась подобрать слова, — он ходит работать на фабрику, сидит там в офисе и старается делать то, что требует отец, но это убивает его. Отец сказал ему, что, если Генри сумеет заработать себе на жизнь музыкой, он не станет ему препятствовать. Но мистер Франклин прекрасно знает, что Генри не сможет посвятить себя музыке без его материальной поддержки. А в обмен на эту поддержку Генри вынужден делать то, что скажет отец.

* Должностное лицо в местных органах власти.

Констанция подумала, что Генри Франклину не хватает силы воли, если не убеждений, но промолчала. У нее было предчувствие, что это только начало всех бед Амелии Уэсткотт.

— У меня сложилось впечатление, что между вами и Генри Франклином возникла обоюдная симпатия, — деликатно заметила Честити, отламывая кусочек пирожного.

Амелия наконец оторвала взгляд от скатерти.

— Да, — прямо заявила она. — Гораздо больше, чем симпатия. — Она открыто встретила взгляд Честити. — В результате чего я и нахожусь в очень щекотливом положении.

— О, — сказала Пруденс. — Действительно, положение не из легких.

— Единственный выход — найти себе мужа, — продолжала Амелия. — Как только о моем положении станет известно леди Грэм, она тут же выгонит меня без рекомендаций, и я никогда не смогу никуда устроиться. Ни одна уважающая себя семья не возьмет на работу падшую женщину. — Она снова посмотрела на сестер. — Не так ли?

— Это правда, — подтвердила Констанция. — Вы станете изгоем.

— И кроме того, вам нужно будет содержать ребенка, — хмурясь, произнесла Честити. — Даже если вы отдадите его в приют...

— Чего я никогда не сделаю!

— Разумеется, нет, — поспешно подтвердила Честити. — Я не собиралась предлагать вам это.

— Итак, мне нужен покладистый муж, — заявила Амелия. — Я надеялась, что у вас есть кто-нибудь на примете. Возможно, вдовец, который согласится дать мне свое имя в обмен на все остальное: уход за детьми, ведение хозяйства... Все, что потребуется.

— Звучит как смена одного вида рабства на другое, — заметила Констанция.

— А какой у меня выбор? — Амелия развела руками. — Своих средств к существованию у меня нет.

В ее словах прозвучала горечь, как бы намекавшая на разницу в положении бедной гувернантки и ее собеседниц.

— Вам это покажется странным, но у нас их тоже нет, — сказала Пруденс. — Мы делаем все возможное, чтобы отец избежал долговой тюрьмы, а сами мы не оказались на улице.

— Поэтому мы и дали в «Леди Мейфэра» объявление о посредничестве, — пояснила Честити.

Амелия немного помолчала, потом коротко обронила:

— Однако ни одна из вас не беременна.

— Это правда, — согласилась Констанция. — Поэтому давайте рассмотрим, какие у нас есть варианты. Съешьте пирожное, пока Чес их все не прикончила.

Она протянула тарелку с пирожными Амелии.

— У меня появился ужасный аппетит на сладкое, — призналась Амелия. — К счастью, Пэмми щедро снабжают сладостями.

Она откусила большой кусок пирожного. Этим женщинам удалось избавить ее от чувства отчаяния. Она сама даже не понимала, каким образом, ведь они не предложили еще ни одного решения, на что она так рассчитывала.

— Мне кажется, самым лучшим кандидатом будет Генри, — осторожно предложила Честити.

Поскольку это решение было самым очевидным, она подозревала, что здесь кроется какая-то проблема, о которой Амелия еще не рассказала.

— Если только он уже не женат, — добавила Пруденс.

Амелия покачала головой и смахнула крошку с губы.

— Нет, он не женат. Он не может это сделать без согласия отца, а судья Франклин не разрешит ему жениться на бедной гувернантке. Хотя моя семья ничуть не хуже его семьи, — запальчиво добавила она.

— Но разве Генри не сможет зарабатывать на жизнь самостоятельно? — размышляла Констанция. — Может он найти работу преподавателя музыки в школе? Насколько я знаю, в лучших школах преподавателей даже обеспечивают жильем.

— Я предложила бы ему это, если бы могла с ним связаться, — понурив голову, сказала Амелия. — Я несколько раз писала ему, хотя и не могла сообщить о создавшейся ситуации. Я не рискую доверять такие вещи бумаге. Не исключено, что леди Грэм читает в зеркале мою промокательную бумагу.

— Не сомневаюсь, что на это у нее ума достанет, — ядовито заметила Констанция.

На мгновение губы Амелии скривились в иронической усмешке.

— Я с тех пор ничего не слышала о Генри. Он не ответил ни на одно из моих писем. Он должен был получить их — почта хорошо работает. Я могу лишь предположить, что он не хочет поддерживать со мной отношения.

— Могут быть и другие объяснения, — сказала Честити. — Может быть, у него изменился адрес.

— В таком случае почему он не написал мне и не сообщил свой новый адрес?

— Да, вы правы. — Констанция в раздумье принялась барабанить пальцами по столу. — Давайте выясним, что с ним.

— Каким образом?

— Нанесем ему визит.

— Но у меня нет даже выходного дня.

— С визитом отправимся мы, а не вы, Амелия.

— Да, съездим и проведем разведку на местности, — согласилась Пруденс. — Нам не обязательно даже что-то говорить ему, просто проверим обстановку.

— Во всяком случае, есть с чего начать. — Честити снова коснулась руки Амелии. — Не переживайте. У нас достаточно времени, чтобы все устроить. Когда вы ждете ребенка?

— О, не раньше чем через семь месяцев, — слабо улыбнулась Амелия.

— В таком случае никто ничего не заметит еще месяца два-три, — прикинула Пруденс. — И вы всегда сможете немного распустить свои платья. Вам удастся скрывать беременность довольно долго.

Амелия кивнула:

— Но нам все равно следует поторопиться. Я не могу ждать до последней минуты.

— Разумеется, мы и не будем ждать, — твердо заверила ее Констанция. — Мы начнем с Генри и, если там ничего не получится, придумаем что-нибудь еще.

Амелия взглянула на висевшие на стене часы и тревожно вскрикнула:

— Уже почти половина шестого, мне пора возвращаться! Я должна быть на месте к шести, когда Пэмми возвращается с матерью домой. — Она принялась рыться в сумочке. — Сколько я вам должна за консультацию?

— Нисколько, — хором ответили сестры.

— И вы вообще ничего не будете нам должны, — объявила Честити, игнорируя легкое выражение недовольства со стороны Пруденс.

— О, но я же должна заплатить вам! Вы предоставляете платные услуги, так было указано в объявлении. — Амелия постучала пальцем по лежавшей на столе газете.

— Это не имеет значения, — сказала Констанция, немного извращая факты. — У нас на примете есть несколько богатых клиентов. Они могут позволить себе заплатить чуть больше.

Амелия слабо улыбнулась и положила на стол шиллинг.

— По крайне мере позвольте мне заплатить за мой чай.

— Если вы так настаиваете. — Пруденс положила рядом с шиллингом еще несколько монет.

Сестры могут проявлять безрассудную щедрость сколько угодно, но шиллинг всегда остается шиллингом.

— Я вижу, что вы член Женского социально-политического союза. — Амелия жестом указала на значок, который Констанция прикрепила на груди.

— Да, но я не хотела бы делать это достоянием общественности. — Констанция отстегнула значок. — Из-за «Леди Мейфэра». Я пишу политические статьи, и мы поддерживаем движение суфражисток. Не хотелось бы, чтобы мои знакомые догадались, что я имею отношение к этой газете. Я надела значок сегодня, чтобы вы чувствовали себя увереннее, поскольку, как мне кажется, вы симпатизируете союзу.

— Я действительно почувствовала себя увереннее, — сказала Амелия, поднимаясь из-за стола. — Я также вынуждена держать свои убеждения в секрете. У меня редко появляется возможность посещать собрания.

— Это изменится, — заверила ее Констанция. — В один прекрасный день все изменится.

— О да! Кон сейчас обрабатывает одного члена парламента, — лукаво проговорила Честити. — У нас большие надежды на то, что достопочтенный...

Она в замешательстве умолкла, когда Пруденс наступила ей на ногу.

К счастью, Амелия так торопилась, что не обратила внимания на ее слова. Она нацарапала адрес Генри Франклина на полях газеты, и Констанция пообещала ей, что в начале следующей недели они съездят в Кент.

— Давайте встретимся в следующий четверг здесь же в то же время, — предложила на прощание Пруденс, протягивая Амелии руку. — К тому времени у нас будут для вас новости.

Амелия кивнула, собралась было что-то сказать, но потом решительно тряхнула головой и поспешно покинула кафе.

— Я прошу прощения, — выпалила Честити, как только дверь, звякнув колокольчиком, закрылась. — Не представляю, как я могла забыть, что она должна быть знакома с Максом Энсором. Господи, да она же живет с ним под одной крышей!

— Съешь еще одно пирожное, — посоветовала Пруденс. — Ничего же не случилось.

Честити с кающимся видом посмотрела на Констанцию:

— Ты простишь меня?

— Милая, здесь нечего прощать. — Констанция улыбнулась ей в ответ. — К тому же это чистая правда. Я действительно собираюсь обработать его.

— Я не должна была болтать о твоей личной жизни, — сказала Честити.

— Забудь об этом, Чес. Моя личная жизнь в настоящий момент так тесно связана с политической, что ее трудно рассматривать в отдельности.

— В любом случае это несколько оживит наше пребывание в деревне, — заметила Пруденс. — Больше, чем теннис.

Констанция с радостью воспользовалась случаем сменить тему.

— Не уверена, что мне понравится этот Генри Франклин, — сказала она, когда девушки вышли на улицу.

Внезапный резкий порыв ветра заставил ее обеими руками ухватиться за шляпку.

— Не обязательно, чтобы он нам нравился, — заметила Пруденс. — Мы просто должны заставить его поступить, как положено честному человеку. Возьмем кеб?

— Только если мы можем позволить себе это, дорогая, — поддразнила ее Констанция.

— Не уверена, что можем, — усомнилась Пруденс. — Учитывая, как ты и Чес настаивали на том, что нам не нужна никакая плата. Как мы собираемся существовать, если не станем брать плату с клиентов?

— Нам нужно привлекать богатых клиентов, — ответила Констанция. — Я не смогла бы взять деньги у этой бедной женщины, да и ты тоже не смогла бы.

— Это так, — согласилась Пруденс. — Будем считать, что приобретенный опыт — это наши вложения капитала.

— Очень удачное решение. — Констанция жестом остановила кеб. — У меня такое ощущение, что нам понадобится весь наш опыт, если мы хотим добиться успеха в посредничестве. Каким образом нам удастся составить список подходящих женихов? И нам еще нужно найти серую мышку для Анонима. По крайней мере он готов платить за услуги.

— Ну, это просто, — сказала Чес, садясь в экипаж. — На следующем же приеме внимательно посмотрим по сторонам. Мы найдем множество женихов и девиц на выданье.

— И составим нашу собственную картотеку, — подхватила Констанция. — Просто и гениально! — Она хлопнула в ладоши. — У меня уже есть на примете серая мышка, даже несколько. Что вы скажете о Миллисент Хардкасл? Я знаю, она уже далеко не девочка, но еще не потеряла привлекательности и всегда утверждала, что ненавидит Лондон.

Пруденс выглянула в окно и сказала кебмену:

— Манчестер-сквер, десять, пожалуйста.

Макс Энсор стоял под часами в центре вокзала Ватерлоо, являя собой островок спокойствия посреди оживленно гомонившей и суетившейся толпы. Вокруг пыхтели поезда, время от времени издавая пронзительный свист. Взмокший носильщик, толкавший перед собой груженую тележку, пронесся мимо Макса, заставив его отступить в сторону. Позади носильщика, едва поспевая за ним, почти бежала женщина на угрожающе высоких каблуках, опираясь на руку краснолицего мужчины.

Была пятница, половина двенадцатого утра, и Макс полагал, что Дунканы и их гости прибудут на вокзал заблаговременно. Он не мог представить себе ни одну из сестер спешащей. Его камердинер уже отнес чемодан и ракетки на платформу и расположился в том месте, где по прибытии поезда должен был остановиться вагон первого класса.

Внезапно Макс увидел сестер, вошедших с центрального входа. Как он и ожидал, они неторопливо продвигались вперед в сопровождении двух носильщиков. Макс очень удивился, увидев, что лорда Дункана с ними не было. А ведь сестры уверяли, что их отец поедет вместе с ними.

Констанция издали помахала ему, потом, приблизившись, протянула руку:

— Макс, вы приехали так рано!

Он легко коснулся губами ее щеки, словно они были давними друзьями. Потом он повернулся и пожал руки Честити и Пруденс.

— Где ваш багаж, мистер Энсор? Впрочем, это смешно. Если Кон называет вас Максом, мы тоже можем не соблюдать формальностей. Я буду называть вас Максом. Итак, где ваш багаж, Макс? — спросила Честити, глядя на Макса из-под широких полей очаровательной шляпки, украшенной лентами из газа.

Трудно было заподозрить, что эта шляпка переживала уже четвертую реинкарнацию.

— Марсел отнес его на платформу. Надеюсь, вы не возражаете, что мой камердинер сопровождает меня? Если вам негде его разместить, я с легкостью обойдусь и без него.

— Ну что вы, какие могут быть проблемы! Дэвид Лукан, например, никуда не ездит без своего камердинера, который шпионит за ним и обо всем докладывает его матери. Бедняжка Дэвид и шагу без него ступить не может, — с милой улыбкой прощебетала Честити.

— Платформа двенадцать, мадам, — многозначительно напомнил один из носильщиков, перекладывая тяжелые сумки из одной руки в другую. — Поезд подойдет с минуты на минуту.

— Ах да, конечно, пойдемте!

Легкой грациозной походкой Констанция направилась за носильщиками. Макс шел рядом с ней.

— Ваш отец не будет вас сопровождать?

— Да... нет... все это так досадно! — ответила Констанция. — Я расскажу вам, когда мы устроимся в купе. И у вас есть все основания быть недовольным.

Макс подозрительно посмотрел на нее, но ничего не сказал, пока все четверо не расположились в купе первого класса, предварительно убедившись, что багаж надежно уложен. Расплатившись с носильщиками, Макс отослал Марсела в вагон третьего класса.

— Во всем виноват граф Беркли, старый друг отца, — сказала Честити, снимая шляпку. Потом она привстала на цыпочки и положила шляпку на полку для багажа. — Он только что купил автомобиль и предложил отцу отвезти его в Ромзи.

— Конечно же, папа не мог не согласиться, — подхватила Констанция. — И это ставит меня в очень неловкое положение. Вы с таким пониманием отнеслись к нашей маленькой просьбе, а теперь все насмарку.

— Наоборот, — с галантным поклоном ответил Макс. — Теперь я имею возможность путешествовать в обществе всех сестер Дункан.

— Вместо того чтобы довольствоваться только моим, — с притворным вздохом сказала Констанция. — Уверена, что я была бы скучным компаньоном.

Девица откровенно насмехалась над его избитым комплиментом, как и в тот вечер в ресторане, когда она обвинила его в неискренности. Макса возмутило то, что она так упорно отвергает принятые в свете правила поведения, даже когда дело касается пустого комплимента.

— Да, это так, — согласился он. — Люди, не умеющие с благодарностью принять комплимент, не всегда могут составить приятную компанию.

У Констанции расширились глаза. Она не ожидала ответного выпада, кроме того, ее никогда прежде не обвиняли в неблагодарности. На мгновение она даже лишилась дара речи.

Склонив голову набок, Констанция с виноватым видом улыбнулась. Мать часто предупреждала, что острый язычок не доведет ее до добра. И даже Дуглас мягко упрекал ее, когда она не могла удержаться от ядовитой остроты. Он говорил, что нельзя изощряться в остроумии за счет окружающих. Однажды он даже сказал, что это на редкость непривлекательное качество в человеке. Констанция вспомнила его негромкий голос, такой ласковый и в то же время серьезный, и, закусив губу, резко отвернулась и стала смотреть в окно, чувствуя, как ком стоит у нее в горле. Видимо, она была бы гораздо добрее и терпимее к людям, если бы Дуглас не погиб. Так что остается лишь внимательнее следить за своими словами. Особенно в обществе Макса Энсора. Она почувствовала невольное уважение к столь достойному противнику.

Макс поднялся, открыл окно и выглянул на платформу:

— Кто-нибудь из ваших гостей поедет этим поездом?

— Надеюсь, что нет, — ответила Пруденс. — Мы обычно специально едем ранним поездом, чтобы оказаться на месте раньше них. Большинство едут двухчасовым и прибывают в Ромзи как раз к чаю.

Дверь купе открылась, и на пороге появился официант в униформе.

— Уважаемые леди... сэр, будете ли вы обедать у нас? — с поклоном спросил он.

— Да, конечно, — ответила Констанция, к которой уже вернулось самообладание.

— Вагон-ресторан откроется в половине первого. Зарезервировать вам столик на четверых?

— Обязательно, — сказал Макс.

Официант снова поклонился и вышел, плотно прикрыв за собой дверь купе.

— Трудно представить себе поездку в поезде без коричневого виндзорского супа, — заметила Пруденс, разворачивая газету и поправляя очки.

— Я обожаю еду в поезде, — подхватила Честити. — Особенно чай. Эти восхитительные булочки, топленые сливки и шоколадные бисквиты... Хотя, — продолжила она, — завтраки почти так же хороши. Копченая селедка и черный хлеб с маслом.

— И свиные сосиски, — добавила Констанция, — с помидорами.

— Мне кажется, дамы проголодались, — с улыбкой проговорил Макс.

— Неудивительно, мы встали очень рано, и после завтрака прошло уже немало времени, — сказала Пруденс.

Сестры не стали объяснять, что, поскольку лорд Дункан не соизволил появиться к завтраку, на столе не было обычных деликатесов. Девушкам пришлось довольствоваться тостами с мармеладом.

— Вы любите разгадывать кроссворды, мистер... то есть Макс? — спросила Пруденс, доставая из сумочки остро заточенный карандаш.

— Не особенно, но буду рад помочь.

Энсор откинулся на сиденье и положил голову на подушку, покрытую белоснежной накрахмаленной салфеткой. Констанция сидела напротив, и он стал с удовольствием разглядывать ее. В купе было жарко и душно, и девушка расстегнула две верхние пуговки синего льняного жакета, плотно облегавшего ее тело и выгодно подчеркивавшего тонкую талию. Макс видел, как бьется жилка на ее длинной, изящной шее, как матово поблескивает чуть влажная от пота кожа. Он отметил, что у нее изящные и точеные ножки в темно-синих лаковых туфельках. Ему стало интересно, как же выглядят те части ее ног, которые он не мог видеть, — икры, колени и бедра, прикрытые тонкой материей ее юбки. Не нужно было быть детективом, чтобы догадаться, что у нее длинные ноги. И они должны были быть такими же изящными, как и все остальные части ее тела. У нее были тонкие запястья и длинные пальцы, но при этом руки не казались хрупкими. Это были умелые, сильные руки. И вообще мисс Дункан была сильной женщиной, только чересчур воинственно настроенной. Но ему нравилось преодолевать трудности.

Констанция наклонилась к газете, которую держала ее сестра, и нахмурилась, пытаясь разгадать какое-то слово. Макс видел тонкие голубые вены у нее на виске. Внезапно она подняла глаза и посмотрела на него. Ее глаза были цвета темно-зеленого мха, который растет на стволах вековых дубов. Они смотрели на него вопросительно и слегка задумчиво. Энсор понял, что она почувствовала, как он ее разглядывал. У него появилось ощущение, что и она, в свою очередь, оценивает его.

Макс улыбнулся, и Констанция снова опустила глаза, вернувшись к газете. Но он успел разглядеть, как легкая улыбка чуть тронула ее губы. Уик-энд, подумал он, обещает быть весьма интересным.

Глава 8

— Где ты собираешься разместить его? — понизив голос, спросила Пруденс, когда они стояли на станции в Ромси.

Макс следил за тем, как выгружают багаж, и не мог их слышать.

— В Южной башне, — таким же заговорщическим тоном ответила Констанция.

Честити тихо рассмеялась, поправляя широкие поля своей украшенной лентами соломенной шляпки. У Южной башни была одна замечательная особенность.

— Что ты затеваешь, Кон? — спросила Честити.

В глазах ее сестры блеснул насмешливый огонек.

— Пожалуй, я не прочь показать мистеру Энсору, что может произойти, когда женщина берет на себя инициативу. Мне кажется, он вообще не верит, что женщины могут проявлять инициативу, — добавила она. — Уверена, он убежден, что мы не имеем на это права. Возможно, мне удастся заставить его открыть глаза на то, что женщины имеют те же права, что и мужчины. Что вы об этом думаете?

— Не хочу показаться пессимисткой, Кон, но, по-моему, ты чересчур уверена в себе, — нахмурившись, заметила Пруденс. — Не думаю, что этот достопочтенный джентльмен окажется такой уж легкой добычей. В поезде он весьма ловко поставил тебя на место. — Она сняла очки и, близоруко щурясь на солнце, посмотрела на сестру.

Констанция скорчила гримасу. Как всегда, практичная Пруденс очень точно нащупала слабое место в ее плане.

— Мне неприятно об этом говорить, но отчасти он был прав, — с неохотой признала Констанция. — Однако от этого моя затея становится только интереснее.

Девушка вспомнила пристальный, жадный взгляд Макса, когда он рассматривал ее в купе. Если она сможет сыграть на этом, у нее появится оружие, необходимое для грядущей схватки.

— Итак, ты хочешь соблазнить его? — с тревогой спросила Честити. Ее ореховые глаза с сомнением смотрели на сестру из-под полей шляпки.

— Не совсем, — возразила Констанция. — Просто немного поиграть с ним, заставить его усомниться в своей непогрешимости.

— Надеюсь, ты знаешь, что делаешь, — заметила Честити.

— Я в этом не уверена, — призналась сестра. — Но идея кажется мне заманчивой. Посмотрим, во что все это выльется.

В этот момент из маленького здания вокзала вышел мужчина в традиционной одежде носильщика — кожаной жилетке, фартуке и бриджах.

— Все сумки погрузили, мисс Кон. Джентльмен ждет вас возле двуколки.

— Спасибо, Джордж.

Девушки последовали за ним, по дороге обменявшись приветствиями с начальником станции, который почтительно поклонился им. Семья Дункан со времен рыцарей владела деревушкой Ромзи и большей частью прилегавших к ней земель. И хотя фермеры и жители деревни уже давно зарабатывали на жизнь самостоятельно и никак не зависели от обитателей господского дома, древние традиции изживались очень медленно.

Снаружи здания вокзала на залитой солнцем поляне, заросшей травой, из которой выглядывали многочисленные маргаритки, стоял мышастый пони, впряженный в двуколку. Макс лениво почесывал его за ухом, а Марсел поправлял ремни, которыми багаж был надежно закреплен на заднем щитке повозки.

— Сколько отсюда идти пешком до дома? — спросил Макс, когда сестры приблизились к нему.

— Около мили. А почему вы спрашиваете? Кто-то собирается идти пешком? — поинтересовалась Пруденс.

Макс указал на двуколку:

— Сомневаюсь, что мы все здесь поместимся. Я с удовольствием пройдусь, мне не помешает размять ноги после долгой поездки.

— Сказать по правде, и я не прочь прогуляться, — небрежно заметила Констанция.

— На том и порешим. — Макс театральным жестом указал на дорогу. — «Вперед, Макдуф!»

— На самом деле там сказано: «Смелей, Макдуф!» — поправила его Констанция. — Люди вечно путают. — Она торжественно продекламировала: — «Смелей, Макдуф, не трусь! И проклят тот, кто крикнет... — Констанция сделала паузу, и сестры хором закончили: — Стой, сдаюсь!»*

— Вижу, впредь мне придется быть предельно осторожным, если я вздумаю цитировать что-либо, — с усмешкой сказал Макс.

— Уж в нашем обществе точно придется быть осмотрительнее, — согласилась Пруденс, забираясь в коляску. — Мы же дочери Эмилии Дункан, чье знание Шекспира приводило окружающих в благоговейный трепет. Она могла найти подходящую цитату почти к любому случаю.

— Звучит просто устрашающе, — пробормотал Макс.

— Так оно и было, — сказала Честити, устраиваясь на сиденье рядом с сестрой. — Мама знала как свои пять пальцев не только Шекспира. Она свободно цитировала всех известных поэтов и многих неизвестных. Ну ладно, увидимся на месте.

Она весело помахала рукой, Джордж лениво взмахнул хлыстом, и пони, также не проявляя особого энтузиазма, оторвался от сочной травки, поднял голову и затрусил по дороге.

— Похоже, ваша мать была очень образованной женщиной, — заметил Макс, когда они с Констанцией тронулись в путь.

— Да, она отличалась редкой эрудицией, — согласилась Констанция. — Пойдемте по тропинке, чтобы не глотать пыль. В любом случае идти по полям приятнее, да и вид там живописнее.

---

* У. Шекспир, «Макбет», пер. М. Лозинского.

Она подобрала юбки и начала осторожно пробираться сквозь заросли тысячелистника, доходившего ей до колен. Когда девушка приблизилась к покосившемуся, шаткому забору, полускрытому в разросшихся сорняках, Макс с сомнением покачал головой:

— Он выглядит не слишком крепким.

— Да нет, он достаточно надежен. Нужно только не порвать одежду о гвозди. — Констанция внимательно осмотрела плетень. — Придется высоко задирать юбки.

— Я готов закрыть глаза, — предложил Макс.

— Очень любезно с вашей стороны, но в этом нет необходимости, — ответила она. — Я не буду демонстрировать вам свои панталоны.

С этими словами Констанция подхватила юбки и перепрыгнула через препятствие если и не очень элегантно, то, во всяком случае, достаточно ловко, предоставив Максу возможность убедиться, что его догадки относительно длины и стройности ее ножек были верными.

— Ну вот, — сказала она с улыбкой, отряхнув юбки и одарив его таким откровенно призывным взглядом, что у него перехватило дыхание. — Теперь ваша очередь. Будьте осторожнее, из верхней перекладины торчит огромный гвоздь. — Констанция показала пальцем на ржавую закорючку. — Не то он вопьется вам в самое интересное место.

Макс принялся теребить мочку правого уха. Это была его давняя привычка, еще с детства. Он делал так всякий раз, когда не знал, что сказать, или оказывался в неловком положении. В данный момент он испытывал и то, и другое. Либо эта женщина бесстыдно дразнит его, либо столь же бесстыдно заигрывает с ним. Вследствие этого возникало сразу два вопроса: что именно она имеет в виду и как он должен реагировать?

Констанция стояла, склонив голову набок и внимательно наблюдая за ним.

— Если вы боитесь порвать одежду, я перепрыгну обратно, и мы пойдем по дороге.

Макс не ответил, поставил одну ногу на нижнюю перекладину, перекинул вторую через верхнюю и спрыгнул на землю. Констанция одобрительно кивнула, повернулась и зашагал по полю, засаженному клевером. Макс решил, что, каким бы ни был ответ на первый вопрос, он точно знает, как ему следует поступить.

— Одну минутку.

Схватив Констанцию за руку, Макс рывком развернул ее и прижал к себе. Удивление, отразившееся на ее лице, доставило ему искреннее удовольствие.

— Мне думается, я хорошо понимаю намеки. — Он сжал ее лицо в своих ладонях.

Это был обжигающий, страстный поцелуй, в котором не было и тени робости или нерешительности, и слегка ошарашенная Констанция после секундного колебания сдалась. Она откинула голову и приоткрыла губы под упорным натиском его языка. Макс положил руку ей на затылок и крепче прижал ее к себе, целуя ее долго и жадно, пока Констанция почти не задохнулась, не в силах пошевелиться, даже если бы захотела.

Девушка поймала себя на мысли, что не намеревалась заходить так далеко, но отступать было поздно. Она почувствовала, как напряглось его тело, и волна желания захватила ее. Она прильнула к нему, стремясь почувствовать его мускулистое тело, прижимаясь к нему бедрами.

Внезапно он разжал руки и отступил от нее на шаг, судорожно переводя дыхание. Констанция увидела явные признаки его возбуждения и представила себе, какую неловкость он должен испытывать. Сама она была совершенно сбита с толку и стояла в полной растерянности, полураскрыв рот и с трудом глотая воздух.

Констанция прижала руки к лицу, чувствуя, как горят щеки, и осторожно провела кончиком языка по распухшим губам.

— Да, — сказала она, — вы правы.

— В чем именно?

— Вы отлично понимаете намеки.

Констанция искоса взглянула на него и заметила, что он все еще возбужден. Проследив за ее взглядом, он пожал плечами:

— Это неизбежное следствие.

— Да, я понимаю. Если это вас утешит, то я тоже чувствую себя не очень комфортно.

— Не следует начинать того, что не готов довести до конца, — сухо сказал Макс. — Но вы сами меня спровоцировали.

Она была права — он стремился из любой ситуации выйти победителем. К сожалению, она была настолько уверена в себе, что не ожидала от него такой реакции. Может быть, Пру была не так уж далека от истины, и она переоценила свои силы. Пытаться соблазнить мужчину — опасная игра, и в этом раунде у нее явно перехватили инициативу.

Макс, казалось, не замечал ее задумчивости. Он гораздо больше интересовался окрестностями.

— Похоже, мы позабавили здешних коров, — заметил он.

Констанция только сейчас обратила внимание, что они окружены коровами, безмятежно жевавшими жвачку и с интересом разглядывавшими их своими томными карими глазами. Она подошла к ним поближе, топнула ногой и хлопнула в ладоши. Коровы никак не отреагировали.

— Должен признаться, что я не люблю коров. — Макс с сомнением огляделся. — Я совсем не деревенский житель.

— Они нас не тронут, просто пройдем мимо них.

Констанция с решительным видом двинулась вперед, хлопая в ладоши. К великому облегчению Макса, коровы расступились и отвернулись, словно представление закончилось и занавес опустился.

Они продолжили свой путь в молчании. Констанция пыталась разобраться в том, что произошло. Это был первый ход в игре, которую она сама же и затеяла, но теперь она сомневалась, что хочет продолжать. Одно дело — вести свою игру, совсем другое — быть пешкой в чужой. Похоже, попытка соблазнения Макса не лучший способ обратить его в свою веру. Констанция полагала, что сможет манипулировать им, но не приняла во внимание свои собственные чувства. Этот поцелуй вывел ее из равновесия. Все произошло слишком быстро и неожиданно, но даже этим нельзя было объяснить тот факт, что поцелуй явился для нее настоящим потрясением. Она целовалась со многими мужчинами и с разной степенью энтузиазма. Только Дуглас мог пробудить в ней ответный порыв. За последние минуты Констанция пережила такие эмоции, о существовании которых почти успела забыть. Все это представляло явную опасность для ее душевного равновесия, но была ли это опасность, которую следовало избегать или которой нужно было идти навстречу?

Макс шел впереди нее, размахивая веткой, которую он вытащил из живой изгороди, и сбивая головки полевых цветов. Это монотонное движение успокаивало его. Он был потрясен той готовностью, с которой Констанция ответила на его поцелуй. Может ли быть, чтобы она с такой же легкостью и неразборчивостью вступала в случайные связи? Сам Макс обычно избегал их, и его привело в замешательство то, что идущая позади него женщина могла внезапно пробудить в нем такое сильное желание. Он этого никак не ожидал. Макс полагал, что знает, на что идет, когда собрался слегка пофлиртовать с Констанцией. Он просто намеревался выпытать у нее, что же происходит в женском союзе.

Но потом она спровоцировала его, и ему захотелось преподать ей урок, показать, чем могут закончиться ее эскапады. А получилось совсем наоборот. Вот и строй после этого планы!

Самая старая часть Ромзи-Мэнор представляла собой покрытое штукатуркой деревянное здание времен Тюдоров. Последующие поколения Дунканов достраивали и перестраивали его, пока оно не превратилось в сложное архитектурное сооружение, которое казалось несколько запущенным, но от этого необычайно уютным. Макс и Констанция миновали реку, огибавшую большую лужайку, тянувшуюся до самого дома, и подошли к террасе, на которой стояли Пруденс и Честити, наблюдавшие за ними, перегнувшись через перила.

— Мы так и подумали, что вы пойдете через поле, — сказала Честити.

— Так короче, — ответила Констанция. — Я покажу Максу его комнату.

— Дженкинс готовит чай, а Джордж уехал на станцию встречать следующий поезд. Уильям отправился с ним в кабриолете, так что они смогут привезти большинство гостей за один раз.

— А папа еще не приехал?

— Пока нет.

— Будем надеяться, что они не перевернулись в канаву, — сказала Пруденс. — Я не слишком доверяю лорду Беркли. По всей вероятности, в это время дня он уже накачался бренди, как обычно, и с трудом видит дорогу.

Констанция нахмурилась:

— В таком случае за рулем сидит папа, а это только утвердит его в намерении приобрести автомобиль. Сами знаете, каков он, когда закусит удила. — Она пожала плечами. — Пойдемте, Макс, я провожу вас наверх. Полагаю, ваш камердинер уже заждался.

Следуя за Констанцией, Макс подумал, что лорд Дункан, возможно, вовсе не так мил и покладист, как это кажется, и дочерям приходится с ним нелегко.

В доме было прохладно, в воздухе приятно пахло ароматической смесью из сухих цветочных лепестков и воском. В большой длинной гостиной несколько молоденьких девушек, по-видимому, специально приглашенных из деревни, накрывали стол к чаю под неусыпным надзором Дженкинса, который, очевидно, прибыл из Лондона более ранним поездом.

— Дженкинс, камердинер мистера Энсора уже в его комнате?

— Да, мисс Кон. Мисс Пру сказала, что вы хотите разместить мистера Энсора в Южной башне, и я отправил камердинера с багажом прямо туда.

Констанция кивнула и повела Макса через темный старинный зал с массивными потолочными балками и огромным камином. В конце зала располагалась винтовая лестница времен королевы Елизаветы.

— Южная башня находится в крыле, построенном при королеве Анне, — сказала Констанция, когда они поднялись наверх и свернули в длинный коридор, окончившийся еще одной, более узкой лесенкой.

Поднявшись по ней, они оказались перед тяжелой дубовой дверью. Констанция открыла ее, и они вошли в круглую спальню, свет в которую проникал через четыре круглых окошка. Марсел как раз заканчивал развешивать в огромном шкафу вечернюю одежду.

— Здесь есть отдельная ванная. — Констанция указала на дверку в дальней от входа стене. — Она маленькая, но достаточно удобная. Вода нагревается газом, поэтому, чтобы наполнить ванну, требуется целая вечность.

— Ну что ж, не так уж плохо!

Макс осмотрелся по сторонам. С первого взгляда было ясно, что помещение полностью изолировано от остального дома. Что бы здесь ни происходило, никто ни о чем не догадается. Он задумчиво посмотрел на Констанцию.

Что она затевает? До их маленького приключения Макс не заподозрил бы никакого умысла. Ведь кого-то должны были разместить в этой спальне. И сама комната была очень приятной. Однако теперь его одолевали смутные подозрения.

— Это одна из моих самых любимых комнат, — призналась Констанция. — Обычно я помещаю здесь тех, кто впервые гостит в этом доме. — Она повернулась к выходу. — Я вас оставлю, чтобы вы могли привести себя в порядок. Увидимся внизу за чаем.

Когда дверь за ней закрылась, Макс, тихо насвистывая, подошел к окну и посмотрел на открывавшийся сверху вид. Поля и холмы, покрытые золотившимися в лучах солнца зарослями утесника, вереска и папоротника, сливались на горизонте с высокими соснами, за которыми должно было находиться море. Он полной грудью вдохнул терпкий соленый морской воздух.

Отвернувшись от окна, Макс окинул взором спальню, которая так легко могла превратиться в уютное любовное гнездышко. Рассеянно ответив Марселу на вопрос, касавшийся одежды, Макс поймал себя на том, что с интересом ждет дальнейшего развития событий.

— У меня появилась идея, — объявила Констанция, наблюдая за игрой и помахивая молотком для крокета.

Был ранний вечер, и заходящее солнце позолотило сухие листья букового дерева, бросавшего ажурную тень на лужайку для крокета, на которой Макс старался выбить мяч лорда Дункана из игры.

— У тебя всегда полно идей, — отозвалась Пруденс. — Прекрасная игра. — Она захлопала в ладоши, когда Макс точным ударом послал свой мяч, который ударился о мяч лорда Дункана, и отправил его в дальний конец лужайки. — У папы появился достойный противник.

— Он будет только рад этому, — сказала Констанция. — Так вот, я полагаю, нам следует найти Дэвиду Лукану жену.

— Это будет непросто. Он хочет только Чес, — заметила Пруденс.

— Ну, так он меня не получит, — объявила Честити. — И вообще должна признаться, что меня уже начал утомлять этот преданный молящий взгляд, которым он меня повсюду преследует. В один прекрасный момент я не выдержу и нагрублю ему.

— Тем больше причин поискать ему другой предмет для обожания.

Констанция приложила руку козырьком ко лбу, защищая глаза от солнца, и посмотрела на лорда Лукана, с коктейлем в руке стоявшего среди других гостей и наблюдавшего за игрой.

— А как же его мамаша? — спросила Пруденс. — Не думаю, что она захочет выпустить его из-под надзора.

— Согласна. Значит, нужно найти ему такую жену, которая станет покладистой невесткой, чтобы мама могла командовать ими обоими и хлопотать вокруг внуков, поучая всех, как именно нужно их воспитывать. И у меня есть прекрасная кандидатура на эту роль, — с довольным видом объявила Констанция.

— Перспектива не слишком радужная, — заметила Пруденс. — Ты уверена, что действительно хочешь обречь бедную невинную девушку на такую жизнь?

— Все будет не так уж плохо, если эта девушка придерживается патриархальных взглядов на семейную жизнь, — сказала Констанция. — Мы должны признать, что многие женщины искренне не хотят быть независимыми. Даже мама об этом говорила.

— Так какую невинную овечку ты собираешься отправить на заклание? — поинтересовалась Честити, положив свой молоток на скамейку.

— Эстер Уинтроп.

— Эстер? — Сестры уставились на нее, потом перевели взгляд на молоденькую девушку в скромном бледно-розовом вечернем платье, с застенчивым видом стоявшую возле своей матери.

— Она очень хорошенькая, послушная, из прекрасной семьи, к тому же не испытывающей недостатка в деньгах. Что сможет вдовствующая леди Лукан возразить против этого брака?

— Но она такая робкая. Она никогда и шагу не сделает, чтобы привлечь его внимание, — возразила Пруденс.

— А разве не в этом и состоит роль посредника?

— Девочки, девочки, вам следует быть среди гостей!

Сестры дружно вздохнули и с вежливыми улыбками повернулись, чтобы поприветствовать свою тетку, сестру лорда Дункана, которая выступала в роли хозяйки на приемах, устраиваемых ее братом, поскольку такая роль считалась неподходящей для молодых незамужних девиц. А сестры Дункан были еще не в том возрасте, чтобы перейти в категорию старых дев. Тетка с радостью предоставляла племянницам решать все скучные организационные вопросы, но в остальном выполняла роль хозяйки с исключительным апломбом.

— Я не знала, что вы уже приехали, тетя Эдит. — Констанция наклонилась и поцеловала тетку. — Мы играем в крокет и ждем своей очереди.

— Ну уж нет, ступайте к гостям, — сказала тетка, подставляя щеку для дежурного поцелуя, которым одарили ее Пруденс и Честити. — Что подумают люди, глядя, как вы тут стоите и шепчетесь между собой?

— Но мы играем в крокет, тетя, — резонно заметила Констанция. — И просто ждем своей очереди.

— Иди побеседуй с этим милым лордом Луканом, Честити. А ты, Пруденс, займи леди Анну, она стоит в одиночестве.

Их выручил лорд Дункан, который в этот момент промахнулся, и настала очередь Констанции представлять семью против ведущей пока команды, возглавляемой Максом Энсором.

— Прошу нас извинить, тетя, — проговорила Констанция с улыбкой. — Чес, наша очередь.

Честити играла довольно слабо, но Констанция была так же азартна, как и ее отец, к тому же ей помогали молодость и неистощимая энергия — качества, которых ему не досталось.

Лорд Дункан подошел к старшей дочери и остановился рядом на аккуратно постриженной лужайке.

— Ну, Констанция, постарайся вернуть мой мяч в игру.

— Хорошо, папа, — ответила она. — Но сначала я кое-что сделаю. — Она мило улыбнулась Максу, стоявшему рядом в небрежной позе, облокотившись на молоток. — Это будет моя маленькая месть.

— Не трать попусту удары, — раздраженно пробубнил лорд Дункан. — Просто удержи свой мяч в игре и подведи мой к шестым воротам.

— Прекрасный совет, — одобрил Макс, когда Констанция, держа молоток обеими руками, приготовилась ударить. — Зачем мне мстить? Я не представляю для вас никакой опасности.

— О нет, представляете, — возразила она и закусила нижнюю губу. — Хотя, верьте или нет, я играю в крокет очень неплохо. И у меня есть своя стратегия.

— Не сомневаюсь, — понизив голос, ответил Макс. — Я уже успел заметить, что вы успешно играете в разные игры.

Это была простая военная хитрость, попытка вывести ее из себя. Как можно было сравнивать крокет и ту игру, которую они вели между собой? Хотя и в крокете все средства хороши. И она могла быть хитрой и беспощадной, если этого требовали обстоятельства.

Констанция размахнулась и ударила молотком по мячу, точно направив его в первые ворота. Подойдя к мячу, Констанция снова ударила по нему с достаточной силой, чтобы он коснулся мяча Честити и встал так, что оба мяча лежали на одной прямой линии, ведущей через вторые ворота.

Макс прислонился к дереву и с интересом, а временами и с восхищением наблюдал за тем, как ловко Констанция провела оба мяча — свой и Честити — через все ворота, потом последним ударом направила свой мяч мимо финишного столбика и передала молоток Честити, чтобы и она могла сделать завершающий удар.

— Отлично сыграно, Честити. Просто отлично, — громко зааплодировал Дэвид Лукан.

— Дэвид, я же сделала всего один удар — последний, — возразила Честити, откладывая в сторону молоток. — Констанция играла и своим, и моим мячом. Разве вы не видели?

Молодой человек сконфузился, и Честити, сжалившись, улыбнулась и подошла к нему.

— Констанция прекрасно играет, не правда ли? — спросила она.

— О да, — ответил Дэвид, — но не так хорошо, как вы.

Пришла пора вводить в игру Эстер Уинтроп.

— Пруденс, вы уже решили, как будете рассаживать гостей? — спросила Эдит, обмахиваясь веером. — Где будет сидеть мистер Энсор? Полагаю, на том же конце стола, что и ваш отец. Туда же следует посадить и лорда Беркли. Тогда они смогут поговорить о политике.

— Возможно, они не хотят о ней говорить, тетя, — сказала Пруденс. — Им хватает этих разговоров в Лондоне. Мы решили посадить его между Констанцией и леди Уинтроп.

Она поняла теперь, почему Констанция посадила Эстер и лорда Лукана вместе, как можно дальше от леди Уинтроп.

— Ну что ж, если вы считаете, что это всех удовлетворит, я не стану вмешиваться.

Эдит рассеянно улыбнулась и отправилась поболтать со своими приятельницами.

Пруденс, ожидая своей очереди в игре, принялась размышлять об Эстер Уинтроп и Дэвиде Лукане. Из них получится неплохая пара. Но как можно рассчитывать на вознаграждение за сватовство, если счастливая пара даже не подозревает, что их намеренно сосватали? Это хорошо, что Констанции приходят в голову такие замечательные идеи, но как на этом заработать?

Увидев, что отец провел мяч мимо финишного столбика, Пруденс взяла молоток и направилась к лужайке.

— Такие милые девушки... жаль, что они никак не могут найти себе мужей, — проговорила леди Уинтроп, обращаясь к своим партнерам по бриджу. — Интересно, почему Честити не хочет выйти за Лукана?

Она поднесла к глазам пенсне и направила взгляд в дальний угол комнаты, где Честити сидела на диване и беседовала с Эстер. Дэвид Лукан стоял позади дивана, устремив на Честити преданный собачий взгляд.

— Он был бы для нее прекрасной партией... четыре в пиках, — отозвалась ее партнерша. — Но Эмили привила им такие странные идеи... совершенно неподходящие для молоденьких девушек. Конечно, милая Констанция давно была бы замужем, если бы не... — Она прижала палец к губам, заметив, что к столу подходит Эдит Дункан.

На другом конце гостиной Честити улыбнулась через плечо Дэвиду Лукану:

— Дэвид, сядьте здесь и составьте компанию Эстер. Я должна уделить внимание другим гостям. — Она похлопала по дивану, приглашая Дэвида занять ее место, и поднялась. — Не нужно так пугаться, Эстер. Дэвид не кусается. К тому же у вас есть общие интересы. Вы оба любите собак.

«Положим, Эстер любила спаниелей, а Дэвид разводил стаффордширских бультерьеров, но это уже мелочи», — думала Честити, оставляя молодых людей в неловком молчании сидеть на диване. Спустя несколько минут она с удовлетворением отметила, что между ними завязалась беседа.

— Посмотри-ка, — обратилась она к Пруденс. — Похоже, Кон угадала. Надо самим искать себе клиентов.

— И как нам сообщить им, что, хотя они об этом и не подозревали, фирма «Посредник» сосватала их, а теперь хочет получить за это вознаграждение? — поинтересовалась Пруденс.

— Да, это было бы неловко, — согласилась Честити. — Но сейчас не время говорить об этом. Тетя Эдит убеждена, что мы плохо справляемся с обязанностями хозяек дома. Она недовольно поджимает губы всякий раз, когда видит нас вместе.

— Обсудим все перед сном. Скажи лучше, что происходит с Кон?

Она посмотрела на сестру, сидевшую за столиком для бриджа. Ее партнером был Макс Энсор. Честити проследила за ее взглядом.

— Не знаю, но что-то точно происходит. Это чувствуется даже отсюда. Воздух вокруг них так и искрит от напряжения.

Пруденс кивнула:

— Я прежде никогда не видела, чтобы Кон была так оживлена в присутствии мужчины... по крайней мере с тех пор, как погиб Дуглас. Интересно, она сама это замечает?

— Может, тебе это только кажется, — предположила Честити. — Она всегда держит ситуацию под контролем, к тому же мы знаем, что она затеяла какую-то игру с Максом.

— Я не думаю, что сейчас она ведет какую-то игру, — заметила Пруденс.

— Похоже, ты права, — согласилась Честити. — Думаешь, она уже забыла, как он раздражал ее поначалу? Не мог же Энсор измениться за один вечер! Невозможно так быстро поменять свои убеждения.

— Наверное, он просто опасается вызвать ее недовольство... по крайней мере до тех пор, пока не осуществит свои бесчестные намерения.

Она рассчитывала рассмешить сестру, но выражение лица Честити оставалось серьезным.

— Если в его ухаживании за Кон есть злой умысел, я очень надеюсь, что он не причинит ей боли.

— О Господи, — вздохнула Пруденс. — Что будем делать?

— Не думаю, что мы можем что-нибудь сделать. Ты же знаешь, какова Кон. Если что-нибудь решит, ее уже не переубедишь.

— А что ты думаешь о Максе Энсоре? Он тебе нравится?

Честити пожала плечами:

— Не знаю. Иногда нравится, а иногда он кажется мне каким-то скользким. В одном я уверена — он очень амбициозен.

— М-да, — пробормотала Пруденс, подумав про себя, что это определение можно с таким же успехом отнести и к Кон.

Глава 9

Констанцию ничуть не удивили бы наблюдения сестер. Они знали ее почти так же хорошо, как она сама знала себя. По мере того как вечер продолжался, ей стоило все больших усилий сосредоточиться на игре. Пару раз она чуть было не совершила грубую ошибку. Ее взгляд все время невольно возвращался к рукам партнера, которые находились в непрерывном движении: он сдавал карты, просматривал их, делал снос. Ее и прежде восхищали его руки, но она не замечала, какие у него сильные и гибкие пальцы. Внезапно Констанция представила, как эти пальцы прикасаются к ее телу, нежно поглаживают кожу...

Все шло не так, как она планировала. Еще минуту назад ей было холодно, и Констанция завернулась в яркую шаль из индийского шелка, а теперь она яростно обмахивалась веером. Констанция надеялась, что партнеры по игре не заметят ее состояния, хотя, похоже, Макс Энсор прекрасно видел, что с ней происходит. И хотя сам он казался полностью сосредоточенным на игре, несколько раз он смотрел на нее жадным, оценивающим взглядом, который она уже видела в поезде и который побудил ее к безрассудным поступкам.

Между ними шла борьба — борьба за то, кто станет лидером в их дальнейших отношениях. От предвкушения того, что должно было произойти, Констанцию лихорадило. Она страстно желала его, хотела гладить и ласкать его тело, чувствовать на губах вкус его кожи.

Боже, подумала она с внезапным отчаянием, раньше с ней такого никогда не случалось. Ее утешала только надежда на то, что Макс страдает от такой же сладкой пытки. Но когда Констанция смотрела на него, она видела лишь бесстрастное спокойствие опытного игрока в бридж.

— Констанция, твоя очередь. — Нетерпеливый голос отца словно окатил ее ледяной водой и заставил опомниться.

— О, простите. Какую объявили игру? Я не расслышала.

— Я объявил один в червях, ваш отец — два в пиках, и лорд Беркли сказал «пас».

Макс смотрел на нее со странной улыбкой. У Констанции возникло ощущение, что он читает ее мысли. Что, разумеется, было абсолютно невозможно.

— Нам осталось набрать сорок очков до роббера, — напомнил ей Макс.

Констанция даже не представляла, как они могли выигрывать при том, что сама она едва уделяла внимание игре. Очевидно, Макс был достаточно искусным игроком, чтобы компенсировать ее рассеянность.

Она снова взглянула в свои карты.

— Три без козыря.

— Что?

Макс недоверчиво уставился на нее. Констанция делала очень рискованный ход, а он был не слишком высокого мнения о ее игре.

Констанция пожала плечами, но ничего не сказала. У нее на руках сильная карта, и у Макса должно было быть достаточно хорошее положение, раз он объявил один в червях. Так что если она сосредоточится и будет внимательно считать карты, они выиграют. Перезакладываться и осторожничать было не в ее правилах. В ней возобладал присущий ей дух соперничества, и она на время забыла о своих переживаниях. Ей уже не нужно было заставлять себя сконцентрироваться, она провела игру уверенно и, положив последнюю карту на стол, победоносно заявила:

— Вот так! Мы выиграли!

— Еще бы, — пробубнил ее отец. — С такой-то картой!

— А у меня было ощущение, будто Макс не верил в то, что я смогу выиграть, — сказала она, глядя в упор на своего партнера.

— Вовсе нет! Я был в вас совершенно уверен, — запротестовал Макс.

— Вот как? — Констанция собрала карты. — Пожалуй, на сегодня с меня достаточно. Найти мне кого-нибудь, кто составил бы вам компанию?

— Нет, пожалуй, я тоже на сегодня закончу. — Макс поднялся из-за стола. — Благодарю вас, джентльмены.

Он дружелюбно улыбнулся своим соперникам.

Лорд Дункан положил на стол две гинеи, и граф Беркли сделал то же самое. Лорд Дункан пододвинул монеты к Максу:

— Ваш выигрыш, Энсор. Предоставляю вам самому поделить его с моей дочерью. — Он поднялся на ноги. — Беркли, пойдемте попробуем того виски, о котором я говорил. Присоединитесь к нам, Энсор?

Макс покачал головой:

— Нет, благодарю вас, сэр. Пожалуй, я прогуляюсь по саду с моей партнершей, если позволите?

Лорд Дункан громко рассмеялся:

— Вы шутите, сэр. Мои дочери перестали слушаться меня с момента своего совершеннолетия... а может быть, и раньше. Пойдемте же, Беркли. — Он обнял своего друга за плечи и увлек его за собой.

— Леди позволит? — спросил Макс, протягивая Констанции ее часть выигрыша.

Она взяла деньги, и в ее зеленых глазах появился необычный блеск.

— По-моему, сегодня полнолуние, — сказала Констанция, убирая деньги в сумочку. — Может быть, этим и объясняется моя рассеянность во время игры.

— Но на последней сдаче вы отыгрались с лихвой, — заметил Макс.

— Возможно, в этот момент луна скрылась за тучами.

— Возможно.

Он предложил ей руку, и она положила ладонь на черный шелковистый рукав. Будто электрический ток пробежал по руке, но усилием воли девушка заставила себя не думать об этом.

Они вышли на террасу, и Констанция с облегчением заметила, что они не одни. Ночь стояла очень теплая, на небе и в самом деле сияла полная луна, поэтому большинство гостей вышли из дома на свежий воздух. Она нигде не видела своих сестер, зато заметила Дэвида Лукана и Эстер Уинтроп, в неловком молчании стоявших возле перил. Может быть, если она займется чужими делами, это поможет ей отвлечься от собственных переживаний.

— Я хотела поговорить с лордом Луканом, — сообщила она. — Похоже, ему нужно помочь, он чувствует себя неловко в обществе Эстер.

Макс с интересом посмотрел на молодых людей.

— Он кажется достаточно взрослым, чтобы вести беседу с девушкой без посторонней помощи, — заметил он.

— Да, но Эстер очень застенчива, а Дэвид и в лучшие моменты не слишком-то разговорчив. Подойду к ним и помогу немного. Вам не обязательно сопровождать меня, — сказала она, убирая ладонь с его руки.

— Но я не хочу лишаться вашего общества, — ответил он твердо.

В этот момент из дома вышла Пруденс, и Констанция жестом подозвала ее:

— Пру, по-моему, мы могли бы оказать небольшую помощь Дэвиду и Эстер.

Пруденс посмотрела на стоявшую невдалеке пару:

— Судя по их виду, тут требуется существенная помощь.

— Вы что, хотите их сосватать? — поинтересовался Макс.

— Нет... конечно же, нет, — возразила Констанция. — Но мы должны следить за тем, чтобы наши гости весело проводили время в приятном для себя обществе.

— И вы решили, что эти двое находят общество друг друга приятным? По мне, это очень похоже на сводничество. — Макс покачал головой. — Типично женское занятие. Пожалуй, я действительно лучше пойду и составлю компанию вашему отцу и лорду Беркли.

Констанция проводила его глазами.

— Пустое типично женское занятие! — возмущенно повторила она.

— Похоже, он остался при своих убеждениях. — Пруденс пристально посмотрела на сестру. — И ты надеешься переубедить его?

Констанция покачала головой:

— Уже нет.

— Но ты все еще намерена продолжать игру?

Констанция посмотрела на луну, потом сказала:

— Да. Проблема в том, Пру, что я в состоянии управлять своим рассудком, но не в силах справиться со своим телом.

По какой-то причине этот мужчина вызывает во мне бурю желаний. Я никогда не испытывала ничего подобного. Все это так противоречиво. Я намерена использовать его, я ненавижу все, что он собой олицетворяет, но мое тело стремится к нему. — Она покачала головой. — Наверное, это влияние луны.

— И что ты собираешься предпринять?

Пруденс взглянула на сестру с некоторым беспокойством.

— Не имею понятия. — Констанция развела руками. — В глубине души мне хочется расслабиться и получить удовольствие. Но рассудок предупреждает, что нужно бежать со всех ног. Вот так... — Она снова покачала головой, потом открыла сумочку и достала оттуда деньги. — Кстати, вот моя доля выигрыша в бридж. Я играла против папы и лорда Беркли, поэтому можешь смело положить эти деньги назад в семейную казну.

Пруденс взяла деньги.

— Круговорот, — сказала она. — А что, это идея! Может быть, если ты будешь постоянно играть против папы и выигрывать, это поможет сохранить деньги в семье и не дать им уйти в чужие руки.

— Прекрасная мысль, — с насмешливой улыбкой отозвалась Констанция. — Если хочешь знать мое мнение, лучше нам отвадить от папы лорда Беркли. Этот человек вызывает у меня отвращение. Я знаю, что они дружат уже много лет, но у меня сложилось такое впечатление, что у лорда Беркли всегда наготове какая-нибудь сомнительная затея, в которую он хочет втянуть отца. Или они играют и бражничают целыми днями.

— Я чувствую то же самое, — кивнула Пруденс. — Мама тоже его не любила. Но вернемся к более приятным делам. Что будем делать с нашими голубками?

— Теннис, — коротко ответила Констанция. — Завтра днем. Мы поставим их играть в паре. Эстер увидит, как он великолепен на корте, а Дэвид сможет опекать ее и помогать в игре.

Пруденс рассмеялась, но не нашла что возразить на это. Они подошли к паре, неловко стоявшей на террасе вполоборота друг к другу.

— Дэвид, Эстер, какая чудная ночь, не правда ли? — весело сказала Констанция. — Вы видели, какая луна?

— Очень красиво, мисс Дункан, — тихо отозвалась Эстер.

— Эстер, зовите меня, пожалуйста, просто Констанцией. Когда меня называют «мисс Дункан», я чувствую себя слишком старой.

Эстер покраснела и, заикаясь, пробормотала, что она совсем не имела этого в виду. Констанция рассмеялась в ответ:

— Дэвид, почему бы вам с Эстер не прогуляться по лужайке в сторону реки? В полнолуние оттуда открывается необыкновенно красивый вид.

Лорд Лукан был слишком хорошо воспитан, чтобы отказаться, хотя его мать не одобрила бы прогулку в уединенном месте в обществе молоденькой девушки. Кроме того, он не знал, о чем с ней разговаривать.

Эстер пробормотала, что ей нужно спросить разрешения у матери, но Констанция беспечно ответила:

— Я сама скажу ей, куда вы пошли, если она спросит. Но она играет в карты и, я уверена, не заметит вашего отсутствия еще по меньшей мере минут десять. Идите же, посмотрите, как красиво лунный свет отражается в воде.

Лорд Лукан предложил Эстер руку, которую девушка приняла с очаровательной застенчивостью, и они направились по лужайке в сторону реки.

— Ну вот, — сказала Констанция, хлопая в ладоши, — дело сделано. И я готова поспорить, что леди Уинтроп не станет возражать против этого брака.

— Но есть еще и леди Лукан.

— О, она будет более сговорчивой, чем вы думаете. Мы навестим ее по возвращении в город и очень тактично будем превозносить Эстер. Намекнем, что Дэвид, кажется, нашел ее общество очень приятным. А потом сами привезем к ней Эстер. Своей застенчивостью она сразу же очарует старую мегеру. И обе мамаши прекрасно поладят и будут с упоением планировать свадебные торжества, споря между собой по любому поводу. А нашим голубкам не придется ни о чем беспокоиться.

— А какой нам барыш с этой затеи? — поинтересовалась Пруденс. — Даже если предположить, что дело сладится?

— Ну, я подумала... если мамы решат, что это хорошая партия, может быть, они будут достаточно признательны, чтобы сделать взнос на нужды благотворительного общества, которое мы поддерживаем. Которое оказывает помощь женщинам из хороших семей, оказавшимся без средств к существованию. — Констанция вопросительно подняла бровь.

Пруденс уставилась на нее с изумлением:

— Кон! Да ты просто иезуит в юбке!

Констанция пожала плечами:

— Что поделать, нужда заставит! И мне все равно, каким образом с нами расплатятся. Мы оказываем услугу, и нам причитается вознаграждение.

— Ты совершенно лишена стыда.

— Вполне возможно, — сказала Констанция и посмотрела на луну. — У меня предчувствие, что мой рассудок сегодня терпит поражение. Да и что мне терять, как ты считаешь, Пру?

— Свою объективность, — тут же отозвалась Пруденс. — Если ты влюбишься в него, ты не сможешь его использовать. Тебе даже не захочется оказывать на него влияние.

— Я не собираюсь в него влюбляться, — заявила Констанция. — Просто хочу утолить свое желание. Я не могу влюбиться в человека, который считает, что женщина должна все время проводить на кухне, босая и постоянно беременная.

— Ну, он не так страшен, — возразила Пруденс.

— Может быть, и нет, — согласилась Констанция. — Макс считает, что женщины должны посвящать себя детям и домашнему хозяйству, а в обмен нам будет предоставлена возможность объедаться шоколадом, валяться на шелковых одеялах и развлекать себя сплетнями и походами по магазинам. — Она улыбнулась. — И как, по-твоему, при таких взглядах на женщин он отреагирует на мои авансы?

— Бог знает! — рассмеялась Пруденс.

— Я собираюсь пойти принять ванну, — сказала Констанция.

— Поскольку вести себя хорошо ты не можешь, будь по крайней мере осторожна, — посоветовала Пруденс.

Констанция рассмеялась, чмокнула сестру в щеку и направилась в дом. В туалетной комнате, которую она делила с сестрами, наполнила ванну водой, потом не спеша разделась. Вытащив шпильки из замысловатой прически, она расчесала волосы, свернула их узлом и закрепила на затылке. Потом насыпала в воду ароматическую соль с запахом лаванды, и поверхность воды покрылась пенящимися пузырьками. Мягкий свет газовой лампы не доставал до углов бывшей спальни, приспособленной под ванную комнату. Зимой ветер здесь дул из-под двери, изо всех щелей в оконных рамах и, казалось, просачивался даже сквозь трещины в потолке, заставляя ежиться от холода, но теплой летней ночью огромная комната с большой, стоявшей на ножках ванной выглядела очень уютно.

Констанция погрузилась в горячую воду и блаженно вытянулась, примостив голову на краю ванны. В открытое окно, расположенное прямо напротив, светила полная луна. С террасы доносились приглушенные голоса гостей, расходившихся спать. Где-то в глубине дома слышались чарующие звуки музыки — это Честити играла сонату Моцарта, Констанция сразу узнала ее манеру. Закрыв глаза, она стала прикидывать, когда Макс отправится в свою спальню.

Она мысленно перебрала свой гардероб, решая, что же надеть для своего визита в Южную башню. Например, халат из китайского шелка, принадлежавший ее матери. Он был изумительного ярко-зеленого цвета, очень красиво оттенявшего ее глаза, с широкими рукавами и вышитым на спине огненным драконом. Или полупрозрачный муслиновый пеньюар, надевавшийся поверх белой шелковой сорочки? Какой она хотела казаться — застенчивой или соблазнительной, дерзкой или безыскусной?

В дверь тихо постучали, Констанция лениво повернула голову и сказала: «Войдите», — ожидая увидеть Пруденс или Честити.

Дверь отворилась, и на пороге появился Макс Энсор. Констанция была так удивлена, что не могла даже пошевелиться. Она лишь молча уставилась на него.

Он прикрыл дверь и повернул в замке ключ, которым сестры обычно не пользовались. Ванная была их неприкосновенной территорией, и никто никогда не заходил сюда, кроме горничной, убиравшейся по утрам.

— Ваша сестра сказала, что я найду вас здесь, — сказал Макс и, прислонившись к двери, стал разглядывать ее из-под полуопущенных век.

«Должно быть, это работа Пруденс», — подумала Констанция. Ей, наверное, и в голову не могло прийти, что Макс воспользуется этой информацией с такой ошеломляющей дерзостью. Да и сама Констанция не ожидала подобного поворота событий. Он снова переиграл ее.

Констанция не шевелилась, раздумывая, как поступить, и отлично понимала, что чем дольше она будет молчать, тем труднее ей будет выставить его за дверь. Гордость боролась в ней с желанием. Прозрачная вода не скрывала ее тела, и Макс рассматривал ее голодными глазами. Констанция почувствовала, как затвердели ее соски, но продолжала хранить молчание.

Макс отошел от двери и, медленно сняв фрак, повесил его на вешалку для полотенец. Затем он расстегнул бриллиантовые запонки и положил их на комод. С нарочитой неторопливостью он засучил рукава. Констанция словно завороженная наблюдала за медленными, уверенными движениями его длинных пальцев. Его руки были покрыты вьющимися черными волосками. Он подошел к ванне и присел на краешек, с загадочной улыбкой глядя на Констанцию сверху вниз. Обмакнув указательный палец в воде, он подался вперед и дотронулся до ее лба, потом палец скользнул по ее носу, губам, подбородку, задержался на мгновение у основания шеи, в том месте, где бешено бился пульс.

«Ну и ладно, — подумала Констанция. — Бог с ней, с гордостью». Она ждала, затаив дыхание. Палец продолжал медленно двигаться, исследовал ложбинку между грудей и спустился ниже по животу. Макс наклонился и легонько поцеловал ее. Его язык скользнул по ее губам, потом он выпрямился, поцеловал ее в кончик носа и убрал руку.

Потянувшись, он взял большую губку, лежавшую на краешке ванны, и принялся намыливать ее, не отрывая глаз от Констанции. В комнате по-прежнему царило молчание. Он провел губкой по ее шее, затем намылил одну грудь, за ней вторую. Ее грудь была округлой и твердой, не очень большой, но и не маленькой. Он окунул губку в воду, прополоскал ее и принялся снова намыливать.

— Потереть тебе спину? — Звук его голоса был мягким и вкрадчивым, но показался оглушительным в напряженной тишине.

Констанция села и наклонилась вперед. У нее была красивая спина — гибкая, стройная, сужающаяся в талии и расширяющаяся к бедрам. Завитки мокрых волос высвободились из пучка и упали ей на шею. Макс намылил ее плечи, провел губкой по спине вдоль позвоночника, потом его рука спустилась ниже. Внезапно у него перехватило дыхание, и самообладание покинуло его. Он уронил губку в воду и выпрямился.

— Не задерживайся долго, — сказал он, снимая полотенце с вешалки и кладя его на стоявший рядом с ванной стул, где она могла легко дотянуться до него.

Потом он взял свой фрак и вышел из комнаты, тихо прикрыв за собой дверь.

Констанция медленно перевела дыхание. Каждый нерв в ее теле был напряжен. При одном воспоминании о том, как его палец скользил по ее телу, Констанцию охватила дрожь. Она поднялась, взяла полотенце и, перешагнув через бортик ванны, встала на мягкий, пушистый коврик. Взглянув на свое отражение в зеркале, Констанция обнаружила, что ее щеки раскраснелись, волосы растрепаны, а глаза лихорадочно блестят.

— Бог мой! — пробормотала девушка, наклоняясь, чтобы вынуть пробку из отверстия для слива воды.

Она чувствовала, что больше не контролирует ситуацию. В самом начале у нее было некоторое преимущество, когда ей удалось удивить его. Но теперь ей казалось, что земля уходит у нее из-под ног. Больше не имело смысла размышлять о том, что надеть. Он и так уже понял все, что она собиралась сказать ему своим нарядом. Констанция завернулась в полотенце и прошла к себе в спальню, расположенную в соседней комнате. Втерев в кожу крем с запахом сандалового дерева, девушка вытащила шпильки из волос и расчесывала их до тех пор, пока они не упали блестящей каштановой волной ей на плечи. Ей пришло в голову, что она похожа на наложницу в гареме, готовящуюся провести ночь с султаном. Эта мысль несколько позабавила ее и помогла взглянуть на происходившее с некоторой долей юмора.

Констанция остановила свой выбор на китайском халате. Впереди халат застегивался от шеи до самого пола на маленькие перламутровые пуговицы. Она застегнула лишь несколько пуговок, рассудив, что понадобится слишком много времени для того, чтобы расстегнуть их все. Уменьшив огонь в газовой лампе, Констанция вышла из комнаты.

Лестница в Южную башню освещалась лишь лунным светом, струившимся из окошка на самом верху и бросавшим тонкий лучик на ступеньки. Констанция не стала стучаться, а просто открыла дверь.

Круглая комната была залита лунным светом. Газовые лампы не были зажжены. Макс лежал на кровати в халате, закинув руки за голову.

— Добро пожаловать, — сказал он, поднимаясь. Он подошел к ней и протянул руки. Она вложила свои руки в его, и он притянул ее к себе. — Ты чудесно пахнешь.

— Как наложница в гареме!

Макс тихо рассмеялся:

— Ты ведь, наверное, знаешь, что смех оказывает действие, противоположное афродизиаку?

Она запрокинула голову и посмотрела ему в глаза:

— Вот как?

Вместо ответа он расстегнул верхние пуговки на ее халате. Причем очень умело, как отметила Констанция. Его руки скользнули под халат и принялись ласкать ее груди. Кончиками пальцев он поглаживал соски, пока они не затвердели.

— Не знаю, как медленно я смогу это сделать, — пробормотал он и наклонил голову к ее груди.

Тонкий шелк соскользнул с плеч Констанции и с легким шуршанием упал к ее ногам. Она осталась обнаженная, залитая серебристым светом луны. Ей не терпелось увидеть его тело. Констанция развязала его пояс и торопливо избавилась от мешавшего халата. На мгновение они замерли, едва касаясь друг друга.

— Мы сделаем это медленно в следующий раз, — прошептала Констанция, обнимая его и с силой прижимая к себе.

Макс обхватил ее за талию и приподнял. Она была далеко не легкой, поэтому он сразу отбросил романтическую идею отнести ее в кровать. Он снова поставил Констанцию на пол, и она сама повела его за руку в глубь комнаты.

Он опустился на постель и потянул ее за собой, положив поверх себя в надежде на то, что таким образом ему удастся продлить любовную игру. Но он не рассчитал. Констанция одним движением оказалась в позе наездницы, и вскоре они уже слились в одно целое.

Несколько секунд они не шевелились, не смея даже вздохнуть, привыкая друг к другу. Затем Макс слегка приподнял бедра, и Констанция почувствовала, как волна наслаждения подхватила ее. За первой волной последовала вторая, и Констанция застонала, спрятав лицо у него на груди. Макс нежно гладил ее волосы.

Так они лежали довольно долго. Наконец Констанция перекатилась на спину и глубоко вздохнула. Заметив, что он принял меры предосторожности, она извиняющимся тоном сказала:

— Я об этом не подумала.

Он пожал плечами:

— Достаточно того, чтобы подумал один из нас.

— Наверное.

Перед ее глазами встало лицо Амелии Уэсткотт. Генри Франклин не позаботился о мерах предосторожности, и если Амелия испытывала в его объятиях те же ощущения, которые только что пережила Констанция, девушка не могла винить ее за непредусмотрительность. Эта мысль немного поубавила ей самоуверенности.

— Спасибо, что ты позаботился об этом. Мне очень стыдно, что я сама не подумала. — Констанция коснулась рукой его щеки, потом закрыла глаза. — Пожалуй, я немного посплю.

Макс обнял ее и крепко прижал к себе.

Они проснулись через час. Луна опустилась ниже к горизонту, и спальня погрузилась в темноту. В доме царила полная тишина. Констанция легла на спину, дрожа от холода. Она тронула Макса за плечо, и он пошевелился.

— Макс, мне холодно. Подвинься, пожалуйста, я накрою нас одеялом.

Он что-то сонно пробормотал и резко сел, свесив ноги с кровати. Потом встал, потянулся и зажег газовую лампу, стоявшую возле кровати.

— Кто-то заботливо принес в комнату графин с коньяком. Выпьешь рюмочку?

— Не целую, я сделаю глоток из твоей. — Она натянула на себя одеяло, положила под спину подушки и села, прислонившись к спинке кровати. — Мне уже не хочется спать.

Макс наполнил рюмку коньяком, стоявшим на туалетном столике, и вернулся в кровать, удобно устроившись под одеялом рядом с ней. Потом протянул ей рюмку, и она сделала глоток. Он повернул голову и принялся внимательно разглядывать ее.

— У меня сложилось впечатление, что с тобой это случилось не в первый раз.

Констанция бросила на него быстрый настороженный взгляд.

— Это тебя шокирует?

— Немного удивляет, — сказал он, делая глоток. — По-настоящему ты удивила меня сегодня утром, в поле.

— Так ты не шокирован? — настойчиво продолжала допытываться Констанция.

— Просто это несколько необычно.

— Чтобы незамужняя девушка не была девственницей? — открыто спросила она.

— Да, — ответил он. — Ты же не будешь этого отрицать?

— Я этого не знаю, — сказала Констанция. — Это не тот вопрос, который принято задавать своим незамужним подругам.

Макс расхохотался и снова протянул ей рюмку.

— Да будет тебе, не заводись, Констанция. Я же не критикую, как я могу после сегодняшней ночи? Я просто констатирую факт.

— Ты уверен, что не собирался сказать: «Я не могу уважать женщину, утратившую добродетель»? — Констанция взяла у него из рук рюмку и сделал еще один глоток.

— Я уже говорил тебе прежде, чтобы ты не приписывала мне то, чего не было. — Макс встал и налил себе еще одну рюмку, поскольку Констанция не собиралась расставаться с первой. — Ты ведь была обручена?

Констанция замерла.

— А это здесь при чем?

Он пожал плечами:

— На мой взгляд, это очевидно. Вы, наверное, решили не ждать до свадьбы?

Констанция закрыла глаза, вспоминая Дугласа.

— Нет, — твердо сказала она. — У Дугласа были очень старомодные понятия о чести, долге и порядочности. — Она улыбнулась. — Иногда это просто выводило из себя.

— Ты любила его?

Внимательно глядя на девушку, Макс заметил, как лицо ее смягчилось.

— Да, очень, — тихо ответила Констанция. — Он был смыслом моей жизни. Мне было двадцать два, когда он погиб, и мне казалось, что жизнь рухнула. Я знала совершенно точно, что ни один мужчина никогда не сможет с ним сравниться. — Она открыла глаза. — И оказалась права.

Макс слегка поморщился, хотя умом понимал, что у него нет причин чувствовать себя оскорбленным. Несколько мгновений страсти не давали ему оснований рассчитывать на комплименты и лестные сравнения с покойным женихом. По-настоящему они едва знакомы друг с другом.

— И тем не менее ты проводила время с другими мужчинами, — сказал он. — Мне показалось, это доставляет тебе удовольствие.

— Это так, — подтвердила она. — Когда мне этого хочется. После того как умерла мама, мы трое решили, что девственность — это обуза, от которой лучше избавиться. Ни одна из нас особо не стремилась выйти замуж, но нам не хотелось прожить жизнь, терзаясь от любопытства. Полагаю, ты понимаешь, что я имею в виду.

Макс смотрел на нее словно завороженный. Он никогда не встречал женщин, чьи взгляды на жизнь хотя бы отдаленно напоминали образ мыслей Констанции и ее сестер. И он сам не знал, отталкивает его или привлекает ее откровенность.

Констанция пригубила коньяк и продолжила:

— Итак, мы назначили срок — год, и к следующему Новому году мы все уже не были девственницами.

— Вы сами выбирали ваших... ваших... — Макс замялся и сделал беспомощный жест рукой.

— Наших партнеров? — услужливо подсказала Констанция. — Ну, разумеется. Все они были очень порядочными людьми, и мы испытывали к ним влечение и искреннюю симпатию. И потом, они должны были обо всем знать и пойти на это сознательно. Все играли по-честному, и мы до сих пор прекрасно относимся друг к другу.

— Я знаю кого-нибудь из них?

— Не думаю, что тебе захочется знать их имена, — ответила Констанция, внимательно вглядываясь в его лицо. — Зачем они тебе?

Она сделала движение, собираясь встать.

— Не уходи, — мягко попросил Макс. — Мне кажется неправильным заканчивать нашу встречу на такой ноте. Если я невольно чем-либо оскорбил тебя, прошу меня простить. Просто мы пока не очень хорошо знаем друг друга.

Констанция заколебалась. Он был прав. Было бы глупо испортить такой прекрасный вечер. Она похлопала рукой по покрывалу, приглашая его присоединиться к ней, и он поставил рюмку на стол и снова забрался под одеяло.

— Давай на этот раз не торопиться, — прошептал он ей на ухо.

Вместо ответа она обняла его и прижала к себе.

Глава 10

— Лорд Лукан — прекрасный партнер для Эстер, — заметила Честити, обращаясь к леди Уинтроп, сидевшей рядом с ней под зонтиком и наблюдавшей за игрой на теннисном корте. — Кажется, он предвосхищает каждое ее движение.

— Эстер не особенно увлекается спортивными играми, — объявила леди Уинтроп. — Я настоятельно рекомендовала ей не играть сегодня. Слишком жарко для того, чтобы бегать по корту. Если она не поостережется, то может вспотеть, а вспотевшая женщина — это так непривлекательно.

— Я думаю, в основном у них бегает Дэвид, леди Уинтроп, — вмешалась Пруденс, разливая в высокие стаканы лимонад из графина. — Именно это и делает его таким превосходным партнером.

— Он очень приятный молодой человек, — уступила леди Уинтроп, делая глоток лимонада. — Я немного знакома с его матерью, хотя она не слишком часто выезжает в свет. Насколько мне известно, у нее хрупкое здоровье.

Пруденс подумала, что вдовствующую леди Лукан можно было назвать хрупкой лишь с очень большой натяжкой, но спорить не стала.

— Дэвид прекрасный сын, — сказала она. — Так нежен и заботлив с матерью.

— Прекрасные качества в сыне, — одобрительно заметила леди Уинтроп, яростно обмахиваясь веером. — И по-моему, у него приличное состояние.

Последние слова она пробормотала почти про себя, поэтому ее собеседницы ничего не ответили.

— Кон, похоже, делает все возможное, чтобы дать выиграть Эстер и Дэвиду, — вполголоса заметила Честити, обращаясь к сестре, когда они немного отошли от зрителей, расположившихся под зонтиками. — Но по-моему, Максу это не очень нравится.

Пруденс тихонько хмыкнула:

— Макс просто в ярости. Он играет в полную силу, но каждый раз, когда подача переходит к Кон, она лишь осторожно перебрасывает мяч через сетку, чтобы он упал прямо к ногам Эстер и та легко могла отбить его.

— А бедный Дэвид не замечает ничего и думает, что Эстер играет просто великолепно, — расхохоталась Честити. — Кон такая хитрюга.

— Я же рассказывала тебе, что она рассчитывает содрать с благодарных мамаш пожертвования в пользу нуждающихся незамужних леди, — сказала Пруденс. — У нее нет ни стыда ни совести. Не знаю, в кого она пошла.

— Ну, мама, положим, тоже не была невинной овечкой, — напомнила Честити. — Она всегда ухитрялась обвести отца вокруг пальца.

— Не похоже, что Кон удается обвести вокруг пальца Макса Энсора, — заметила Пруденс, приложив руку козырьком ко лбу и наблюдая за тем, что происходит на корте. — По-моему, он уже готов ударить ее по голове теннисной ракеткой.

— Во всяком случае, по ним не скажешь, что они любовники, которые провели прошлую ночь, предаваясь безудержной страсти, — согласилась Честити. — Она тебе что-нибудь рассказывала?

— Ни слова. Но сегодня некогда было вести задушевные беседы.

Они замолчали, прислушиваясь к размеренному стуку мяча по покрытию корта.

Констанция подавала на Эстер. Мяч ударился о сетку, и стоявший рядом Макс сердито выругался. Он поднял мяч и перекинул Констанции. Она поймала мяч ракеткой и, мило улыбаясь, подала во второй раз. Мяч приземлился к ногам Эстер. Та отбила его с удивленным видом, который не покидал ее в течение всей игры, и засмеялась от восторга, когда мяч перелетел через сетку. Макс с легкостью отбил его, но он был так взбешен, что мяч улетел в аут.

— Гейм! — весело закричала Констанция. — Эстер, Дэвид, меняемся площадками.

— Во что, черт побери, ты играешь? — злобно прошипел Макс, когда они шли через площадку.

— В теннис, — сказала Констанция все с той же милой улыбкой. — Конечно, у меня не такой мощный удар, как у тебя, но, в конце концов, я всего лишь слабая женщина. И я очень стараюсь!

— Не води меня за нос! — воскликнул он. — Ты подыгрываешь Эстер.

— Но взгляни, как она счастлива! И как Дэвид просто светится от гордости за нее! Он смотрит на нее почти так же, как смотрит на Честити... то есть, я надеюсь, смотрел на Честити.

Макс процедил сквозь зубы:

— Я тебя откровенно предупреждаю, Констанция, в следующем гейме играй нормально, не то я уйду с корта.

— Как неспортивно! — возразила она. — В конце концов, победа не главное в игре.

— Я придерживаюсь другого мнения, — сказал Макс, отходя на край площадки, чтобы отбить подачу Дэвида. — И запомни, я не шучу.

Констанция поджала губы. Она и не рассчитывала, что ему понравится то, что она делала, но она не ожидала такой бурной реакции. Очевидно, в нем очень развит дух соперничества. Девушка его прекрасно понимала, потому что сама всегда — за исключением редких случаев — отчаянно боролась за победу. Тем не менее она решила играть в полную силу, чтобы избежать ссоры.

Макс мрачно кивнул, увидев, что ее движения стали решительнее и быстрее, и игра пошла поживее. Они проиграли первый сет, но по крайне мере Констанция образумилась, и, если она будет и дальше нормально играть, они смогут выиграть этот сет, и у них появится шанс на победу. Однако ему не потребовалось много времени, чтобы заметить, что всякий раз, когда они вырывались вперед, она ухитрялась проиграть несколько очков. Это до такой степени выводило его из себя, что он стал хуже играть, и в конце концов они проиграли второй сет с небольшой разницей в счете. Ему удалось скрыть свое раздражение, и он поздравил победителей и дружески пожал руки радостно улыбавшемуся Дэвиду и счастливой, разрумянившейся Эстер. После чего, не сказав ни слова Констанции, Макс покинул корт и направился в сторону дома.

Констанция немного поколебалась, потом поспешила за ним, нагнав его в тот момент, когда он поднимался на террасу.

— Макс?

Он остановился, не оборачиваясь.

— Что?

Она положила руку ему на плечо и рассмеялась:

— Ну, пожалуйста, не сердись. Я сделала это из самых лучших побуждений.

— Я не считаю, что вмешиваться в чужие дела — это наилучшие из побуждений, — объявил он, мрачно глядя на нее. — Это обычное сводничество.

— Но ведь это никому не принесет вреда.

Констанция вытерла лоб тыльной стороной ладони.

Недовольство Макса внезапно испарилось. Было что-то невероятно чувственное в ее разрумянившихся щеках и в капельках пота, блестевших на лбу, и в ямочке на шее, как раз в том месте, где расходился воротник ее белой шелковой блузки. Его мысленному взору представились ее груди, такие, какими он видел их утром, когда она встала с постели, и он уже видел, как струйка пота стекает по ложбинке между ними.

— В будущем не втягивай меня в подобные затеи, — сказал он, беря ее за локоть и увлекая за собой в тень позади густых декоративных кустов, росших в больших кадках, расставленных вдоль террасы.

Констанция не стала сопротивляться этому неожиданному уединению. Она оперлась руками о перила и запрокинула голову, вопросительно глядя на него.

— Совершенно неожиданно у меня возникло непреодолимое желание поцеловать тебя, — сказал он, проводя кончиком пальца по ее полураскрытым губам. — Есть что-то чрезвычайно соблазнительное в женщине, раскрасневшейся и разгоряченной после физической нагрузки, хотя при той игре, которую ты сегодня продемонстрировала, я удивлен, что ты вообще ухитрилась вспотеть.

— Но не в последнем гейме, — возразила Констанция, чувствуя, как у нее участился пульс и по спине пробежала дрожь предвкушения.

— Это верно, — согласился он. — Тебе пришлось изрядно потрудиться, чтобы проиграть его.

Он дотронулся пальцем до ямочки на ее шее и почувствовал, как быстро бьется ее сердце. Она облизала губы кончиком языка, ее глаза в тени деревьев казались изумрудными. В них вспыхнули огоньки, и она откинула голову, подставляя шею его поцелуям.

Его губы приникли к ямочке между ключицами, потом он принялся слизывать капельки пота с ее шеи, словно это было мороженое. Констанция тихо засмеялась и погладила его по спине, чувствуя жар его тела сквозь тонкую льняную материю.

Макс накрыл ее губы своими. Сначала это был легкий, дразнящий поцелуй, потом его язык проник в глубину ее рта, и в обоих вспыхнуло страстное желание.

Он быстро и умело расстегнул пуговки сначала на ее блузке, потом на сорочке и принялся целовать грудь, наслаждаясь солоноватым вкусом ее кожи. Его дыхание обдавало ее жаром, и ее соски тут же затвердели. Констанция закусила губу, чтобы сдержать стон. Не в силах контролировать свое желание, она обхватила его голову руками, запутавшись пальцами в густых волосах.

Макс быстро расстегнул свои брюки, поднял ее юбку, и через мгновение они уже двигались в бешеном темпе. Их соитие было быстрым и бурным. Лишь когда ее пульс немного замедлился, Констанция услышала голоса, доносившиеся с террасы, и закрыла рукой рот, с трудом сдерживая смех. Макс предостерегающе покачал головой и быстро привел в порядок их одежду.

— Как это неосмотрительно с нашей стороны, — прошептала Констанция, но ее тон ясно давал понять, что сама она их действия предосудительными не считает. — И что теперь делать? Они пьют чай на террасе. Не можем же мы вылезти из кустов как ни в чем не бывало.

Голоса стали громче, и Макс прошептал:

— Уходим через перила!

Он перепрыгнул через них, приземлившись на клумбу, и протянул к ней руки:

— Прыгай!

Констанция улыбнулась, перелезла через перила и спрыгнула на землю. Прижавшись спиной к стене, она прошептала:

— Ты иди первым. Мне нужно подняться к себе в комнату и привести себя в порядок, прежде чем я смогу появиться на людях.

Он кивнул, повернулся, чтобы уйти, но тут же вернулся назад и поцеловал ее почти со злостью.

— Ты очень испорченная женщина, — пробормотал он, потом быстро зашагал прочь, сунув руки в карманы и стараясь держаться поближе к стене.

Констанция выждала несколько минут, потом крадучись пробралась вдоль стены к черному входу. В ванной она разделась, бросила теннисную форму в корзину и быстро вымылась. У себя в спальне она переоделась в платье из темно-зеленого муслина и привела в порядок волосы. Констанция с трудом сдерживала смех. Она никак не ожидала от Макса Энсора такого безрассудства. Может быть, этот мужчина не так уж безнадежен? Если он может забыть все свои принципы и строгие моральные устои и вести себя подобным образом, его скорее всего можно убедить смотреть на вещи более широко и в других отношениях.

Тихо напевая себе под нос, Констанция направилась на террасу. Ее прическа и одежда были безупречно аккуратными, и лишь ярко блестевшие глаза свидетельствовали о том, что произошло нечто необычное.

Пруденс изучающе посмотрела на нее, и Констанция одарила ее лучезарной улыбкой. Пруденс поставила на стол чайник и тарелку с сандвичами, которыми она обносила гостей, и подошла к сестре.

— У тебя очень самодовольный вид, — с укором заметила она.

— У меня есть на то причины. Посмотри, как Эстер с Дэвидом прекрасно ладят. Моя маленькая хитрость на корте, похоже, принесла плоды.

— Насколько я заметила, твой партнер был не в восторге от этой хитрости. Где он? — Пруденс оглядела собравшихся на террасе гостей. — Я не видела его с тех пор, как он ушел с корта. Выглядел он мрачнее тучи.

Констанция пожала плечами:

— Возможно, в одиночестве зализывает раны. Ты начала обрабатывать леди Уинтроп?

— Мы с Честити обронили несколько замечаний, которые, похоже, она приняла очень близко к сердцу.

— Очень хорошо. А по возвращении в город займемся леди Лукан.

— Не забывай, во вторник мы едем искать Генри Франклина, в среду утром у нас назначена встреча с Анонимом, а в четверг мы должны увидеться с Амелией. И когда ты собираешься найти время для леди Лукан?

Констанция невесело улыбнулась:

— Похоже, посреднические дела будут отнимать уйму времени. А нам еще нужно подготовить следующий номер «Леди Мейфэра». Выпускать газету два раза в месяц нелегко.

— Что поделаешь, — пожала плечами Пруденс. — Где ты собираешься провести ночь?

— А что?

— Если у тебя нет других планов, мы могли бы поработать над номером.

— Думаю, у меня будут другие планы, — сказала Констанция. — Но вначале можно и поработать.

— Не можешь же ты обходиться совсем без сна, — возразила Пруденс.

— Ну, пока что могу, — ответила Констанция. — Еще две ночи. Когда вернемся в город, все изменится. Посмотри, папа едет в этом проклятом автомобиле лорда Беркли.

Констанция жестом указала на ведущую к дому дорогу, по которой ехал автомобиль с лордом Дунканом в водительских очках за рулем.

— Мы никогда не сможем уговорить его не покупать один из этих драндулетов, — вздохнув, сказала Пруденс.

— Но не может же он купить автомобиль, если у него нет денег, — заметила Честити, подошедшая так тихо, что сестры ее не заметили.

— Он займет их под огромные проценты, — парировала Пруденс, поджав губы.

— Мы можем заложить серебро, — предложила Констанция. — И мамины бриллианты. Наверное, этого хватит, чтобы купить автомобиль.

Сестры уставились на нее:

— Ты шутишь!

Она пожала плечами:

— По-моему, все к этому идет. Либо так, либо нам придется вступить в открытый конфликт с отцом и заставить его посмотреть правде в глаза.

Сестры с мрачным видом молчали. Констанция была права. Им хватало денег на ежедневные хозяйственные расходы и даже на некоторые излишества, которые их отец считал необходимыми. Но такая дорогая вещь, как автомобиль, была им явно не по карману.

— Может быть, все-таки удастся заставить его отказаться от этой затеи, — задумчиво произнесла Честити. — Предположим, он попадет в какую-нибудь неприятную переделку, связанную с автомобилями. Вы же сами знаете, он может мгновенно принять решение, и тут же, не моргнув глазом, передумать.

— Чес, ты просто умница, — сказала Констанция, похлопав сестру по плечу. — Уверена, мы что-нибудь придумаем.

— О да, конечно, — презрительно фыркнула Пруденс. — Особенно если учесть, что у нас почти не бывает свободного времени.

— Не будь такой мрачной, Пруденс. — Констанция наклонилась и поцеловала сестру. — Мы пока еще не проиграли.

— Утолив свои плотские желания, ты вдруг сделалась чересчур оптимистичной, — заявила Пруденс.

Констанция лишь улыбнулась в ответ.

— О, боюсь, я слишком труслива, лорд Лукан. Озеро такое глубокое, и вода холодная. — Эстер, испуганно вцепившись в зонтик, стояла на маленькой пристани у небольшого живописного озера. — Что, если лодка перевернется? А я не умею плавать.

Она застенчиво смотрела на него большими круглыми глазами из-под полей прелестной соломенной шляпки, украшенной цветами.

— Вам совершенно нечего бояться, — сказал Лукан, похлопывая ее по плечу. — Я доставлю вас на остров в целости и сохранности, обещаю вам. — Он улыбнулся, и в его улыбке сквозили превосходство и легкая снисходительность. — Там очень красиво, — вкрадчиво добавил Дэвид, надеясь уговорить ее.

Эстер с сомнением посмотрела на небольшой островок, на котором стояла беседка в виде греческого храма. К пристани была привязана маленькая весельная лодка, две другие лодки, заполненные пассажирами, уже приближались к острову, при этом ни один из пассажиров даже не замочил ног.

— Ну же, Эстер, Дэвид позаботится о вас, — подбодрила Честити, сидевшая в лодке. — Он прекрасно гребет, могу вас заверить. А из беседки очень интересно наблюдать закат, оттуда открывается удивительный вид.

— О, мне так хочется на это посмотреть, но...

Эстер закусила губу и снова устремила свой взгляд на лорда Лукана, который бессознательно расправил плечи.

— Я входил в сборную команду своего колледжа, — объявил он.

Честити показалось, что его голос стал более низким, а манеры более уверенными. Ее губы дрогнули, с трудом сдерживая улыбку. Малышке Эстер удалось пробудить в Дэвиде Лукане настоящего мужчину.

Честити обменялась взглядом с Констанцией, в глазах которой тоже сквозила добродушная усмешка. Констанция стояла на пристани рядом с Максом, наблюдавшим за молодой парой с плохо скрываемым нетерпением.

Наконец Макс не выдержал, выхватил из рук Дэвида конец веревки, за которую была привязана лодка, и пробормотал ему на ухо:

— Ради Бога, возьмите Эстер на руки и усадите в лодку, пока я ее буду придерживать.

У Дэвида вспыхнули уши. Он уставился на Макса, потом откашлялся и, внезапно решившись, последовал его совету. Эстер вскрикнула, когда он подхватил ее на руки и достаточно бесцеремонно поставил в лодку. Она опустилась на сиденье, прижимая к себе зонтик, и с благоговением посмотрела на Дэвида, который спрыгнул в лодку и устроился рядом с ней. Краска еще не сошла с его лица, и он пробормотал, запинаясь:

— П-простите меня, Эстер. Я решил, что лучше помочь вам принять решение.

— О да, Дэвид, — выдохнула она. Ее глаза сияли. — Теперь я не буду бояться.

Макс бросил Дэвиду конец веревки и повернулся к Констанции.

— Боже, дай мне сил! — пробормотал он. — Какова глубина в этом проклятом озере?

— Не более трех футов, — хмыкнув, сказала Констанция. — Не будь таким брюзгой. Мы же пытаемся зародить искру любви в этих юных сердцах.

Нахмурившись, Макс заявил:

— Мы поплывем вон на той посудине. — Он указал на ялик, последнее оставшееся у пристани плавучее средство.

— Но в лодке у Дэвида места хватит всем, — возразила Констанция.

— Мы поплывем на другой лодке, — упрямо повторил Макс. — Я больше не в силах выносить это глупое жеманство.

— Ты совершенно лишен романтики, — объявила Констанция и окликнула сестру: — Макс хочет плыть на этом ялике, поэтому увидимся на острове.

— Ты хочешь, чтобы я был романтичным? — с изумлением спросил Макс, когда лодка отошла от пристани. — Каково, а? И это из уст человека, который сам абсолютно чужд романтике.

— Это несправедливо и невежливо, — рассмеялась Констанция, отвязывая ялик. — Кто будет грести — ты или я?

— Я.

Он закатал рукава, и Констанция поймала себя на том, что снова завороженно следит за уверенными и сильными движениями его рук. Она уже и раньше заметила, что они у него очень сильные, и ей стало интересно, чем он занимался до того, как пойти в политику. В нем была какая-то первобытная сила. Макс не был похож на человека, проводившего все время в душных конторах или в стенах университета. Странно, что она раньше совсем не интересовалась его прошлым. Ей достаточно было знать, что он брат Летиции и член парламента, который может оказаться им полезен. Сейчас Констанция уже не была в этом так уверена. Она до сих пор не знала, сколько ему лет, не говоря уже о том, был ли он когда-либо женат.

Она прыгнула в ялик, не дожидаясь помощи.

— Сколько тебе лет, Макс?

Он с удивлением посмотрел на нее.

— Это несколько неожиданный вопрос, — заметил он, забираясь в ялик следом за ней.

— Вовсе нет. Просто раньше мне не приходило в голову спросить тебя. Мне двадцать восемь, если тебе интересно знать.

Он покачал головой, опустился на сиденье и взял в руки весла.

— Я об этом даже не задумывался, — сказал он. — Через два месяца мне будет сорок.

— Примерно так я и думала, — кивнула Констанция.

Макс рассмеялся и оттолкнулся от пристани.

— Будут еще вопросы?

Она опустила пальцы в прохладную воду.

— Ты был когда-нибудь женат?

— Нет.

Настала ее пора удивиться.

— Но ты когда-нибудь любил?

— Это совсем другое.

— И что произошло?

Он вставил весла в уключины, и легкий ялик заскользил по воде.

— Я познакомился с ней в Индии. Она была женой командира гарнизона в Джодпуре. Она была старше меня, ей было скучно и одиноко. — Энсор пожал плечами. — Короче, у нас с ней была очень бурная связь. Она собиралась оставить мужа и попросить у него развода. Мы хотели вернуться в Англию, где, разумеется, стали бы изгоями, но это не помешало бы нам жить долго и счастливо.

Макс усмехнулся, а иронический взгляд голубых глаз очень не понравился Констанции.

— Но вы этого не сделали, — подытожила она.

— Нет, она пришла к выводу, что не вынесет позора, который нанесет непоправимый вред репутации ее семьи. К тому же у нее был ребенок, сын, и она боялась, что муж не даст ей видеться с ребенком, если она уйдет от него.

Он снова налег на весла, и ялик поплыл быстрее. Констанция чувствовала, что ей следует довольствоваться его ответами, но она понимала, что он многого недосказал. Девушка вытащила руку из воды и стряхнула с пальцев серебряные капли, сверкнувшие в лучах заходившего солнца, окрасивших поверхность озера в нежно-розовый цвет.

— А что ты делал в Индии?

— После Оксфорда я записался в кавалерийский полк Ост-Индской компании*. — Он коротко рассмеялся. — Я был не в ладах с отцом, и идея покинуть Англию показалась мне заманчивой. Я уволился из полка, когда... — Он не договорил и пожал плечами. — Теперь вам известна моя история, мисс Дункан.

— А сейчас ты занялся политикой.

Констанция снова окунула пальцы в воду, и по гладкой поверхности разбежались маленькие кружки.

— Я решил, что это подходящая карьера для мужчины моего возраста и положения.

Макс с улыбкой посмотрел на нее. Веселые лучики разбежались от уголков его глаз, прищуренных на солнце.

— И какие политические вопросы интересуют тебя больше всего? — полюбопытствовала она, вытирая руку платком.

— Это очень сложный вопрос, так сразу и не ответишь.

Макс сильнее налег на весла, и ялик приблизился к пристани на островке. Гости, прибывшие на островок раньше, уже взбирались на холм, на котором стояла беседка.

— Дженкинс уже открывает шампанское в беседке, — сказала Пруденс, протягивая руку сестре и помогая ей выбраться из лодки. — Если мы не поспешим, то пропустим закат. Вы плыли очень долго.

— Беда в том, что Макс плохо управляется с веслами, — с озорной улыбкой сказала Констанция. — Он как минимум трижды «поймал леща».

— Это клевета! — воскликнул Макс.

Она рассмеялась и принялась быстро взбираться на холм. Гости уже столпились в вымощенной плиткой беседке. Дженкинс и еще один лакей сновали между ними, разнося на подносах фужеры с шампанским.

— Похоже, вы нашли общий язык с нашим достопочтенным членом парламента, — вполголоса заметила Пруденс,

---

* Английская Ост-Индская компания — торговая компания, существовавшая в 1600—1858 гг.

беря фужер с подноса. — Ты уверена, что не утратила объективности, Кон?

Констанция заколебалась. Она взглянула на Макса, стоявшего в уголке беседки с фужером в руке. Ей всегда казалось, что он выглядит очень привлекательно в официальном костюме. Но он выглядел не менее привлекательно и в белых фланелевых брюках и расстегнутой сорочке с закатанными рукавами. Его густые черные с проседью волосы блестели на солнце.

— От одного взгляда на него у меня слабеют колени, — призналась она. — Я не знаю, что это означает. А тебе не кажется, что он невероятно красивый мужчина?

Пруденс рассмеялась:

— Признаю, он очень хорош собой. Ты уже больше не думаешь, что он высокомерный и напыщенный?

— О нет, он именно таков, — подтвердила Констанция. — Просто у него есть физические достоинства, которые на время перевешивают эти недостатки.

— Это пройдет, — сказала Пруденс. — Страсть недолговечна.

— В таком случае, если я и утратила на время объективность, она скоро вернется, — заявила сестра.

Пруденс приподняла бровь, но воздержалась от комментариев.

Глава 11

Во вторник ранним утром Макс поднялся по ступенькам дома на Манчестер-сквер. Но не успел он дойти до двери, как она распахнулась и сестры появились на пороге.

— Мы вернемся после ленча, Дженкинс, — сказала Констанция через плечо, натягивая перчатки. — О, Макс! Что вы здесь делаете?

«Приветствие не слишком теплое», — подумал Энсор.

— По-моему, это очевидно. Я хотел нанести вам визит. Куда вы направляетесь так рано? Еще нет девяти часов.

— Боюсь, нам нужно идти.

— Что-нибудь важное?

— Мы едем на вокзал, — сообщила Честити.

— Да, мы хотим успеть на ранний поезд. Нам следует поторопиться, не то мы опоздаем, — добавила Констанция. — Извините, Макс. Может быть, вы зайдете в другое время?

— А куда вы едете? — поинтересовался он, заинтригованный и в то же время слегка сбитый с толку ее холодностью.

Накануне вечером они расстались на вокзале Ватерлоо после возвращения из Ромзи. Их прощание было весьма сдержанным, поскольку происходило на людях, но Макс рассчитывал на особое отношение к себе при следующей встрече. Он пытался противиться желанию отправиться на Манчестер-сквер на следующее же утро, но это желание оказалось непреодолимым. Теперь он уже начал сожалеть, что поддался ему.

— У нас есть кое-какие дела за городом. — Констанция сделала неопределенный жест рукой. — Но вы можете прийти завтра. Утром нас не будет, но после ленча мы принимаем.

— К сожалению, завтра днем я должен быть в палате общин, — сухо сказал он. — Я надеялся пригласить вас на ленч сегодня. Я собирался передать записку с приглашением через Дженкинса, поскольку полагал, что после вчерашнего позднего возвращения вы еще спите.

— Мне очень жаль, — проговорила Констанция и быстро зашагала по тротуару. — Это было бы замечательно, но у нас уже назначена встреча. Пруденс, ты не могла бы остановить вон тот кеб, который выехал из-за угла?

— Ну что ж, не стану вас задерживать.

Энсор поклонился и подождал, пока они сядут в кеб. Когда экипаж тронулся, Констанция помахала ему, но в ее взгляде не было ни теплоты, ни сожаления, только озабоченность.

Макс нахмурился. Он был слишком опытен, чтобы его могла смутить кажущаяся холодность со стороны женщины, не говоря уже о том, чтобы страдать из-за уязвленного самолюбия. Это была старая женская уловка — сначала приласкать, потом оттолкнуть. Почему-то женщины считают, что это подогревает интерес в мужчине. Но он еще в ранней юности научился не обращать на такие вещи внимания. И тем не менее все это было очень странно. Он менее всего ожидал от Констанции такого дешевого трюка.

Констанция устроилась поудобнее на сиденье возле окна. На углу Марбл-Арч кеб резко повернул, и она ухватилась рукой за поручень.

— Неловко получилось.

— Ты была слишком резка, — заметила Пруденс.

— Это все из-за нашей поездки, — ответила Констанция. — Мы фактически вступили в сговор с гувернанткой его сестры и пытаемся освободить ее от тирании Летиции. Я понятия не имела, что ему сказать.

— Ты могла пригласить его к нам на ужин сегодня. Или предложить вместе поужинать в городе, — сказала Честити. — Он выглядел немного обиженным, — сочувственно добавила она.

— Еще бы.

Констанция уставилась в окно. Честити, как всегда, была права, и в душе Констанции шевельнулось раскаяние.

— По правде говоря, я не хочу спешить, — проговорила она, оправдываясь. — Одно дело, когда мы были в Ромзи. Но теперь, вернувшись в Лондон, мне не хочется торопить события.

— Однако ты без колебаний прыгнула к нему в постель, — сухо заметила Пруденс. — Я бы сказала, что это было более чем поспешно.

— Может быть, я не очень представляла, во что ввязываюсь, — честно призналась Констанция. — И теперь расплачиваюсь за это, терзаясь сомнениями. — Она повернулась к сестрам и улыбнулась им слабой беспомощной улыбкой.

— Значит, ты все-таки утратила объективность, — сказала Пруденс, внимательно изучая ее.

— Наверное. — Констанция пожала плечами. — Но сейчас, похоже, ко мне возвращается способность размышлять здраво. Мне нужно сосредоточиться, подумать. И единственный способ добиться этого — не торопиться.

Сестры молча кивнули. Они не хотели с ней спорить, однако они были свидетелями того, как быстро она потеряла контроль над ситуацией, и теперь сомневались, что ей так легко удастся вернуть его.

— Ну, так какие у нас планы относительно Генри Франклина? — спросила Пруденс.

— Сначала нужно его разыскать. Потом найти способ остаться с ним с глазу на глаз, — ответила Констанция, радуясь возможности сменить тему. — Первым делом заглянем в контору его отца.

— Мы попытаемся его уговаривать или станем давить на него? — поинтересовалась Честити.

— Может быть, и то, и другое, — немного поразмыслив, сказала Констанция. — Конечно, все зависит от того, каким человеком он окажется. И насколько он будет сопротивляться. Может быть, тебе следует быть с ним милой и ласковой, а мне — злобной и агрессивной. И когда у него голова пойдет кругом, вмешается Пру с каким-нибудь здравым и приемлемым предложением.

— Это может сработать, — согласилась Пруденс. — Но если он и вправду так слабоволен и запуган отцом, нам, наоборот, придется поддерживать и приободрять его, а не давить.

— Давайте решим, когда увидим его.

Кеб остановился у вокзала Ватерлоо, и девушки поспешили на платформу. Поезд до Эшфорда уже готовился отойти.

— Купим билеты в поезде, — сказала Констанция. — Нет времени стоять в очереди в кассу.

Они разместились в купе и купили билеты у пожилого добродушного контролера. Потом Констанция достала из вместительной дорожной корзины термос, открыла его, налила кофе в маленькие чашечки и передала их сестрам. В этот момент раздался свисток, и поезд рывком тронулся с места.

— А ты захватила сандвичи? — спросила Честити, наклонившись и заглядывая в корзину.

— Я взяла сырные лепешки и холодные сосиски, — ответила Констанция. — Но лучше оставить их на потом. Я не знаю, удастся ли нам поесть где-нибудь.

— Ой, да здесь есть и сладкий пирог! — радостно воскликнула Честити, игнорируя замечание сестры и беря в руки кусок пирога с джемом и миндальными орехами. — Коронное блюдо миссис Хадсон. Мы съедим его прямо сейчас, с кофе.

Поездка заняла полтора часа, и около полудня поезд остановился на платформе в Эшфорде. Сестры вышли из поезда и принялись оглядываться по сторонам в надежде найти какой-нибудь наемный экипаж.

Пруденс достала записку, которую дала им Амелия Уэсткотт, и прочитала:

— «Франклин констракшн», Уэст-стрит.

— Давайте спросим у начальника станции.

Констанция направилась к маленькому зданию вокзала. Седой мужчина кивнул ей и сказал, что наемных экипажей у них нет, но до центра города всего минут пятнадцать ходьбы. Уэст-стрит идет прямо от центральной площади, а «Франклин констракшн» располагается в сером здании по левой стороне. Констанция поблагодарила его и вернулась к сестрам.

— Похоже, придется добираться пешком, — сказала она.

Компания «Франклин констракшн» занимала большое массивное здание посреди Уэст-стрит.

Констанция посмотрела на табличку, висевшую над дверью:

— У меня такое впечатление, что бизнес у Франклина-старшего процветает.

— Похоже, у него более чем достаточно средств для того, чтобы поддержать музыкально одаренного сына, — согласилась Честити.

— М-да, — пробормотала Пруденс. — Ну что ж, посмотрим, что мы здесь найдем.

Она решительно подошла к двери и повернула ручку. Зазвонил колокольчик, дверь открылась, и они оказались в чистенькой конторе с тремя столами и шкафами для бумаг, стоявшими вдоль стены.

Когда они вошли, сидевший за столом мужчина с повисшими усами и светлыми грустными глазами за стеклами очков оторвался от конторской книги и поднял голову. Он нерешительно улыбнулся и поднялся со стула:

— Чем могу быть вам полезным, леди?

— Мы ищем Генри Франклина, — сказала Констанция, решив, что лучше всего действовать напрямик. — Вы не знаете, где мы можем его найти?

— Прямо здесь, мадам. Я и есть Генри Франклин.

Он уставился на них с явным изумлением. Белые манжеты его рубашки, видневшиеся из-под коротковатых рукавов пиджака, были испачканы чернилами. Его волосы были слишком длинными, и вообще у него был небрежный, неряшливый вид, словно для него не имело значения, как он выглядит. Однако у него были белые изящные руки, руки пианиста, с длинными пальцами и ухоженными ногтями. Трудно было определить его возраст, но он был таким изможденным и подавленным, что, по всей видимости, казался старше своих лет.

— Чем могу быть вам полезен? — повторил Генри Франклин.

Констанция огляделась по сторонам. В дальнем углу комнаты была еще одна дверь, из-за нее доносились голоса.

— Вы можете покинуть рабочее место на несколько минут и побеседовать с нами с глазу на глаз? — спросила она.

— Но о чем?

Голоса стали громче, и он с тревогой посмотрел на дверь. Один голос был особенно громким, в нем слышались повелительные нотки. Папа Франклин, догадались сестры и обменялись быстрыми взглядами.

— Амелия, — тихо прошептала Честити, подойдя совсем близко к нему. Она сочувственно посмотрела на него из-под полей шляпки и положила руку ему на рукав. — Где мы могли бы поговорить? — мягко спросила она.

Он в панике уставился на нее:

— С ней что-нибудь случилось?

Констанция вопросительно взглянула на Пруденс, и та ответила ей кивком.

— Да, — сказала Констанция таким же тихим голосом, как и Честити, но далеко не столь дружелюбно. — Нам нужно поговорить с вами, мистер Франклин. — Она посмотрела на дверь. — Нет никакой необходимости сообщать кому-либо о нашей встрече.

Он посерел.

— Встретимся в «Медном чайнике», на Маркет-стрит. Иногда я хожу туда на ленч. Я буду там через пятнадцать минут.

— Значит, увидимся через пятнадцать минут, — по-прежнему мягко сказала Честити. — И пожалуйста, не беспокойтесь, мистер Франклин. Мы не хотим причинить вам вреда.

Она последовала за сестрами, но на пороге обернулась и бросила на него ободряющий взгляд. Однако похоже было, что это его не слишком успокоило.

— Как вы думаете, он придет? — спросила Пруденс.

— Конечно, — заявила Констанция. — Придет хотя бы из страха. Наверное, он думает, что мы собираемся его шантажировать.

— В каком-то смысле так и есть, — сказала Пруденс.

Констанция удивленно посмотрела на нее, потом расхохоталась:

— Если на то пошло, ты совершенно права. Мы обнаруживаем в себе все новые таланты, о которых прежде не догадывались.

«Медный чайник» оказался небольшим, довольно убогим кафе. Сестры принялись внимательно изучать меню.

— Гренки по-валлийски* очень хороши, мадам, — сказала официантка. — Все наши посетители их очень хвалят.

— А как насчет телятины или пирога с ветчиной? — спросила Пруденс.

Женщина покачала головой:

— Я не стала бы их брать на вашем месте. Они не очень свежие. Но треска с картофелем вполне приличные.

Пруденс скорчила гримаску:

— Я уже так наелась трески, что мне ее хватит на всю оставшуюся жизнь. А что ты будешь заказывать, Кон?

— Гренки по-валлийски, — ответила Констанция, — и чай. — Вполголоса она добавила, обращаясь к Пруденс: — Я не доверяю здешнему кофе.

— В таком случае три порции гренок и три чая.

Официантка записала заказ в свой блокнот.

— К нам присоединится еще один человек, — сказала Честити. — Мистер Генри Франклин.

— О, мистер Генри всегда заказывает тосты с сардинками, — жизнерадостно откликнулась официантка. — Каждый Божий день тосты с сардинками. — Она с любопытством посмотрела на них: — Вы, очевидно, впервые в нашем городе? Должно быть, вы друзья мистера Генри?

— Да, — с улыбкой ответила Пруденс.

Официантка колебалась, на ее лице явно читалось неудовлетворенное любопытство. Но ее любопытство натолкнулось на бесстрастное спокойствие и невозмутимые улыбки сестер, поэтому она сочла за благо воздержаться от дальнейших расспросов.

---

* Гренки с расплавленным сыром, иногда с добавлением масла или молока, подаются горячими.

— Тогда я добавлю к заказу тосты с сардинками для мистера Генри и принесу четвертую чашку. — Она захлопнула блокнот и отправилась на кухню.

Генри Франклин появился в кафе несколькими минутами позже. Он беспокойно огляделся по сторонам, потом заметил сестер и направился к их столику, по дороге снимая шарф. Девушки решили, что этот предмет туалета был несколько лишним, так как день был довольно теплый. Но возможно, у него болело горло. Они улыбнулись и жестами предложили ему сесть.

— Официантка сказала, что вы любите тосты с сардинками, поэтому мы заказали их для вас, — дружески улыбнулась ему Честити. — А мы будем гренки по-валлийски.

— Я слышал, они здесь очень вкусные. — Он сел, переводя взгляд с одной сестры на другую. — У меня всего полчаса. Пожалуйста, скажите, что вам от меня нужно. — Он снял очки и стал протирать их не слишком чистым носовым платком. Без очков его глаза близоруко щурились и немного слезились.

— Нам от вас ничего не нужно, — сказала Честити, наклонившись к нему. — Мы здесь по поручению Амелии, которая сама не может приехать к вам.

— Я не понимаю. Она... Амелия и я... мы решили, что нам лучше больше не видеться. Это невозможно. — Он снова водрузил очки на нос. — Мой отец не допустит этого брака. Так что случилось с Амелией?

— То, что часто случается, когда люди вступают в интимные отношения, — спокойно произнесла Констанция, понизив голос, чтобы их не могли услышать посторонние.

Генри как-то сразу обмяк. Он нервно переплел пальцы и беспомощно посмотрел на девушек:

— Я... я не совсем понимаю.

— Чего вы не понимаете? — вступила в разговор Пруденс. Она повернулась к нему и посмотрела прямо в глаза. — Это закон природы, Генри, такое случается. И тогда необходимо принять какое-то решение.

— Вы же не можете предоставить Амелии одной нести это бремя. — Честити накрыла его руку своей ручкой. — Вы порядочный человек, Генри, и не сможете так поступить, я это знаю.

В этот момент появилась официантка с подносом, и Констанция воскликнула:

— Как приятно снова увидеться с вами, мистер Франклин! Мы проезжали Эшфорд по дороге в Дувр и подумали, как будет славно навестить вас. Тот музыкальный вечер в Дувре был просто восхитительным. Вы все еще играете?

Генри пробормотал что-то невнятное. Его лицо приобрело восковой оттенок, на лбу выступили капельки пота. Он опустил глаза и сидел, уставившись в стол, пока официантка не расставила тарелки и не удалилась, бросив на них любопытный взгляд.

— Почему она не написала и не рассказала мне обо всем? — сокрушался он, ковыряя вилкой сардинку. — Не понимаю, почему она не написала.

— Она писала, — сказала Пруденс. — Она сказала нам, что писала несколько раз, хотя и не упоминала о сложившейся ситуации. Но вы ей не ответили.

— Я не получал ее писем. Мы договорились больше не видеться, и я полагал, что она придерживается принятого решения.

— В таком случае что могло произойти с ее письмами? — осведомилась Констанция, разрезая гренок с хрустящей сырной корочкой.

Генри поднял голову:

— Мой отец сам разбирает всю почту, которая приходит в дом. Он сортирует ее за завтраком.

— И он был в курсе ваших отношений с Амелией?

Констанция отправила в рот кусочек гренка, который оказался на удивление вкусным.

— Кто-то сказал ему, что видел нас, когда мы гуляли по вечерам. Он был в ярости. — При одном только воспоминании его передернуло. — Было невыносимо слушать его... то, что он говорил об Амелии. Он сказал, что она недостаточно хороша для Франклинов, что она распутная женщина... и массу других гадостей.

— Почему же вы ему не возразили? — спросила Пруденс, наливая чай из большого коричневого чайника.

— Вам легко говорить, — с горечью ответил он, машинально разрезая сардинки на крошечные кусочки. — Нельзя возражать моему отцу, никто не осмеливается этого делать. Он грозился выкинуть меня на улицу, если я еще хоть раз увижусь с ней. И уверяю вас, это не было пустой угрозой.

— В таком случае что же вы собираетесь делать? — Тон Честити был по-прежнему мягким и сочувствующим.

Он беспомощно развел руками:

— А что я могу поделать? Он выкинет меня без гроша в кармане, и как я смогу содержать жену и ребенка без денег?

— Вы всегда можете их заработать, — сухо заметила Пруденс.

— Каким образом?! — воскликнул он. — Я умею только играть на рояле, а больше ни на что не гожусь.

— Но вы же работаете клерком в конторе вашего отца, — сказала Констанция. — Вы можете найти такую же работу и в другом месте.

— Эта работа иссушает мне душу. — Генри печально вздохнул.

— А что, по-вашему, делает с душой Амелии перспектива обзавестись незаконнорожденным ребенком? — вспылила Констанция, терпение которой было на исходе.

У Генри был такой вид, словно он вот-вот заплачет. Он закрыл лицо руками.

— Вы любите Амелию? — спросила Честити.

— Любовью сыт не будешь!

Он поднял голову, и выражение безысходности в его глазах заставило смягчиться даже Констанцию. Она вопросительно посмотрела на Пруденс.

Сестра сняла очки, потом снова решительно водрузила их на переносицу.

— Именно это вам и предстоит выяснить, — сказала она.

Генри с надеждой посмотрел на нее. Он был похож на собаку, которая не знает — погладят ее или дадут пинка.

— Прежде чем что-либо предпринять, вам следует объявить отцу, что вы больше не собираетесь зависеть от него. Вы приедете в Лондон и зарегистрируете гражданский брак с Амелией. Вы найдете себе работу клерка. Мы поможем вам в этом — на самом деле мы будем поддерживать вас все это время. Когда все уладится, вы отвезете Амелию к отцу. Вы поставите его перед свершившимся фактом, и я уверена, что перспектива сделаться дедушкой смягчит его. Предложите ему ваш собственный план. Амелия — умная женщина, хорошо знает математику, умеет вести корреспонденцию... у нее достаточно способностей для того, чтобы выполнять вашу работу в конторе. Поэтому она может занять ваше место, а вы станете преподавать музыку. Если он откажется помириться, хотя он этого не сделает, вы попросту вернетесь в Лондон к своей работе. Если он поймет, что уже не сможет держать вас под башмаком, он подумает и изменит свое отношение к вам. Это я вам обещаю.

— Браво, Пру, — сказала Констанция. — И что вы на это скажете, Генри?

Генри выглядел так, словно его ударили обухом по голове и оглушили. Он уже не мог сопротивляться поразительному напору этих женщин.

— Мне не разрешат уехать в Лондон. Отец никогда не согласится дать мне отпуск.

— Вы плохо слушали, Генри. — Констанция слегка наклонилась к нему. — Пру сказала, что прежде всего вы должны объявить отцу о своем намерении начать самостоятельную жизнь. Вам не нужно будет спрашивать у него разрешения. Вы просто уедете и начнете новую жизнь. Если вы не в силах поговорить с ним, напишите ему. Уезжайте ночным поездом, если вам так будет легче. Вы можете остановиться у нас на несколько дней, пока не найдете, где будете жить с Амелией. Амелия сможет скрывать свое замужество еще пару месяцев и продолжать работать у Грэмов, если это необходимо. Это даст вам больше времени для того, чтобы устроиться. Но прежде всего вы должны пожениться.

Он растерянно потер глаза.

— Но гражданский брак... Наверняка Амелии это не понравится. Она захочет, чтобы у нас была настоящая свадьба.

— Амелия хочет вступить в брак... любой — церковный или гражданский. Важно лишь, чтобы у нее было брачное свидетельство и кольцо на пальце, — уверенно заявила Констанция. — Если вы напишете ей письмо и расскажете о ваших планах, мы сможем взять это письмо с собой и передать ей в четверг.

— У меня есть карандаш и бумага. — Пруденс порылась в сумочке и достала записную книжку и карандаш. — Вот.

Генри посмотрел на свои остывшие сардинки, потом перевел взгляд на сестер, выжидательно глядевших на него. От них исходила непреодолимая сила, и он подумал, что волей и упорством они могли померяться с его отцом. В нем проснулась надежда. Если они будут поддерживать его, он сможет это сделать.

— Когда мне приехать в Лондон? — спросил он.

Они заулыбались, и он почувствовал, что их одобрение окрыляет его.

— Чем скорее, тем лучше, — ответила Пруденс. — В будущие выходные, если хотите. Мы будем ждать вас в воскресенье.

Он судорожно перевел дыхание и выпалил:

— Да, решено. В воскресенье.

— Мы обо всем договоримся с Амелией, и в следующий четверг, когда у нее будет выходной, вы сможете пожениться.

— О Бог мой, — сказал он, покачав головой, — все это так внезапно.

Генри начал писать, а сестры вернулись к своему остывшему чаю.

Спустя полчаса они уже возвращались на станцию. Письмо Генри к Амелии лежало у Констанции в сумочке.

— Ты думаешь, он приедет? — спросила Пруденс с озабоченным видом.

— Да, я уверена, что он не подведет Амелию, особенно после того, как он дал обещание, — ответила Честити. — Кроме того, он будет бояться, что мы вернемся и расскажем обо всем его отцу. Кон ясно дала ему понять, что именно это мы и сделаем, если он не появится в воскресенье.

— Это было довольно жестоко, — призналась Констанция, имея в виду угрозу, которую она высказала при расставании с Генри. — Но я решила, что страх придаст ему решительности. Хочется верить, что мы поступаем правильно, заставляя его жениться на Амелии, — добавила она с сомнением. — Этот Генри такая размазня!

— Не думаю, что тебе следует об этом беспокоиться, — твердо заявила Пруденс. — У Амелии хватит сил и решительности на обоих. К тому же ей известны его слабости. Она будет главой семьи, а он будет делать то, что ему скажут. Если она справляется с таким исчадием ада, как юная Памела Грэм, справиться с Генри для нее будет сущим пустяком.

Констанция кивнула и рассмеялась:

— Ты права. Интересно, у Макса есть секретарь?

— А что?

— Если нет, я уверена, что он ему нужен. И Генри Франклин кажется мне очень подходящей кандидатурой.

— Кон, нельзя же так бессовестно манипулировать людьми! — укорила сестру Пруденс.

— Почему бы и нет? — лукаво улыбнулась Констанция. — Посмотрим, удастся ли мне уговорить его.

— Итак, муж будет работать на Макса, жена — на его сестру, и никто из них не будет знать о том, что эти двое женаты? — Честити покачала головой.

— Но это продлится лишь до тех пор, пока Амелии не придется прекратить работать у Грэмов из-за беременности, — сказала Констанция. — Вряд ли это можно назвать обманом.

— Расскажи это кому-нибудь другому, — фыркнула Пруденс.

— Все равно я с ним поговорю, — рассмеялась Констанция.

Они сели на скамейку, приготовившись ждать поезд, и Честити вздохнула:

— Ну и утомительное же это дело — посредничество. А завтра еще придется разбираться с этим Анонимом и его проблемами.

— Нет покоя тем, кто сам ищет себе приключений, — проговорила Констанция.

— Нет покоя тем, кто находится в стесненных обстоятельствах, — поправила ее Пруденс.

— Мы спрячемся за занавеской в дальнем углу, Чес, — говорила Пруденс, когда на следующее утро они входили в маленький магазинчик. — Миссис Бидл говорит, что нам будет хорошо все слышно, если вы с Анонимом встанете недалеко от полки с печеньем.

Она жестом указала на пыльный угол, где на полках стояли коробки с печеньем вперемежку с вазами, наполненными леденцами и лакричными конфетами.

В это время из-за занавески вышла полная женщина с седыми волосами, забранными в аккуратный пучок, и в шуршащем накрахмаленном фартуке.

— У вас еще есть время выпить по чашечке чая, мисс Кон, если джентльмен появится только к одиннадцати часам, — сказала она. — Я всегда пью чай в это время. И съешьте по кусочку кекса, который я испекла сегодня утром. Если кто-нибудь войдет в магазин, мы услышим колокольчик. — Она указала на колокольчик, висевший над дверью.

— О, я обожаю кексы! — воскликнула Честити. — Кусочек кекса подбодрит меня перед этим суровым испытанием.

— Если тебе так не хочется этого делать, я сама поговорю с Анонимом, — предложила Пруденс.

— Нет, конечно же, нет, я просто пошутила.

Честити вслед за сестрами обогнула прилавок и прошла за занавеску в маленькую кухоньку, где на плите весело свистел чайник.

— Садитесь, — пригласила миссис Бидл.

Она указала на круглый стол, посредине которого красовался кекс, украшенный ягодами черной смородины. Потом она расставила чашки, нагрела чайник, насыпала в него нужное количество чаю и залила кипятком.

— Ну вот, — сказала она, ставя на стол кувшинчик с молоком и сахарницу. — А сейчас я положу вам по кусочку кекса.

Констанция ненавидела кексы. Они были слишком сладкими и сдобными на ее вкус, но из вежливости она взяла предложенный ей кусочек. Она решила, что подсунет его Честити, когда хозяйка отвернется.

Зазвенел колокольчик, и миссис Бидл отодвинула занавеску и выглянула наружу.

— О, это мистер Холбрук, пришел за газетой и за сигаретами.

Она поспешила в магазин, весело приветствуя своего посетителя.

Честити откусила большой кусок кекса и облизнула пальцы:

— Кекс просто бесподобный.

— А по-моему, он ужасный, — сказала Констанция, разливая чай. — Не представляю, как ты можешь его есть.

— Очень вкусный кекс, — объявила Пруденс, тоже облизывая пальцы.

— Возьмите мой кусок. — Констанция переложила свой кекс на тарелку Честити и взглянула на часы. — Почти одиннадцать. Интересно, он придет вовремя?

В этот момент снова зазвенел колокольчик, и девушки насторожились. Из магазина до них донесся негромкий мужской голос.

— Это он.

Честити вытерла пальцы салфеткой, сделала большой глоток чаю, встала и опустила на лицо тяжелую густую вуаль.

— Мое лицо видно?

— Почти нет.

— Попробую говорить с французским акцентом.

Из-за занавески появилась миссис Бидл:

— Вас спрашивает джентльмен, мисс.

— Спасибо, миссис Бидл.

Честити кивнула сестрам, расправила плечи и направилась в магазин. Констанция и Пруденс встали и подошли поближе к занавеске. Констанция слегка отодвинула ее, чтобы можно было видеть, что происходит в магазине.

— Вы искать меня, месье.

Честити произнесла эти слова с таким чудовищным французским акцентом, что ее сестры едва удержались от смеха.

— Это вы посредник, который давал объявление в «Леди Мейфэра»?

Мужчина был одет в визитку и черно-серые полосатые брюки, в руках он держал цилиндр и трость с серебряным набалдашником. У него были седые, слегка поредевшие на макушке волосы, тонкие усики и длинный тонкий нос, украшенный пенсне. В целом его внешность была ничем не примечательной, но он выглядел вполне респектабельно.

— Я представитель этой посреднической фирмы, — сказала Честити.

Он снял перчатки и с поклоном протянул ей руку. Она в ответ подала ему свою и жестом указала на угол магазина:

— Давайте отойдем вот туда. Там нам никто не помешает.

Он огляделся по сторонам:

— Я ожидал увидеть контору.

— У нас также есть причины сохранять анонимность, месье.

Констанция и Пруденс обменялись одобрительными взглядами.

— Но вы сможете мне помочь?

— Это я решу после того, как вы ответите на несколько вопросов.

Они сделали несколько шагов и оказались в поле зрения сестер.

— Надеюсь, вы понимаете, что у нас очень респектабельная клиентура, поэтому нам приходится быть крайне осмотрительными.

— Да, да... разумеется. Я и не ожидал ничего другого, — поспешно сказал он. — Пожалуйста, не поймите меня неправильно, мадам. Я никак не хотел, чтобы вы подумали, будто я не доверяю...

Честити подняла руку, прерывая его:

— Очень хорошо, месье. Мы друг друга поняли. Итак, давайте уточним, каковы ваши обстоятельства и какие качества вы хотите видеть в будущей супруге. Вы, как я поняла, предпочитаете жить в деревне?

— Да... да. У меня маленькое поместье в Линкольншире. Дом не очень большой, но вполне приличный. Я не стеснен в средствах.

Он говорил быстро, слова будто наскакивали друг на друга. Констанция с Пруденс отлично понимали, что происходит. Честити часто производила такой эффект на людей. Ее спокойствие, мягкость голоса и умение слушать располагали к откровенности.

— И вы ищете себе жену, — кивнула Честити, — которая предпочитает скромный образ жизни.

— В деревне мало что происходит, мадам. Конечно, моя... — он откашлялся, — моя жена будет принимать гостей — викария и местного сквайра с женами, время от времени мы собираемся поиграть в карты, изредка устраиваем музыкальные вечера. Но в основном мы живем очень тихо...

— И, как я поняла, вы не ищете ни красоты, ни богатства? — Честити произнесла это с некоторым удивлением.

— Я ищу спутницу жизни, мадам. Я читал, что красивые женщины редко бывают хорошими спутницами жизни. Они слишком заняты собой. Я ненавижу тщеславие в женщинах.

— И где же ты это читал, дружок? — еле слышно прошептала Констанция, за что получила пинок от Пруденс.

— Это «Посредника» не касается, месье, — с абсолютным бесстрастием заявила Честити. — Мы только знакомим людей. Наши клиенты сами определяют, подходят они друг другу или нет.

— Вы правы, вы правы. — Он снова откашлялся. — Что касается богатства, у меня достаточно средств, чтобы содержать жену. — Он принялся нервно крутить в руках цилиндр. — Но мне не нужна расточительная женщина. Мне хватит средств на спокойное, безбедное существование, но у нас в Линкольншире не принято бросать деньги на ветер.

Честити кивнула. Темная вуаль надежно скрывала выражение ее лица.

— Какие-нибудь еще пожелания, месье?

— Моя жена должна быть родом из хорошей семьи... чтобы ее приняли в местном обществе как равную. — Он покраснел, потом после небольшого колебания добавил: — И желательно, чтобы это была женщина достаточно молодая, чтобы... чтобы родить ребенка. Вы понимаете, наследник... — Он смущенно улыбнулся.

— Я прекрасно вас понимаю. И возможно, у меня уже есть подходящая кандидатура. Я могу устроить так, чтобы вас ей представили, если хотите.

— Буду очень признателен, мадам. — Он нервно стиснул руки.

— В следующую среду вам нужно будет явиться по адресу, указанному на этой карточке, к трем часам дня. — Честити протянула ему визитную карточку. — Дама, которую я рекомендую вам, приколет белую розу к корсажу. Вы попросите хозяйку дома представить вас ей, если она вам понравится.

Он посмотрел на визитную карточку с некоторым сомнением:

— Манчестер-сквер! Аристократический район. Неужели среди посетительниц такого модного салона можно найти женщину со скромными запросами?

— Месье, вы просили познакомить вас с женщиной безупречного происхождения. А где, как не в аристократическом квартале, вы собираетесь найти такую? Кроме того, у всех людей вкусы разные, независимо от положения в обществе.

«Браво, Чес!» — подумала Пруденс.

— Конечно, конечно, — согласно закивал Аноним, продолжая разглядывать визитную карточку. — А хозяйки дома... высокородные мисс Дункан... они будут знать, зачем я пришел? Как мне представиться?

— Назовете свое имя, месье. Полагаю, если вы собираетесь познакомиться с этой дамой, скрывать свое имя уже не будет смысла.

— Вы правы, — согласился он. — Не могу же я ухаживать за дамой, не открывая своего имени. Но что касается хозяек дома — они как-то связаны с «Посредником»?

— «Посредник» не имеет никакого отношения к Манчестер-сквер, десять, — не моргнув глазом, соврала Честити. — Этот прием — просто удобная возможность познакомить вас с будущей женой. Вы дадите свою карточку дворецкому, как обычно, а когда вас проведут к хозяйкам, вы скажете, что вы знакомый лорда Джерси и он упомянул, что будет на этом приеме, а вам необходимо встретиться с ним. Разумеется, лорда Джерси там не будет, поэтому не бойтесь оказаться в неловком положении. На дневных приемах у этих дам бывает много гостей, поэтому никто не обратит на вас внимания. Захотите ли вы продолжать знакомство с означенной дамой или нет, «Посредника» уже не касается.

— Понимаю. Но все это кажется несколько сложным.

— Все это делается лишь с целью сохранить конфиденциальность, как в ваших интересах, так и в интересах этой леди, — сказала Честити.

Он поспешно закивал:

— Да, да, конечно. Это совершенно необходимо. — Он повертел карточку в руках. — Я что-нибудь должен вам за консультацию, мадам?

— Вы уже заплатили за нее, месье, — ответила Честити. — Но если вы хотите воспользоваться рекомендацией и посетить прием на Манчестер-сквер, вы должны заплатить еще пять гиней. Если же нет, то мы в расчете.

— Могу я узнать побольше об этой даме, прежде чем принять решение?

Нерешительность, с которой он задал этот вопрос, сделала его похожим на школьника, который боится оказаться в глупом положении.

Честити подумала, что за пять гиней он имеет право на дополнительную информацию.

— Это дама из хорошей семьи. Ее отец — священник. Насколько я могу судить, ей нет еще тридцати пяти. У нее приятная внешность и прекрасные манеры, но почти нет состояния. На мой взгляд, она с удовольствием будет общаться с женами сквайра и викария.

— Похоже, вы совершенно правильно поняли, что именно мне требуется, мадам. Я полагаю, эта дама хочет выйти замуж.

— Мне так кажется. Но «Посредник» не может давать никаких гарантий относительно ее желаний или намерений.

— Я вас понимаю. — Он достал из кармана бумажник и вынул пять гиней. — Ровно в три часа в среду я буду на приеме на Манчестер-сквер.

— Лучше в половине четвертого, — сказала Честити, убирая банкноту в сумочку. — Редко кто приезжает вовремя на такие приемы.

— О да! Вы правы. Дамы часто не отличаются пунктуальностью. — Он пригладил свои аккуратные навощенные усики, в глазах его светился живой интерес.

— Я надеюсь, что вы останетесь довольны знакомством с этой дамой, — сказала Честити, протягивая ему руку. — Всего доброго, месье.

Аноним энергично пожал ее руку:

— Всего хорошего, мадам. — Он поклонился и вышел из магазина.

Честити откинула вуаль, сделала глубокий вдох и принялась обмахивать разгоряченное лицо руками.

Пруденс отодвинула занавеску:

— Чес, ты была неподражаема.

— У тебя был совершенно театральный акцент, — сказала Констанция. — Сомневаюсь, что Аноним хоть на секунду поверил, что ты француженка.

— Не думаю, чтобы это его волновало, — ответила Честити. — Итак, все, что нам остается теперь сделать, — это уговорить Миллисент Хардкасл прийти к нам в среду и ухитриться заставить ее под каким-либо предлогом приколоть белую розу к корсажу. По-моему, мне не стоит там появляться — вдруг он меня узнает.

— Ты права, — согласилась Пруденс. — Даже если ты будешь без вуали и станешь говорить без этого чудовищного акцента, он может заподозрить тебя, если услышит твой голос.

— Я постараюсь не попадаться ему на глаза. А сейчас я бы съела еще кусочек кекса.

— Еще, сколько хочешь, дорогая. — Констанция отодвинула занавеску, давая ей пройти. — Ты это заслужила. Кстати, я не знаю никакого лорда Джерси. Он существует?

Честити улыбнулась и уселась за столик.

— Насколько мне известно, нет. Именно поэтому я уверена, что его не будет на приеме в среду. Я очень горжусь этой выдумкой. Впрочем, я считаю, что Аноним идеально подойдет для Миллисент. — Она откусила кусочек кекса. — Миссис Бидл, это лучший кекс, который я когда-либо пробовала.

Сестра Дженкинса расплылась в улыбке:

— Кушайте, кушайте, дорогая. Доедайте весь. Он долго не хранится. А мне нужно идти в магазин. Но вы не торопитесь. — Она направилась к занавеске, потом неожиданно остановилась. — Ой, чуть было не забыла. Тут для вас еще письмо. Я положила его за банкой с чаем.

Она указала на полку, на которой стояла ярко раскрашенная жестяная коробка с крышкой.

Констанция взяла письмо.

— Это «Посреднику» или тетушке Мейбл — есть какие-нибудь догадки?

Сестры отрицательно покачали головой и выжидательно уставились на нее. Констанция вскрыла конверт, достала письмо и с увлечением принялась читать его.

— Ну, что там? — наконец спросила Пруденс.

— Это письмо из Хэмпстеда, от постоянной читательницы нашей газеты. Она спрашивает, можем ли мы опубликовать расписание собраний Женского социально-политического союза, — медленно произнесла Констанция. — Она пишет, что это очень поможет тем, кто не в состоянии посещать эти собрания регулярно или не может открыто признать свою принадлежность к организации. — Она подняла голову, ее глаза сияли. — Наконец-то! Мы привлекли внимание этих женщин к нашей газете!

Сестры вскочили с места и принялись обнимать ее. Это была победа не только Констанции, но и их матери, поэтому они все чувствовали себя причастными к ней. Несколько мгновений они молча стояли, прижавшись друг к другу, думая о матери. Они научились мириться с чувством утраты и черпали утешение в своих воспоминаниях.

Наконец Честити смахнула слезу и спросила:

— Итак, что дальше? Эти пять гиней жгут мне карман. Как насчет того, чтобы устроить себе праздник и отправиться на ленч?

— Только в самое скромное заведение, — сказала Пруденс. — Если мы станем сразу же тратить все, что заработаем, у нас никогда не будет денег.

— Согласны на скромное заведение, — объявила Констанция. — После этого у нас останется время отвезти малышку Эстер навестить ее будущую свекровь, а потом мы привезем ее к себе на прием, где непременно будет Дэвид. Я уверена, что все закончится крупными пожертвованиями в пользу нуждающихся одиноких леди.

Глава 12

— Секретарь добавит тебе веса, — сказала Констанция, лежа на одеяле, расстеленном на берегу реки недалеко от Виндзорского замка.

— А зачем мне нужно добавлять себе веса? — поинтересовался Макс, наблюдая за ней с любопытством. — Я вполне доволен своим положением.

— О, ты наверняка скоро станешь членом кабинета министров, — ответила она. — И тебе понадобится решать множество организационных вопросов. Назначать встречи, писать тезисы выступлений. Тебе может даже потребоваться, чтобы за тебя писали речи. И я уверена, что тебе нужен будет кто-нибудь, кто сможет помогать тебе... искать ссылки, юридические и парламентские прецеденты, что-нибудь в этом роде.

— Что ты затеваешь? — спросил он, потянувшись за стоявшей рядом на траве бутылкой шампанского, чтобы наполнить фужеры.

— С чего ты решил, будто я что-то затеваю?

— Констанция, не считай меня идиотом.

Она села. Нет смысла играть в игры с Максом Энсором.

— Я хочу помочь одному человеку. Он собирается жениться на одной из моих знакомых, и ему нужна постоянная работа, чтобы содержать семью и ребенка. Он очень способный, работал в конторе, хотя основная его страсть — музыка. Он талантливый пианист, но не сможет зарабатывать достаточно уроками музыки. Поэтому я подумала, что, может быть, ты возьмешь его на испытательный срок.

— Хорошо. Пришли его ко мне.

— Ты готов встретиться с ним? — Она не смогла скрыть своего удивления.

— Почему бы и нет? Разве ты не этого хочешь?

— Да, конечно. Но я думала, что мне придется долго тебя упрашивать.

— Так вот что скрывалось за тем миролюбием и сговорчивостью, которые ты демонстрировала все утро, — протянул он. — Мне следовало бы догадаться. Ты просто пыталась меня умаслить. Меньше всего ожидал такого от тебя.

Констанция покраснела, сознавая его правоту.

— Мне приходилось использовать доступные мне средства, — попыталась она оправдаться. — Откуда мне было знать, что ты сам проявишь такую сговорчивость? В прошлом за тобой такого не замечалось.

— За тобой тоже, дорогая.

Это высказывание вызвало у нее улыбку.

— Верно. Мы с тобой не самая миролюбивая пара. Признаю, что старалась не вступать с тобой в спор, чтобы не испортить тебе настроения. Но пикник был просто замечательный, и мне доставляло удовольствие твое общество, независимо от того, что я лелеяла задние мысли.

Он помолчал, потом заметил:

— Не похоже, чтобы ты была очень рада видеть меня в прошлый раз.

— Просто ты застал меня врасплох, — пояснила она, — у меня голова была занята совсем другим.

— В следующий раз буду знать, — сухо сказал он.

Он был уверен, что за ее поведением крылось нечто большее.

Она подумала о том, что, может быть, настало время установить с ним более доверительные отношения. Чтобы она могла оказывать влияние на его мировоззрение, они должны стать ближе друг другу. Просто физического желания было мало. Она не знала, сможет ли их интрижка перерасти в нечто большее и что случится, если это произойдет. Но такая перспектива очень ее интриговала. Конечно, если он не заинтересован в серьезных отношениях — а до сих пор он не давал повода думать, что это так, — тогда, поторопившись, она может спугнуть его.

Молчание затянулось, и она решилась. Будь что будет.

— Я... просто боялась, что все происходит слишком быстро. Я признаю, то, что случилось в Ромзи, произошло по моей инициативе. Но когда мы вернулись в Лондон, я начала думать о том, что мы слишком мало знаем друг друга. Мне нравится твое общество. — Она смущенно засмеялась. — Я хочу тебя. Но по зрелом размышлении этого недостаточно.

Макс немного растерялся. Он не ожидал такого откровенного предложения обсудить возможность более серьезных отношений. По крайней мере не так скоро. По правде говоря, он полагал, что ее интересует просто физическая связь, страстная, но необременительная для них обоих. И ему не приходило в голову поразмыслить о том, чего же хочет он сам. Имела ли она в виду, что если он отвергнет ее предложение, то на этом их теперешние отношения закончатся? На это он не был готов пойти.

— В таком случае, может быть, попытаемся узнать друг друга лучше? — задумчиво проговорил он. — Возможно, мы начали не с того. — Он повернулся на бок, чтобы лучше видеть ее; взгляд его синих глаз был серьезным и изучающим. — Расскажи мне, что для тебя в жизни является самым важным. Помимо твоей семьи, разумеется. Что тебя волнует? Что заставляет твою кровь быстрее бежать по жилам?

Она рассмеялась:

— Ты хочешь сказать, кроме сексуальных отношений с тобой?

— Будь серьезнее, — упрекнул он. — Ты первая начала этот разговор.

— Движение суфражисток, — сказала она, и ее пальцы сильнее сжали ножку фужера. Она почувствовала знакомый прилив энергии, как всегда, когда затрагивалась эта тема. — Меня очень волнует движение суфражисток, борьба за равноправие женщин. Это основная движущая сила моего существования.

— Мне известны твои взгляды на этот вопрос. Ты их никогда не скрывала. Но неужели это действительно настолько важно для тебя? Неужели это и вправду основная движущая сила в твоей жизни?

— Именно так. — Она пристально посмотрела на него. — Я не преувеличиваю.

Он снова растерялся. Как можно было считать смыслом жизни какой-то политический вопрос? На это способны только фанатики.

— В таком случае ты, должно быть, член Женского социально-политического союза?

— Конечно, — ответила Констанция. — Но я об этом не распространяюсь. Это очень огорчит моего отца. Придет время, когда я открыто признаю свое членство, но сейчас пока рано делать это.

— Понимаю.

Она продолжала пристально смотреть на него, словно пытаясь прочитать его мысли, которые скрывались за бесстрастным выражением лица.

— Ты полагаешь, что член союза не подходит тебе в качестве партнера в постели? — В ее голосе прозвучала насмешка. — Но лучше тебе узнать об этом сейчас, чем позже.

— Ты все время пытаешься вложить в мои уста свои слова, Констанция, — возмутился он. — Может быть, позволишь мне высказаться самому?

— Извини, пожалуйста, — поспешно сказал она. — Я знаю, у меня есть эта ужасная привычка.

Он чуть было не рассмеялся:

— Ты действительно знаешь об этом?

— Да. Я очень поспешно делаю выводы. Мне это говорили много раз.

— Кто тебе это говорил?

Он пристально наблюдал за ней. Его взгляд слегка смягчился, когда он увидел, что она искренне расстроена.

— Моя мать... Дуглас... мои сестры. Все, кого я люблю... и любила. — Она пожала плечами. — Но мне, похоже, их слова не пошли на пользу.

— Похоже, что так, — согласился Макс. — Мне кажется, на сегодня достаточно самобичеваний. А что касается твоего вопроса, если я правильно его понял, я не вижу смысла в предоставлении женщинам равноправия с мужчинами, о чем я уже говорил. Но я вполне в состоянии терпеть противоположную точку зрения.

— Терпеть! — воскликнула Констанция. — Какая снисходительность с твоей стороны!

Он поразмыслил несколько секунд.

— Теперь моя очередь извиниться.

Констанция молча приняла его извинения.

— Если ты придешь на наше собрание, возможно, ты сможешь лучше понять нашу точку зрения, — продолжала она. — Ты познакомишься с Эммелиной Панкхерст. По крайней мере постарайся преодолеть свои предубеждения.

Макс подумал, что это даст ему возможность познакомиться с организацией, посмотреть на нее изнутри. Чем ближе он подберется к ним, тем больше сможет узнать.

— Ты сможешь рассказать нам о точке зрения правительства, — продолжала Констанция. — Тебе не придется выдавать какие-либо секреты. Ты говорил мне, что они по крайней мере готовы рассмотреть вопрос о предоставлении прав женщинам-налогоплательщицам. Не думаю, что это большая государственная тайна.

«Какая же она хитрющая особа», — подумал Макс. Она решительно настроена выудить у него хоть какую-то полезную информацию. И в этом они мало отличаются друг от друга. Каждый хочет использовать другого в своих целях. Интересно, кому из них первому удастся добиться результата?

— Я не скажу вам ничего такого, о чем бы каждый день не писалось в газетах, — пожал плечами Макс. — Но я схожу с тобой на собрание.

— Ближайшее собрание состоится в Кенсингтонской ратуше послезавтра в семь часов. Ты сможешь там быть?

— Возможно. — Краем глаза он внимательно наблюдал за ней. — Планируются какие-нибудь демонстрации?

Констанция отрицательно покачала головой:

— Просто собрание. Я встречу тебя у входа, если хочешь.

— Полагаю, кто-то должен будет поручиться за меня.

— Это не обязательно, но мы, естественно, интересуемся теми, кто посещает наши собрания. Приходится быть осторожными — у нашего дела столько врагов.

— Понимаю, — кивнул он.

Констанция слегка нахмурилась, почувствовав внезапное беспокойство, словно что-то было не так. Она посмотрела на Макса, но он казался таким же, как всегда.

— А после собрания мы поужинаем вместе, — сказал он.

Это было даже не приглашение, а утверждение.

— Если ты ставишь это непременным условием, — ответила она сухо.

— О Господи! — Он покачал головой. — Попытаюсь еще раз. Мисс Дункан, хоть вы и злючка, но не окажете ли вы мне честь поужинать со мной после собрания?

— С удовольствием, мистер Энсор, благодарю вас. Это даст нам возможность обсудить ваши впечатления и помочь вам понять наши взгляды и задачи.

Она мило улыбнулась, но он почувствовал, что за этой улыбкой скрывается торжество. Она была уверена, что последнее слово осталось за ней. «И она не ошиблась, — подумал он. — По крайней мере на этот раз».

— Я буду счастлив, мадам.

Констанция решила, что на этом следует остановиться. Ей была уже хорошо известна способность Макса быстро переходить в контратаку, поэтому лучше было не перегибать палку.

— Мне пора возвращаться. — Она лениво потянулась. — Пикник был замечательным. Эти сандвичи с омарами просто восхитительны. А телятина и пирожки с ветчиной... я их обожаю. Это все приготовила кухарка Летиции?

— На самом деле все это доставлено с кухни палаты общин, — признался он, разливая в фужеры остатки шампанского. — У нас прекрасный шеф-повар. Надеюсь, ты согласишься как-нибудь поужинать там со мной.

— С огромным удовольствием, — улыбнулась Констанция.

Она допила шампанское, протянула Максу пустой фужер, и он начал укладывать остатки еды в корзину. Поднявшись на ноги, Констанция принялась отряхивать кремовую муслиновую юбку.

— Мне не следовало ее надевать. Она такая светлая, что на ней видны любые пятна. — Она оглянулась через плечо, пытаясь рассмотреть юбку сзади. — Я не испачкалась о траву?

Макс с нескрываемым интересом принялся изучать ее юбку. Он расправил складки, пригладил их и сказал:

— Нет, не вижу никаких пятен.

— Да уж, ты проверил все очень добросовестно.

— А ты чего ожидала?

Она не ответила, сосредоточив внимание на том, чтобы аккуратно повязать под подбородком широкие зеленые ленты, придерживавшие ее соломенную шляпку.

Макс взял корзину в одну руку, другую предложил Констанции, и они направились берегом реки к узкой дорожке, на которой стоял его автомобиль.

— Какой марки эта машина? — поинтересовалась Констанция, обходя блестящий темно-зеленый автомобиль, пока Макс устанавливал корзину позади переднего пассажирского сиденья.

— Это «даррак». Их делают в Париже.

— Он очень дорогой? — Констанция провела рукой по сверкающим массивным фарам. Автомобиль выглядел очень дорогим.

— Да, — коротко ответил Макс.

— А насколько вообще надежны эти машины? — спросила Констанция, продолжая поглаживать гладкую блестящую поверхность.

— Не слишком, — ответил Макс, пытаясь впихнуть корзину в узкое пространство за сиденьем. — Но за все приходится платить. Это добавляет азарта.

— Значит, они часто ломаются в неподходящем месте?

— О, они всегда выбирают самое неподходящее место для того, чтобы сломаться. — Он выпрямился и отряхнул руки. — Как я уже сказал, это цена, которую приходится платить за следование моде.

— Я бы сказала, за тщеславие, — с улыбкой уточнила Констанция.

— Если ты настаиваешь, пусть будет так.

— Честно говоря, я не могу тебя винить. Этот автомобиль такой красивый.

Констанция встала на подножку и посмотрела на хромированную внутреннюю отделку, вдыхая запах кожи.

— И что в них ломается? Вот эта штуковина? — Она указала на рычаг переключения скоростей.

— Нет, переключатель скоростей, как правило, достаточно надежен, если с ним правильно обращаться. Обычно проблемы возникают с мотором или с подачей топлива. Ты собираешься садиться?

— Да, конечно, прошу прощения. — Она спрыгнула с подножки, чтобы он открыл дверцу. — Я могла бы перелезть через нее. Это и дверцей-то не назовешь.

— Согласен.

Когда она села в машину, он захлопнул дверцу и подошел к капоту, чтобы завести мотор. Мотор завелся с третьего оборота. Макс убрал заводную ручку, потом перекинул ногу через дверцу и уселся на водительское сиденье.

— Так отчего могут возникнуть проблемы с мотором или подачей топлива? — спросила Констанция, когда автомобиль, подпрыгивая, тронулся с места и покатил по дорожке.

— Плохое горючее, отпаявшийся провод, да мало ли что еще, — сказал Макс, поворачивая руль.

— А можно нарочно подстроить такую поломку?

До Макса стало постепенно доходить, что за этим с виду невинным интересом к устройству автомобиля что-то кроется. Он внимательно посмотрел на Констанцию:

— А поточнее?

— Ну, например, можно ли устроить так, чтобы машина сломалась в определенном месте вдали от всякой помощи?

— Ты хочешь втянуть меня в какую-то темную махинацию?

— Это все мой отец. Он заявил нам, что завтра ему доставят новенький «кадиллак». Но мы не можем этого допустить, — откровенно призналась она. — Отец — очень нетерпеливый человек, и если автомобиль станет доставлять ему хотя бы малейшие неудобства, он тут же откажется от этой затеи. Нам нужно найти способ сделать что-нибудь с автомобилем, чтобы он сломался.

— Бог мой! — воскликнул Макс и надавил на клаксон, чтобы прогнать корову, лениво пересекавшую дорогу. От резкого звука корова в ужасе взбрыкнула задними ногами и убежала в поле. — Вы с сестрами собираетесь сломать новый автомобиль вашего отца?

— Да, исключительно в интересах его безопасности, — с невинной улыбкой ответила Констанция. — Лучше иметь поврежденный автомобиль и невредимого отца, чем наоборот.

— И ты хочешь, чтобы я тебе помог? — недоверчиво спросил он, хотя вся эта затея была вполне в духе сестер Дункан, насколько он успел их узнать.

— Если ты не возражаешь. Это делается из самых лучших побуждений. Уверяю тебя, это вопрос жизни и смерти. Мы бы сами это сделали, но мы не разбираемся в моторах. Пока, — добавила она.

— Пока, — пробормотал он. — Может быть, хочешь сама отвезти нас домой?

— О, я бы с удовольствием! А можно? — Она повернулась на сиденье лицом к нему, глаза ее сияли. — Я наблюдала за тобой, и мне кажется, что управлять машиной совсем несложно.

Макс про себя вынужден был признать, что это действительно несложно, нужно лишь научиться переключать скорости. Но он не собирался говорить этого Констанции.

— Мне кажется, для женщины это будет сложно, — заявил он. — Женщины плохо разбираются во всякой механике, да и переключать скорости довольно трудно.

Констанция рассмеялась:

— Я и не ожидала услышать от тебя ничего другого. Но подождите, мистер Энсор. Вы и глазом не успеете моргнуть, как женщины начнут разъезжать на автомобилях.

— А пока что, по твоему собственному признанию, ты не слишком-то разбираешься в моторах, — напомнил он.

Он не был готов оспаривать ее утверждение, поскольку уже начал подозревать, что, если в обществе существует много женщин, похожих на Констанцию Дункан и ее сестер, в недалеком будущем они захватят все ключевые позиции в стране.

— Это правда, — согласилась Констанция. — Именно поэтому я смиренно прошу тебя о помощи.

— И каким образом я должен тебе помочь?

Он готов был дать самому себе пинка за то, что у него вырвался этот вопрос. Он практически напрашивался на неприятности.

— Мы подумали, что после того, как доставят автомобиль, отец захочет проехаться на нем, а потом поставит его на ночь в гараж. И тогда мы можем как-нибудь устроить так, чтобы в следующий раз, когда он захочет на нем поехать, автомобиль сломался.

— И когда вы планируете провести эту операцию?

— Завтра ночью. — Она искоса посмотрела на него. — Ты свободен завтра ночью?

— Для того, чтобы участвовать в этом саботаже?

— К чему такие громкие слова?

— Но это правда.

— Верно, — согласилась она. — Он будет в таком восторге от автомобиля после того, как в первый раз проедется на нем, что непременно захочет покататься и на следующий день. Мы хотим, чтобы машина сломалась как можно дальше от города, в самом неудобном месте. В первый вечер он не рискнет выезжать после того, как стемнеет, поэтому завтра, как только он поставит машину в гараж, мы сможем осуществить свой план. На самом деле тебе не нужно ничего делать самому, — добавила она, все больше воодушевляясь. — Просто скажи нам, что нужно сделать. А сам ты никоим образом не будешь к этому причастен.

— Я просто стану соучастником.

— Не волнуйся, мы не сдадим тебя властям.

Он с сардонической усмешкой приподнял одну бровь.

— И мне не нужно волноваться по поводу того, что это может бросить тень на мою незапятнанную репутацию члена парламента?

— Но ты поможешь нам? — Внезапно она сделалась серьезной. — Скажи только, что нужно сделать.

— Бог мой, Констанция, неужели нет более простого способа достичь вашей цели? — спросил он, чувствуя, что неумолимо катится по наклонной плоскости. — Зачем такие сложности?

— Хочешь — верь, хочешь — не верь, но это самый простой способ, — сказала она. — Необходимо, чтобы отец по своей воле отказался от этой затеи. Он никогда никого не станет слушать. — Она повернулась и накрыла рукой его руку. — Нам действительно нужна твоя помощь. Больше нам не к кому обратиться.

— Боже, помоги мне, — пробормотал он. — Ну хорошо, я приду и объясню вам, что нужно будет сделать.

Макс сам не верил тому, что произнес эти слова. Как он мог согласиться принять участие в этой безумной затее? Ему бы следовало проявить мужскую солидарность и принять сторону лорда Дункана, а не вступать в сговор с его эксцентричными дочерьми. Он бросил недовольный взгляд на Констанцию и увидел блеск в глубине ее темно-зеленых глаз, который явился ответом на его вопрос. Когда она этого хотела, Констанция Дункан могла быть неотразимой. Ни один мужчина не смог бы устоять перед ней.

— Спасибо, — с сияющей улыбкой сказала Констанция. — Тогда приходи завтра вечером часам к десяти, хорошо? Отец будет в своем клубе.

— Не могу обещать, что приду ровно к десяти, — пробурчал Макс. — Все зависит от того, когда закончится заседание парламента.

— Да, конечно, — поспешно согласилась она. — Приходи, когда тебе будет удобно... мы будем ждать тебя.

Макс прибавил скорость, и она покрепче завязала ленты, державшие ее шляпку.

— Кстати, как зовут этого претендента на должность секретаря, которого ты хочешь прислать ко мне?

— Генри Франклин. Может быть, он зайдет к тебе в палату общин в следующий понедельник?

Он вывернул руль, чтобы не сбить бродячую собаку, которая с лаем выбежала на дорогу при виде автомобиля.

— Будет проще, если он придет ко мне домой. Я как раз собирался сказать тебе, что нашел подходящий дом в Вестминстере. Вчера я подписал договор об аренде.

— О, это замечательно! Значит ли это, что мы сможем... — Она смущенно замолчала.

Только что она уговаривала себя не торопить события, и вот на тебе!

— Безусловно, сможем, — ответил он. — Как только ты решишь, что настало время.

Констанция прикусила губу.

— Я еще ничего не решила. Это вырвалось у меня случайно. Я же говорила, что хочу тебя. Но я вполне серьезно говорила и о том, что мы должны лучше узнать друг друга.

Макс на секунду отвлекся от дороги и посмотрел на нее. Она не кокетничала, наоборот, ему показалось, что Констанция немного растерянна.

— Позволь мне, в свою очередь, заверить, что я тоже хочу тебя, — сказал он и был награжден благодарной улыбкой.

— Не вижу причин, почему мы не можем одновременно удовлетворить и свою страсть, и стремление ближе узнать друг друга, — предложил Макс.

Его растрепанные на ветру волосы блестели на солнце, а глаза, смотревшие на Констанцию, казались невероятно синими. При одном его взгляде Констанция почувствовала слабость в коленях. Она откашлялась:

— Что касается твоего дома...

— Он сдавался вместе с мебелью и со всей обстановкой. Ключ у меня с собой. — Он похлопал себя по нагрудному карману.

— Это очень кстати. Я бы хотела взглянуть на этот дом.

— Что ж, это можно устроить.

— Где ты была весь день? — спросила Пруденс, когда Констанция, одетая в вечернее платье, зашла к ней в спальню.

— Мы устроили пикник на берегу реки в Виндзоре, — ответила Констанция. — Я зашла попросить тебя одолжить мне сережки с топазами. Они очень хорошо подходят к этому платью.

— Возьми вон там. — Пруденс жестом указала на шкатулку, стоявшую на туалетном столике. — А остаток дня?

— Макс снял дом в Вестминстере.

— Ясно. Все лучшие намерения пошли прахом, и ты снова утратила объективность.

— Возможно. — Констанция порылась в шкатулке и достала оттуда сережки. — Честно говоря, Пру, я сама не знаю, что со мной происходит. Я никогда не испытывала ничего подобного.

— Даже с Дугласом?

Пруденс развернулась на стуле и внимательно посмотрела на сестру. Было удивительно видеть Констанцию такой растерянной.

Констанция покачала головой, машинально перекладывая сережки из одной руки в другую.

— Нет, с Дугласом все было понятно. Я знала, что люблю его и он любит меня. В наших отношениях не было никакого противостояния. Я не испытывала постоянного желания взять над ним верх. А с Максом... о чем бы мы ни говорили, все имеет какой-то тайный смысл. Я чувствую, что не могу позволить себе расслабиться, чтобы не стать уязвимой. И тем не менее он ни разу не сделал ничего такого, что могло бы оправдать мою настороженность. Разве что во всем виновато его домостроевское отношение к женщинам. — Она пожала плечами, потом стала надевать сережки. — Обычно я презираю мужчин с такими взглядами, но презирать Макса невозможно.

— Это правда, — подтвердила Пруденс. — Можно испытывать к нему неприязнь, но ни в коем случае не презирать.

— Но я не испытываю к нему неприязни, — с бессильной улыбкой призналась Констанция. — Совсем наоборот. Я совершенно сбита с толку, Пру.

— Могу в это поверить.

— Давай поговорим о более приятных вещах, — сказала Констанция. — Я заставила Макса согласиться встретиться с Генри. В понедельник, у него дома.

— Превосходно! — Пруденс снова повернулась к зеркалу и взяла в руки гребень. — Амелия прислала записку. Она получила разрешение на брак, и они должны пожениться в следующий четверг. Церемония состоится в Кэкстон-Холле, в четыре часа. Мы будем свидетелями.

— При условии, что у Генри хватит мужества приехать в Лондон, — скептически заметила Констанция. — Чем дальше мы от него находимся, тем меньше я верю в его решимость.

— Напрасно. Чес уверена, что он приедет. А она никогда не ошибается.

— Ну что ж, в этом ты права. Кстати, где она?

— Обедает с Дэвидом и Эстер у леди Уинтроп.

— Ага! — Констанция подняла одну бровь. — Значит, дела продвигаются.

— Похоже на то, — согласилась сестра.

— А еще я уговорила Макса помочь нам в этом деле с автомобилем, — сказала Констанция, и в глазах ее вспыхнул огонек. — Завтра ночью.

— Не могу в это поверить, — заявила Пруденс. — Он такой правильный и принципиальный... как тебе удалось уговорить его?

— На самом деле это оказалось очень просто. Он пытался сопротивляться, но... — Она томно пожала плечами. — Но не смог.

— Нет у тебя ни стыда ни совести.

— Не у меня одной, дорогая сестрица. Насколько я помню, эта идея принадлежит Чес.

Пруденс рассмеялась и встала со стула:

— Ты готова? У нас сегодня обедает лорд Беркли.

— О Господи! — простонала Констанция. — Надо же было ему испортить такой прекрасный день!

Глава 13

— Мне кажется, звонят в дверь.

Честити вскочила и выбежала из гостиной.

Констанция взглянула на часы. Была половина одиннадцатого.

— Должно быть, это Макс. — Следом за сестрой она вышла в коридор в сопровождении Пруденс. — Дженкинс, это мистер Энсор?

— Он самый. — Макс стоял внизу в слабо освещенном холле, поставив одну ногу на ступеньку лестницы и глядя снизу вверх на сестер. — Я не задержал вас?

— Нет, конечно же, нет, — ответила Констанция. — Поднимайтесь в нашу гостиную. Если хотите, Дженкинс принесет вам виски. А еще в гостиной есть коньяк.

— И горячий шоколад, — весело добавила Честити.

— Спасибо, лучше виски, Дженкинс, — сказал Макс и принялся подниматься по ступенькам. — Вашего отца дома нет?

— Нет. Он ушел еще рано вечером. А ключи от автомобиля у Дженкинса.

Макс удивленно приподнял брови:

— Ваш дворецкий в курсе происходящего?

— О, Дженкинс знает все о нашей семье. Все наши маленькие секреты, — заявила Пруденс. — Он сам помог бы нам, но ничего не понимает в моторах.

Брови Макса поползли еще выше.

— Вы выглядите очень таинственно, — одобрила его наряд Констанция. — В этом длинном черном плаще. Вас будет невозможно разглядеть в темноте.

— Я решил, что следует одеться в соответствии с уготованной мне ролью.

Полагая, что у Констанции нет секретов от сестер, он подошел к ней и бесцеремонно поцеловал. Накануне днем в его пустом доме они занимались любовью с ненасытной жадностью, и это настроение до сих пор владело им. Она была одета просто, но как всегда элегантно, в длинное вечернее платье из крепа цвета лаванды, и им овладело желание схватить ее в объятия, вытащить шпильки из волос, повалить ее на ковер и целовать до беспамятства. Это было совсем не похоже на него, что его немного удивило и в то же время озадачило. Он решил, что всему виной неблаговидная, если не сказать откровенно противозаконная, операция, которая предстояла им этим вечером.

Констанция сначала удивилась такой открытой демонстрации их отношений, но не воспротивилась его поцелую. В ее глазах вспыхнул огонек, словно она могла читать его мысли.

Ее сестры обменялись понимающими взглядами и тактично удалились в гостиную. Когда на лестнице появился Дженкинс, держа в руках поднос с графином с виски и стаканом, Макс не спеша отстранился от Констанции и направился в гостиную. На губах его играла довольная улыбка.

— Вы принесли какие-нибудь инструменты? — спросила Честити, обратив внимание на то, что ни в его руках, ни в карманах ничего не было.

— Мне не нужны инструменты. Констанция сказала, что это «кадиллак»... спасибо, Дженкинс. — Макс взял с подноса стакан.

— Да, это кадиллак, но разве это имеет какое-то значение? — спросила Констанция.

— Я все объясню вам, когда мы осмотрим мотор. Мне жаль разочаровывать вас, но я хочу, чтобы вы поняли, что я не намерен ломать автомобиль. Он слишком дорогой для этого.

— Совершенно согласен с вами, сэр, — сказал Дженкинс, остановившись на полдороги к двери.

— Дженкинс, как вы можете такое говорить? — воскликнула Пруденс. — Вы же сами отлично понимаете, как обстоят дела.

— Да, я понимаю, мисс Пру, но если есть способ убедить милорда отказаться от машины, не нанося ей ущерба, нужно по крайней мере рассмотреть такую возможность.

— Ну конечно же, мы не хотим ломать автомобиль, — успокоила Дженкинса Констанция. — Но что мы в таком случае сможем сделаем, Макс?

— Небольшой трюк с бачком для бензина, — ответил Макс, сделав глоток виски и одобрительно кивнув головой. — Лорд Дункан знает толк в напитках.

— У нашего отца вкус настолько же безупречен, насколько разорителен, — объявила Пруденс. — Все, что доставляется в этот дом, должно быть только самого отменного качества.

Макса удивил сарказм, прозвучавший в словах Пруденс, но он решил оставить эту тему. Он уже заметил, что отношения между лордом Дунканом и его дочерьми кажутся несколько странными, но ему не хотелось проявлять излишнее любопытство. Может быть, когда он узнает их получше, все разъяснится само собой. Хотя Энсор уже успел достаточно близко познакомиться с ними для того, чтобы это стало угрожать его спокойствию. Участвовать с ними в саботаже посреди ночи — разве это не проявление самых близких и дружеских отношений? А ему не хотелось вступать в слишком близкие отношения с этой троицей. У него сложилось впечатление, что они ни перед чем не остановятся, если им будет что-нибудь нужно. И он был уверен, что при этом они ни секунды не будут мучиться угрызениями совести. Его, во всяком случае, использовали совершенно беспардонно.

Он посмотрел на Констанцию, сидевшую на подлокотнике дивана. Она была такой сдержанной и элегантной, но он знал, какой восхитительно, невероятно чувственной она может быть при желании, и с абсолютной ясностью понял, почему позволил вовлечь себя в эту затею.

Он поставил пустой стакан на столик.

— Операция предстоит довольно грязная, а поскольку я не намерен пачкать свои собственные руки, мне кажется, вам стоит переодеться во что-нибудь более подходящее для такого случая.

— Да, конечно, — сказала Честити и направилась к дверям. — Это займет всего несколько минут.

— А насколько грязная работа нам предстоит? — настороженно спросила Констанция.

У нее сложилось впечатление, что Макс не без удовольствия предвкушал, как он будет стоять в стороне чистеньким и элегантным и наблюдать, как они будут пачкаться в бензине и масле.

— Очень грязная, — ответил Макс с насмешливым блеском в глазах, который ясно показал Констанции, что она была права в своих предположениях. — И еще от вас будет сильно пахнуть, — добавил он, не в силах скрыть довольную улыбку.

«Это его маленькая месть», — подумала Констанция, но ей не оставалось ничего другого, как последовать за своими сестрами.

— Мы будем готовы через минуту, — сказала она.

Макс налил себе еще немного виски и огляделся по сторонам. Это была приятная, милая комната, и несколько обветшалая обстановка только добавляла ей уюта. Он подошел к секретеру, и его взгляд упал на номер «Леди Мейфэра». Он не удивился, увидев здесь эту газету, поскольку знал, что сестры читают ее. Он отвернулся, но тут же повернулся обратно. Что-то привлекло его внимание. Что-то очень странное. Он взял в руки газету и уставился на дату выпуска. Понедельник, 31 июля. Но до этой даты оставалось еще две недели. Как к ним могло попасть пробное издание газеты?

Ну конечно же, все было очевидно. Это они выпускали газету. Его первая догадка была правильной.

Он услышал голоса в коридоре, поспешно положил газету на место и отошел к окну. Когда дверь открылась, он с самым невинным видом смотрел в окно, держа в руках стакан с виски.

Констанция сразу же заметила в нем какую-то перемену. Это было видно по тому, как он держал голову, по его напряженным плечам. Он отвернулся от окна и сказал:

— Какая уютная гостиная.

— Да, это была любимая комната нашей матери, где она проводила много времени. Мы ничего не стали менять после ее смерти.

Констанция обвела комнату глазами, и ее взгляд упал на секретер и лежавшую на самом видном месте газету. Как они могли быть так беспечны? Видел ли он газету? Стоит ли небрежно, вскользь упомянуть о ней и посмотреть на его реакцию?

Это была нелегкая дилемма. Она не хотела привлекать его внимание к тому, чего он, возможно, и не заметил. И даже если он видел газету, он мог не обратить внимания на дату. Эти газеты можно было видеть повсюду, поэтому не было ничего удивительного в том, что одна из них лежит у них в гостиной. Однако если он увидел газету и заметил дату, к завтрашнему вечеру об этом будут знать все и вся, если он решит разоблачить их. Но он не станет их разоблачать. По крайней мере не поговорив прежде с ней. Она была в этом уверена. А была ли она в этом уверена?

Констанция небрежно подошла к секретеру и так же небрежно принялась собирать в стопку лежавшие там бумаги. Она искоса бросила взгляд на Макса, но, казалось, он не обращал никакого внимания на ее действия. Однако это еще ничего не значило. В любом случае разбираться с этим вопросом сейчас не было времени.

— Ну и как, мы достаточно хорошо подготовились для грязной работы? — весело спросила Честити. — Мы надели нашу самую старую одежду.

Макс, склонив голову набок, принялся критически рассматривать их. На них были такие огромные плотные хлопковые фартуки, что невозможно было увидеть, что надето под ними.

— У нас даже есть перчатки. — Пруденс показала ему толстые перчатки из хлопка. — Горничные используют их, когда чистят камины.

— Сойдет, — сказал Макс. — Ну что ж, пора приступать к делу.

Констанция возглавила процессию. Они спустились по лестнице в полуподвальный этаж, где располагалась огромная кухня. На массивном разделочном столе стояли три масляные лампы.

— Конюшня, где стоит машина, не освещается газом, поэтому придется взять с собой масляные лампы. Дженкинс заправил их маслом и отрегулировал фитили, — пояснила Констанция, потом с сомнением в голосе спросила: — Ты уверен, что нам ничего не понадобится? Нож или что-нибудь в этом роде?

— Я уже сказал вам, что не допущу, чтобы вы повредили автомобиль, даже если речь идет о простой царапине на краске.

Он последовал за ними в небольшой дворик, располагавшийся за кухней. Они шли впереди, шурша фартуками и высоко держа в руках зажженные лампы, и Макс опять с недоумением спросил себя, каким образом он согласился принять участие в этой нелепой затее.

Они пересекли дворик и подошли к калитке, ведущей на конюшню. Стояла полная темнота, даже в комнатах конюха, расположенных над конюшней, не было видно света. Пахло сеном, лошадьми и навозом, а когда они подошли ближе к конюшне, изнутри донеслось негромкое ржание. Рядом с конюшней стояло еще одно здание с двойными дверями.

— Это здесь, — прошептала Пруденс, поворачивая ключ в замке.

Двери со скрипом открылись, и они вошли внутрь, высоко держа лампы над головами. Свет упал на сверкающий хромом и латунью автомобиль, а запах новой кожи перебивал даже запахи конюшни.

— Какая красота! — невольно вырвалось у Макса. Он провел ладонью по капоту. — Эти «кадиллаки» просто великолепны... к тому же это идеальная модель для наших целей.

— Я предпочитаю лошадей, — заявила Честити, ставя лампу на перевернутую бочку. — Нам нужны ключи? Они у Кон.

Макс покачал головой:

— Мы не будем ее заводить. — Он обошел машину сзади и наклонился, чтобы заглянуть под нее. — Прекрасно, так я и думал. У «кадиллаков» всегда бывает краник, поэтому нам не придется отсасывать горючее через шланг. — Он выпрямился. — А теперь кто-нибудь пусть принесет ведро. Констанция, поищи рукой вот здесь.

Констанция встала на колени на каменный пол и засунула руку под машину.

— Слева от тебя есть краник. Нашла? — спросил Макс.

Ее пальцы коснулись краника.

— Да, он здесь.

— Хорошо. Держи руку на кране, а вы, Пруденс, принесите ведро и поставьте его под кран. Вот так, хорошо. Констанция, открывай кран. Пусть горючее медленно вытекает в ведро. Медленнее, еще медленнее... чтобы можно было регулировать размер струи. Нет, это слишком быстро. Закрой кран.

— Было бы намного проще, если бы ты сам сделал это, — сказала она, сжимая зубы от прилагаемых усилий. Ее голос звучал приглушенно, пальцы ломило от напряжения, спина затекла от неудобного положения. — Ты-то знаешь, как это надо делать.

— О нет. Это ваше дело. Я предпочитаю в это не ввязываться, чтобы мои руки остались чисты. — В подтверждение своих слов он демонстративно засунул руки глубоко в карманы пальто. — Честити, вам понадобится еще несколько ведер.

— Я принесу их из подсобки.

— И вообще, что это за гадость? — спросила Пруденс, выпрямляясь и брезгливо сморщив нос.

Она сняла очки, потому что стекла запотели, и, близоруко щурясь, пыталась разглядеть Макса в полумраке гаража.

— Это топливо. Мотор не может работать без топлива, или вы этого не знали?

— Нет необходимости в этом менторском тоне, — заметила Пруденс, снова водружая очки на нос. — На самом деле я разделяю мнение Честити, что путешествовать на лошадях гораздо предпочтительнее. — Она снова наклонилась над ведром. — Ты справишься, Кон?

— Думаю, что да. Мне кажется, я могу теперь регулировать размер струи... если держать кран открытым лишь наполовину.

— Ну хорошо, достаточно. Нам вовсе не нужно сливать все топливо, — сказал Макс.

Констанция быстро закрыла кран, поднялась с колен и с гримасой отвращения вытерла перепачканные руки о фартук.

— Мне кажется, я поняла, в чем состоит план. На сколько там осталось топлива?

— По моим подсчетам, достаточно, чтобы проехать две мили. Такой большой и тяжелый автомобиль должен расходовать не менее галлона за десять миль. Но где-то должны быть запасные канистры с топливом. Возможно, позади сиденья.

Констанция заглянула за сиденье:

— Здесь три канистры.

— Достань их.

Она вытащила канистры одну за другой, морщась от усилия. Казалось, что они весят целую тонну. Она с возмущением посмотрела на Макса, но тот либо не заметил этого взгляда, либо предпочел проигнорировать его.

— А теперь вылейте по полканистры в пустые ведра. Но очень осторожно. Это опасная жидкость и очень легко испаряется... к тому же быстро воспламеняется.

— Успокоил, называется, — пробормотала Констанция. — Надо полагать, ты соизволишь сам поднять эту чертову канистру? — Она с трудом оторвала канистру от пола и приподняла ее.

— Совершенно верно. Разве не ты утверждала, что женщины во всем должны быть равны с мужчинами?

— Существуют некоторые физиологические различия, которых нельзя отрицать, — резко ответила она. — И твой сарказм здесь совершенно неуместен.

— Приношу извинения. — Он попытался скрыть улыбку, но тщетно.

— Давай помогу, — сказала Пруденс.

Она придержала канистру, пока Констанция выливала содержимое в ведро.

— Честити, вы не смогли бы найти где-нибудь масло для ламп? — спросил Макс.

— А много?

— Как можно больше.

— Я посмотрю в кладовке. По-моему, там стоит бочонок с маслом. — Честити направилась к дверям, потом остановилась, взявшись за ручку. — Я уверена, что смогу докатить этот бочонок через весь двор до конюшни без всякой помощи.

Она выжидательно посмотрела на Макса, но тот ничего не сказал, лишь продолжал стоять, прислонившись к каменной стене и продолжая держать руки в карманах.

— Я помогу тебе, Чес, — сказала Пруденс.

Она предоставила Констанции самой возиться с наполовину опустевшей и значительно полегчавшей канистрой и последовала за Честити.

Констанция поставила полупустую канистру на пол, открутила крышку второй канистры и попыталась приподнять ее, даже не взглянув в сторону Макса. Глядя на ее героические усилия, Макс не смог остаться равнодушным наблюдателем.

— Ладно, я сам это сделаю.

— Спасибо, я справлюсь сама, — с ледяным достоинством произнесла она. — Ты же не захочешь испачкать свою одежду. Или замарать свои безупречно чистые руки. Бог мой, ты же можешь сломать ноготь!

— Отдай мне канистру.

Он шагнул вперед и взялся за ручку канистры. Констанция попыталась воспротивиться, но вовремя сообразила, что, если они начнут бороться за право обладания этой канистрой, все закончится тем, что они оба перепачкаются с ног до головы в этой мерзко пахнущей жидкости. Поэтому она отпустила ручку, сдерживая вздох облегчения, и отошла в сторону, снова вытирая руки о фартук.

— Значит, идея заключается в том, чтобы мой отец застрял где-нибудь без топлива?

— Совершенно верно.

Он поставил на пол вторую канистру и принялся откручивать крышку третьей.

— Но разве он не заметит, что канистры наполовину пусты? — с интересом спросила Констанция.

— А они не будут пустыми. Мы разбавим топливо маслом для ламп. — Он поставил третью канистру на пол и небрежно вытер руки о фартук Констанции. — Во дворе есть вода?

— Рядом с кормушкой для лошадей.

Она вышла вместе с ним во двор, подождала, пока он вымоет руки и вытрет их носовым платком, а потом последовала его примеру.

— И что произойдет потом? — спросила она.

— Вам нужно смешать топливо с маслом для ламп, при этом не обязательно выдерживать какие-либо точные пропорции. Тогда всякий раз после того, как эту смесь из канистры будут доливать в бак, мотор будет работать какое-то время, а потом глохнуть. Это никак не повредит автомобилю, но доставит массу неудобств водителю.

— Ты хочешь сказать, что всякий раз, когда отец будет считать, что все наладилось, машина снова будет останавливаться? — с восхищением произнесла она. — Отлично придумано! Отец просто придет в ярость. Мне кажется, я недооценивала вас, мистер Энсор.

— Это было очень неразумно с твоей стороны.

Он посмотрел на освещенную слабым серебристым светом луны девушку, стоявшую в фартуке, с растрепавшимися волосами, испачканной грязью щекой и с капельками пота на лбу.

— Я перестал недооценивать вас, мисс Дункан, с той минуты, когда вы перепрыгнули через забор в поле возле своего загородного имения.

Она улыбнулась и откинула со лба прядь волос.

— А что-нибудь еще произошло, что утвердило бы тебя в этом мнении?

Скажет ли он что-нибудь о «Леди Мейфэра»? Может быть, просто намеком даст понять, что видел газету на секретере в гостиной?

Но он не успел ничего сказать — их прервал грохот бочки, катившейся по вымощенному камнями двору. Честити и

Пруденс подкатили бочку к дверям гаража. Макс достал носовой платок и уголком вытер грязь со щеки Констанции прежде, чем последовать за ее сестрами в гараж. Констанция задумчиво вошла в гараж следом за ним. На завтра было назначено собрание Женского социально-политического союза, после чего она отправится с Максом обедать. У нее будет возможность попытаться выудить у него, видел он газету или нет. И она решила ничего не говорить сестрам до тех пор, пока не выяснит, есть у них повод для беспокойства или нет.

— Надеюсь, мы не слишком далеко зашли, — сказала Честити, когда они сидели на следующий день в кафе в «Фортнум энд Мейсон». — Он уехал на машине в одиннадцать утра, и, когда мы уходили из дому, еще не вернулся. — Она отломила вилкой кусочек пирожного и отправила его в рот.

— Он уехал с графом Беркли, — напомнила Пруденс, наливая себе чашку чаю. — Я волновалась бы гораздо больше, если бы он был один.

— По-моему, уж лучше быть одному, чем в обществе Беркли, — заявила Констанция, поднимая голову от лежавшего перед ней на столике листа бумаги и откладывая в сторону ручку. — Сегодня утром у меня состоялась довольно любопытная беседа с Долли Хеннеси. Я столкнулась с ней в парикмахерской.

— Ты сплетничала, Кон? — спросила Пруденс, взяв со стоявшей на столе тарелки кусочек миндального торта. Она приподняла брови, и в ее светло-зеленых глазах вспыхнули озорные огоньки. — Я считала, что у тебя на это нет времени.

— Это верно, — невозмутимо ответила Констанция, поднося к губам чашку с чаем и не обращая внимания на это поддразнивание. — Но это была не просто сплетня. Беркли, как подозревают, ведет крайне распутный образ жизни.

Пруденс посерьезнела.

— В этом нет ничего необычного, — мрачно сказала она, отламывая вилкой кусочек торта. — Наш отец тоже далеко не святой.

— Но я не думаю, что он плодит незаконнорожденных детей от женщин, находящихся у него в услужении.

Пруденс отложила вилку и беззвучно присвистнула.

— Нет, — согласилась она. — Этого он не станет делать. И что ты узнала?

— Что граф Беркли известен своими похождениями такого рода, — ответила Констанция. — Называют по меньшей мере двух женщин. — Она чуть подалась вперед и понизила голос: — И еще я узнала, что в его клубах он имеет репутацию... как бы это сказать... человека, который не спешит оплачивать свои карточные долги.

— Я знаю, что он отвратителен, — сказала Честити, широко раскрыв глаза от удивления. — Но даже такой тип, как Беркли, не может вести себя так... не по-джентльменски.

Она не смогла подобрать более подходящего слова, чтобы охарактеризовать поведение лорда Беркли. Ведь в обществе человек, вовремя не оплачивавший карточные долги, становился изгоем. Это считалось едва ли не самым тяжким проступком с точки зрения высшего света.

— Если это правда, почему его не исключили из клубов? — спросила Пруденс.

Констанция пожала плечами:

— Похоже, никто не решается бросить ему обвинения прямо в лицо.

— Но отчего же нет? — Честити подобрала с тарелки орешек и положила его в рот, не сводя глаз с лица сестры.

— Мне кажется, что осторожный анонимный намек на страницах «Леди Мейфэра» поможет прояснить эту ситуацию, — заметила Констанция с ядовитой усмешкой. — Мне, честно говоря, наплевать на его карточные долги. Но я не выношу, когда мужчины отказываются брать на себя ответственность за своих незаконных детей. Мы заставили Генри Франклина жениться, почему бы не взяться за Беркли? Мама одобрила бы это.

Пруденс согласно кивнула:

— Это правда. — Она вытерла губы салфеткой и слегка нахмурилась, задумавшись. — И он не сможет ничего нам сделать, — медленно произнесла она. — Мы останемся в стороне. Это же анонимная газета.

Констанция заколебалась, не зная, рассказать ли сестрам о своих подозрениях по поводу того, что Макс мог увидеть накануне вечером.

— Тебя что-то беспокоит, Кон? — спросила Честити, которая, как обычно, уловила выражение нерешительности на лице сестры.

— Нет, — уверенно ответила Констанция. — Я просто раздумываю, как бы написать эту обличительную статью. Съешь еще пирожное. Вон те, кофейные, выглядят замечательно.

— Сама-то ты не станешь оскорблять свой изысканный вкус и пробовать одно из них, — сказала Честити, кладя себе на тарелку еще одно пирожное.

— Мне доставляет удовольствие то, что они нравятся тебе. — Констанция взглянула на часы, висевшие на стене. — Мне нужно успеть добраться до Кенсингтонской ратуши к шести часам, чтобы успеть поговорить с Эммелиной до начала собрания.

— К тому же тебе нужно переодеться в вечернее платье, ведь ты собираешься поужинать с Максом после собрания, — напомнила Пруденс. — Нам пора идти.

— Взгляните на это. — Констанция протянула сестрам лист бумаги, на котором она писала. — Я сделала кое-какие наброски для статьи о Беркли. Это просто наметки, но у нас будет время, чтобы отредактировать статью.

Она подала знак официантке, чтобы та принесла счет.

Пруденс прочитала то, что было написано на бумаге, с сомнением покачала головой и передала листок Честити.

— Как бы мы это ни редактировали, Кон, это произведет эффект разорвавшейся бомбы.

Констанция пожала плечами:

— Мужчины, ведущие себя так, как он, должны нести заслуженное наказание.

— Остается только молить Бога, чтобы он никогда не узнал, кто автор этой статьи.

— Отец придет в ярость, если его друг подвергнется таким нападкам, — заметила Честити, закончив читать статью. — Вы же знаете, как он предан Беркли. И он всегда встает на сторону своих друзей независимо от того, правы они или виноваты.

— Мы пока не станем ее печатать. Я должна собрать побольше фактов. Это может занять несколько месяцев. — Констанция забрала у Честити лист с набросками. — Долли знает имя одной из этих женщин. Она сейчас живет в каком-то приюте для падших женщин в Баттерси. Для начала я съезжу туда и поговорю с ней.

— Откуда Долли узнает об этих вещах? — спросила Честити.

— Ее экономка приходится кузиной экономке Беркли, — ответила Констанция, складывая лист бумаги и убирая его в сумку. — Когда дело касается сплетен, у Долли вырастают щупальца, которые могут дотянуться куда угодно.

— Надеюсь, не куда угодно, — с чувством сказала Пруденс. — По крайней мере не до Манчестер-сквер, десять. — Она взяла перчатки и сумочку. — Пойдемте. Может быть, отец уже дома.

Они сели в омнибус и по прибытии домой обнаружили, что отец уже вернулся и с красным лицом расхаживает по вестибюлю, вне себя от ярости и негодования.

— Проклятая машина! — взорвался он, когда они переступили порог дома. — Пришлось бросить ее в Хэмпстеде, прямо посреди поля.

— Почему? Что случилось? — снимая перчатки, спросила Констанция с выражением сочувствия на лице.

— Сломалась! И не один раз, а целых четыре, можете в это поверить? Отвратительное изобретение, эти автомобили. Лошади не ломаются в самом неподходящем месте.

Его светлость вытер лоб щегольским клетчатым галстуком, который надел специально для поездки.

— Надо же! — сказала Честити, успокаивающим жестом кладя руку отцу на плечо. — Как это должно было тебя расстроить! Дженкинс, принесите виски для его светлости. — Она поцеловала отца в щеку. — Расскажи нам подробнее, что произошло.

— Не нужно, — пробормотала Пруденс на ухо Констанции, в то время как Честити повела отца в гостиную. — Не думаю, что нам будет интересно это знать.

Констанция бросила на нее предостерегающий взгляд и, снимая на ходу шифоновый шарф, последовала за отцом и сестрой.

— Все было бы не так плохо, если бы там не было Беркли, — объявил ее отец, все еще продолжая кипеть от негодования. — И вот представьте, пожалуйста, я хвастаюсь этим проклятым «кадиллаком», уверяя, что он гораздо надежнее, чем «панхард» Беркли. И что же делает эта проклятая машина? Останавливается прямо посреди пустоши. Когда мы подъехали к первому холму, она просто не добралась до вершины и скатилась назад. — Он взял стакан с виски, который ему протянул Дженкинс, сохранявший каменное выражение лица. — Беркли говорит: «Кончилось горючее. Наверное, вчера ты израсходовал больше, чем думал». Мы наливаем топливо из канистры, машина заводится... — Он сделал паузу, чтобы допить виски, и Дженкинс молча забрал у него стакан. — Заводится как миленькая. Мы доезжаем до вершины холма, проезжаем еще четверть мили, и она снова останавливается. Намертво. — Он взял у Дженкинса заново наполненный стакан. — Три раза... мы заливали горючее в бак три раза! Можете вы в это поверить?

«Еще как можем», — подумала Констанция, стараясь не смотреть на сестер.

— Мы вылили в бак все три канистры, а потом пешком отправились к ближайшему селению. Просто бросили машину посреди поля, и пошли. Мы проделали несколько миль по такой жаре! Если бы не Энсор, мы все еще сидели бы в баре в ближайшей гостинице, а машина стояла бы посреди поля.

— Макс Энсор? — Констанция в недоумении уставилась на отца. — А он-то как там очутился?

— Подъехал к гостинице на своем «дарраке». Чертовски красивая машина! Он подвез нас обратно до «кадиллака», а потом отбуксировал проклятую машину сюда к конюшням. И там она и останется стоять, пока за ней не приедут и не заберут с моих глаз долой! Все-таки ничто не может сравниться с лошадьми!

Он залпом осушил второй стакан виски.

— Как удачно получилось, что он там оказался! — сказала Констанция. — Кстати, я с ним обедаю сегодня. — Она поцеловала отца. — Я рада, что ты вернулся целым и невредимым. Представляю, как ты был раздосадован, но зато Кобем не сильно расстроится, когда этот автомобиль увезут.

Лорд Дункан не смог удержаться от смеха.

— Нет, пропади он пропадом! Если бы не его больные ноги, он станцевал бы джигу, увидев, как машину притащили на буксире. Мне нравится этот Энсор. Даю тебе свое благословение. Хотя для тебя это не имеет никакого значения, — мрачно добавил он.

— Нет, имеет, — сказала Констанция. — Я бы не хотела огорчать тебя, папа, чем бы то ни было. Никто из нас не хочет тебя огорчать.

Он внимательно посмотрел на нее, потом улыбнулся. Похоже, он уже немного успокоился.

— Да, полагаю, это правда. Совсем как ваша мать... все вы. Но я буду доволен, если вы найдете себе мужей. Присмотрись к этому Энсору, Констанция. Мне он нравится.

— О, полагаю, мне следует подождать предложения руки и сердца, прежде чем начинать свадебные приготовления, — весело сказала Констанция. — А теперь пора бежать переодеваться.

Глава 14

Когда в шесть часов Констанция подъехала к Кенсингтонской ратуше, там еще никого не было. Она пересекла зал и вошла в маленькую контору, расположенную в дальнем конце здания. Эммелина Панкхерст и ее дочь Кристабель вполголоса беседовали с несколькими женщинами.

— Констанция, а вот и ты, — с радушной улыбкой обратилась к ней Эммелина. — Там есть кофе, если хочешь.

Она жестом указала на кофейник, но Констанция, зная по опыту, какой жидкий и невкусный напиток он содержит, отказалась.

— Мы говорили о петиции, — сказала Эммелина. — Той, которую хотим направить в Вестминстер. Если нам удастся собрать большую группу женщин, которые отправятся подавать петицию, это будет прекрасной пропагандистской акцией. Мы думаем, что стоит обсудить это на сегодняшнем собрании.

— Безусловно, это привлечет к себе внимание, — ответила Констанция. — Но не уверена, что это пойдет нам на пользу.

— На самом деле это не важно. Главное — привлечь к себе внимание, если мы хотим пробудить в женщинах политическое сознание, — с воинственным видом объявила Кристабель.

Ее мать, которая придерживалась более умеренных взглядов, слегка нахмурилась, но сочла за лучшее промолчать, чтобы не настраивать дочь против себя.

— Я пригласила гостя сегодня, — сообщила Констанция, стряхивая крошки с металлического стула, прежде чем усесться на него. — Члена парламента.

— Он поддерживает нас? — с интересом спросила Эммелина, подавшись вперед.

— Пока нет. Честно говоря, он настроен против движения суфражисток, но сказал, что готов проявить терпимость и выслушать противоположную точку зрения, — иронически приподняв брови, сказала Констанция.

— Надутый осел! — объявила Кристабель.

— Отчасти, — признала Констанция, удивляясь тому, что ее возмутили слова Кристабель, хотя она сама спровоцировала это заявление. Более того, она частенько и сама высказывалась в том же духе. — Тем не менее разве просвещение и обучение не являются одной из наших целей?

— А его можно чему-нибудь обучить? — все с таким же презрением спросила младшая Панкхерст.

— Он вовсе не человекообразная обезьяна, Кристабель, — резко осадила ее Констанция.

Девушка слегка покраснела и замолчала.

— Мы и сами сможем что-нибудь узнать от него, — более мягким тоном продолжила Констанция. — Он уже упоминал, что правительство готовится рассмотреть вопрос о правах женщин-налогоплательщиц. Может быть, он расскажет нам больше.

— А кто он?

— Макс Энсор. Член парламента от Саутуолда. Он победил на дополнительных выборах сравнительно недавно, но, насколько я знаю, премьер-министр очень прислушивается к его мнению.

— Ну что ж, будем рады встретиться с ним. Любой интерес, проявляемый членом парламента к нашему движению, ценен для нас. Даже если он нас еще пока не поддерживает. — Эммелина сложила в стопку лежавшие на столе листовки. — Ты не могла бы встать в дверях и раздавать их, Констанция? Это информация о готовящейся петиции.

Констанция взяла листовки.

— А кто сегодня отмечает пришедших?

— Джеральдина, ты не возьмешь это на себя? — обратилась Эммелина к высокой, стройной, элегантно одетой женщине, стоявшей у окна.

— Да, конечно, — мягким голосом ответила та.

— Тогда, полагаю, все готово. Сегодня будет выступать Кристабель, а потом мы обсудим вопросы из зала. — Эммелина поднялась со стула. — Пойдемте открывать двери.

Констанция встала у дверей и стала вручать листовки женщинам, поспешно поднимавшимся по ступенькам. Это были представительницы всех слоев общества, некоторые хорошо одетые, некоторые почти в лохмотьях, некоторые измученные тяжелым физическим трудом, некоторые никогда не державшие в руках тряпку. Но у всех на лицах читалась преданность общему делу, их глаза горели надеждой и воодушевлением, они словно излучали энергию. Они разбирали листовки, некоторые приветствовали Констанцию по имени. Она смотрела на лестницу, ожидая появления Макса. Среди пришедших было несколько мужчин; кто-то был один, кто-то — со спутницей. Констанция вздохнула с облегчением, увидев, что собралась довольно внушительная аудитория. Было бы очень неловко, даже губительно для их дела, если бы Макс пришел на собрание, на котором присутствовало бы лишь несколько человек.

Так случилось, что она заговорилась со старой знакомой и не заметила, как он появился.

— Мне полагается взять листовку?

Она вздрогнула, услышав звук его голоса у себя за спиной, и быстро повернулась.

— О, я все время высматривала тебя, но потом меня отвлекли. — Она протянула ему листовку. — Если хочешь, конечно же, можешь взять.

— Спасибо. — Он взял листовку и пробежал ее глазами. — Поход на Вестминстер?

— Мы будем сегодня обсуждать эту петицию, — сказала она. — Ты сам все услышишь, если войдешь внутрь. Мы сейчас начнем.

Он кивнул и последовал за ней в зал. Констанция остановилась возле маленького столика, где одна из ее сподвижниц записывала в блокнот имена собравшихся.

— Джеральдина, это достопочтенный Макс Энсор. Макс, познакомьтесь с высокородной миссис Джордж Бранд.

Джеральдина протянула руку:

— Добрый вечер, мистер Энсор. Добро пожаловать.

— Вы запишете свое имя или предпочитаете, чтобы ваше присутствие не было официально зарегистрировано? — спросила Констанция, стараясь, чтобы этот вопрос не прозвучал как вызов. — Мы не настаиваем, чтобы все давали свои имена.

— Я не против. — Он вписал свое имя в блокнот. — С какой стати я должен возражать?

— На мой взгляд, причин нет, — сказала Констанция. — Я сяду с вами. Обычно я сижу в президиуме, но сегодня останусь с вами в зале.

— Я польщен, мадам, — с улыбкой ответил он.

— И совершенно напрасно, — возразила Констанция. — Просто я хочу убедиться, что вы досидите до конца.

Он с притворным укором покачал головой и последовал за ней в зал.

Собрание проходило очень живо. Кристабель в отличие от своей матери умела зажечь публику. Она выступала с воинственным пылом, и аудитория часто прерывала ее речь возгласами одобрения. Когда она закончила, из зала посыпались вопросы. Констанция не участвовала в обсуждении, тихо сидя рядом с Максом и всем своим существом ощущая его присутствие. Он тоже ничего не говорил, но и не выказывал неодобрения или нетерпимости. Констанция несколько раз украдкой бросала на него взгляд, но выражение его лица было совершенно непроницаемым. Собрание закончилось ровно в четверть девятого, потому что среди присутствовавших было много работающих женщин, которые должны были вовремя вернуться в те дома, где они находились в услужении. Их выходной вечер состоял из двух часов — между вечерним чаем и ужином.

Поднявшись со своего места, Констанция оглянулась и увидела в дальнем конце зала Амелию. Должно быть, она пришла одной из последних. Она говорила, как ей трудно бывает вырваться на собрание. Макс тоже поднялся с места, и Констанции показалось, что он притягивает всеобщее внимание своим ростом и исходящей от него мужской силой. Она поспешно протиснулась мимо него и вышла в проход между сиденьями, стараясь поймать взгляд Амелии. Но Амелия уже увидела брата своей хозяйки. Она бросила испуганный и вопросительный взгляд на Констанцию, потом повернулась и поспешно вышла из зала на улицу, где уже начинало смеркаться.

«Еще одна неловкая ситуация, которую придется объяснять», — подумала Констанция. Они решили пока не говорить Амелии, что хотят устроить Генри на работу к Максу. Лучше пусть она узнает об этом, когда их план увенчается успехом.

— Куда ты так спешишь? — спросил Макс, с трудом пробравшись между рядами и выходя в проход.

— Прости, я не хотела тебя бросать. Просто мне показалось, что я увидела кое-кого, с кем мне нужно было переговорить. Я хотела поймать ее прежде, чем она уйдет, но это оказалась вовсе не она. — Девушка улыбнулась ему. — Ну, и каково твое мнение?

— Пока не знаю, — ответил он. — Мне нужно все это переварить.

— Хочешь познакомиться с Эммелиной и Кристабель? Я сказала им, что ты будешь присутствовать на собрании.

— В качестве кого?

— В качестве независимого наблюдателя, — сказала Констанция.

— Это очень близко к правде. Ну что ж, «смелей, Макдуф»!

— Вполне обучаемый экземпляр, — пробормотала Констанция.

— Прошу прощения?

— Да нет, ничего... это я так. — Она ослепительно улыбнулась и взяла его под руку. — Пойдем познакомимся с Панкхерстами.

Они подошли к сцене, на которой Кристабель и сидевшие вместе с ней члены президиума были окружены женщинами, наперебой задававшими вопросы. С удивлением заметив в своих рядах мужчину, женщины смолкли.

Макс чувствовал себя словно дрессированный хищник на арене цирка. Он выдавил из себя доброжелательную улыбку и пожал руку миссис Панкхерст.

— Спасибо, что позволили мне присутствовать, мадам, — поблагодарил он. — Очень интересное собрание.

— Интересное или просто забавное? — резко спросила Кристабель прежде, чем ее мать успела ответить.

Кристабель шагнула вперед и принялась разглядывать Макса с насмешливой враждебностью.

— Я не нахожу эту тему забавной, мадам, — ледяным голосом ответил Макс. Его холодные синие глаза смотрели на нее с нескрываемым презрением. — Вам стоит поразмыслить над тем, что, если вы хотите привлечь на свою сторону влиятельных людей, способных вам помочь, не следует настраивать их против себя.

Констанция затаила дыхание. Она знала, что Макс может куснуть, но не ожидала, что так сильно. Она разрывалась между своей лояльностью по отношению к Кристабель и пониманием, что та вела себя непростительно грубо.

— Мы несколько насторожены, Макс, — сказала она. — Нам удавалось привлечь влиятельных людей на свою сторону и раньше, но они подводили нас. Я хочу, чтобы вы поняли, почему мы так недоверчивы.

Ее голос прозвучал мягко и успокаивающе. Лицо Кристабель утратило выражение враждебности, и она протянула руку Максу:

— Констанция права, мистер Энсор. Это тот случай, когда, обжегшись на молоке, дуешь на воду. Приношу свои извинения, если мое замечание показалось вам оскорбительным.

Он ответил добродушной улыбкой и пожал протянутую руку:

— Я вас понимаю, мисс Панкхерст.

— Надеюсь, вы придете еще на наши собрания, — проговорила Эммелина. — Мы совершенно бессовестны в своем стремлении найти поддержку в правительственных кругах.

Макс похлопал свернутой в трубочку листовкой по ладони.

— Вы, я вижу, планируете крестовый поход на Вестминстер?

— Нам очень помогло бы, если бы член парламента согласился принять у нас петицию, — сказала Эммелина.

Констанция почувствовала, как Макс напрягся, и поспешно вмешалась:

— Давайте не торопить события, Эммелина.

Эммелина кивнула:

— Ты права. Твоя мать сказала бы то же самое. — Она улыбнулась Максу: — Вы не были знакомы с леди Дункан. Она была замечательной женщиной.

— Могу себе представить. Я знаком с ее дочерьми, — ответил он.

Констанция решила, что с нее хватит.

— Прошу нас извинить, Эммелина... Кристабель. У Макса назначена еще одна встреча.

Когда они распрощались и вышли на улицу, уже освещенную газовыми лампами, Констанция слегка присвистнула.

— Да, неловко получилось, — согласился Макс. — Я не ожидал, что на меня так набросятся.

— Я тоже. Но в отчаянном положении даже умные люди могут совершать поступки, причиняющие вред их собственным интересам. — Она взяла его под руку. — Кстати, о причинении вреда — как могло так случиться, что ты оказался в нужном месте в нужное время, чтобы выручить моего отца? — спросила она, приподняв бровь.

— Просто совпадение, — ответил он.

— Врунишка. То, что ты оказался в этой гостинице в Хэмпстеде одновременно с моим разъяренным отцом, не могло быть простым совпадением.

— Он и вправду выглядел не слишком счастливым, — заметил Макс. — У меня сложилось впечатление, что результат вашей затеи превзошел все ожидания. Он клялся, что больше никогда в жизни не притронется к автомобилю.

— Да, затея удалась. Но я все еще хочу знать, как ты там оказался.

— Я решил, что не стоит доставлять вашему отцу больше неприятностей, чем это необходимо, — ответил Макс. — Поэтому я следовал за ним от самого Лондона. Надеюсь, ты не против?

— Нет... нет, конечно. Бедняга и так был вне себя от ярости, когда прибыл наконец домой.

Макса несколько озадачила теплота, с которой она отозвалась об отце. Это как-то не вязалось с трудно скрываемым раздражением, которое сквозило в ее голосе всякий раз, когда она упоминала лорда Дункана.

— Сложно вам приходится с отцом? — спросил он, останавливаясь под фонарем рядом с небольшим ресторанчиком.

Он не собирался поднимать этот вопрос, но почему-то не удержался. Констанция засмеялась, но Максу показалось, что ее смех прозвучал немного неестественно.

— Нет, он очень снисходительный и терпимый. Он вообще никогда не вмешивается в наши дела.

— Тогда почему он тебя раздражает?

— Раздражает?! — воскликнула она. — С чего ты это взял?

— Не считай меня дураком. Нужно быть глухим и слепым, чтобы не заметить, что очень часто при упоминании об отце ты и твои сестры с трудом скрываете раздражение.

Констанция вздохнула. Ей остался единственный выход — рассказать ему хотя бы часть правды.

— Он очень упрям, — сказала она. — Если ему в голову западает какая-то идея, он от нее не отступится. А его идеи не всегда бывают хорошими или здравыми. Мама умела управлять им, при этом делала это настолько хорошо, что он даже не замечал, что им управляют. А когда мама умерла, некому стало сдерживать его. Однажды он потерял очень много денег, ввязавшись в какую-то глупую авантюру, и мы решили, что, если не хотим оказаться в приюте для нищих, нам придется учиться управлять им, как это делала наша мама. Нам это не всегда удается, поэтому мы часто приходим в отчаяние.

— Понятно. Я не хотел показаться слишком любопытным. Зайдем? — Он указал на ресторанчик, возле которого они стояли. — Я заказал столик. Здесь очень тихо и уютно. Конечно, если ты не хочешь пообедать в более фешенебельном месте.

— Нет, меня вполне устроит этот ресторанчик.

Ее несколько удивило, что он выбрал такое непритязательное и неприметное заведение. Но как только она оказалась внутри, царившая там атмосфера очаровала ее. Маленький зал, всего на шесть столиков, был освещен только свечами. Добродушная хозяйка поприветствовала Макса по имени, с искренней теплотой пожала ему руку и проводила их к столу, стоявшему у окна.

— У нас сегодня отличное тушеное мясо с овощами, мистер Энсор. Я знаю, как вы его любите.

— Мы целиком полагаемся на вас, миссис Бейкер, — сказал Макс, отодвигая стул для Констанции, — по крайней мере я. — Он занял место напротив. — Не уверен насчет мисс Дункан, она любит сама принимать решения, — поддразнил он.

Констанция развернула салфетку и обратилась к Максу:

— Сегодня я последую вашему примеру, мистер Энсор. — Она улыбнулась миссис Бейкер. — Я тоже целиком полагаюсь на ваш выбор.

— Слушаюсь, мадам, — с улыбкой ответила женщина и поспешно удалилась.

Через несколько минут к ним подошел официант с бутылкой кларета. Он открыл бутылку, сам попробовал вино, и только после этого разлил его в бокалы. Макс кивком поблагодарил его.

— Бейкеры раньше работали у нас. Мистер Бейкер был дворецким, а его жена — экономкой. Потом они получили небольшое наследство и решили открыть собственное дело. — Он жестом указал на зал. — И вот результат. Дела у них идут очень хорошо, и я бываю здесь так часто, как только могу.

— Здесь очень мило, — сказала Констанция.

Она взяла бокал и задумчиво посмотрела на Макса. Она сказала, что им необходимо получше узнать друг друга, чтобы укрепить их отношения, которые до сих пор строились только на сексе. В этом ресторанчике царила такая уютная интимная атмосфера, которая, казалось, располагала к откровенности. Ей было интересно — не из-за этого ли Макс решил привести ее именно сюда?

— Ну и когда вы планируете брать штурмом Вестминстер? — спросил он. — На листовке ничего не сказано об этом, да и на собрании определенная дата не упоминалась.

— Это еще пока не решено, — ответила она. — А что? Ты хочешь к нам присоединиться?

— Навряд ли. — Он откинулся на стуле, пока официант расставлял тарелки с луковым супом и корзинку с хрустящим хлебом. Взяв ложку, Макс с наслаждением вдохнул исходивший от супа аромат. — Луковый суп у них превосходен. Вылечивает от всех болезней.

Констанция опустила ложку в густую коричневую массу, в глубине которой плавали кусочки сыра.

— Если я справлюсь со всем этим, то больше уже ничего не смогу съесть.

— О нет, сможешь, — возразил Макс. — Ты не устоишь перед их тушеным мясом с овощами.

— Эта еда больше подходит для холодной зимы. — Констанция принялась наматывать на ложку волокна расплавленного сыра. Потом попробовала суп и воскликнула: — Да, это действительно очень вкусно! Только я не представляю себе, как это есть, соблюдая хорошие манеры, — пробормотала она, завязнув зубами в сырных волокнах.

Макс рассмеялся и своей вилкой помог ей разорвать сырный клубок, остатки которого упали обратно в тарелку. Это был очень интимный жест, но в то же время такой естественный, что она едва обратила на него внимание.

Констанция сделала глоток вина, с изумлением пытаясь понять, как между ними так внезапно установилась дружеская и непринужденная атмосфера. Что же он все-таки был за человек? Опытный и внимательный любовник. В постели он мог быть то нежным и ласковым, то властным и требовательным. Это добавляло прелести любовной игре. И в повседневной жизни все обстояло точно так же. Он мог быть заботливым, тактичным и обаятельным, а через мгновение — высокомерным, саркастичным и даже напыщенным. Констанция полагала, что у всех людей можно было найти противоречия в их характерах, но у Макса эти противоречия были особенно заметны.

— Почему бы тебе не задать этот вопрос прямо? — прервал он затянувшееся молчание.

— Какой вопрос? — удивилась она, снова погружая ложку в суп.

— Тот, который вертится у тебя на языке, — ответил он. — Я вижу, что ты умираешь от желания спросить у меня что-то. Давай, смелее. Я не укушу тебя.

— Мне просто стало любопытно, почему после той истории, которая приключилась с тобой в Индии, ты так и не женился. Это весьма необычно, что у сорокалетнего мужчины нет жены.

— Может быть, я еще не встретил женщину, на которой мне хотелось бы жениться, — сказал Макс. Он положил ложку и снова наполнил их бокалы. — А может быть, я пришел к выводу, что нельзя доверять ни одной женщине.

— Это несколько огульное утверждение, — возмутилась Констанция. — Только из-за того, что одна женщина не сдержала обещания, обвинять весь женский род.

— Да, умом я это понимаю. Давай остановимся на том, что после того эпизода в Индии я не встретил ни одной женщины, с которой я хотел бы быть по-настоящему близок.

— И ты не чувствуешь себя одиноким?

Он покачал головой:

— Нет. Мне не составляет труда найти себе покладистую партнершу.

— Такую, как я? — Констанция готова была откусить себе язык за то, что у нее вырвался этот вопрос.

— И как я должен на это ответить? — спросил Макс. — Любой прозвучит как оскорбление.

— Не важно, ответь все равно.

«Будь что будет, к чему теперь останавливаться на полдороги», — подумала Констанция.

Он задумчиво посмотрел на нее:

— Хорошо, я отвечу. Ты не попадаешь в категорию покладистых партнерш. Отчасти потому, что большую часть времени ты вовсе не можешь похвастаться покладистостью. Ты любишь поспорить, вызывающе держишься, к тому же очень самоуверенна.

— О! — рассмеялась Констанция. — А ты любишь женщин, которые смотрят тебе в рот и соглашаются со всем, что бы ты ни сказал? Так?

— Нет, не так. — Макс улыбнулся. — Это какой-то глупый разговор, но если уж я начал, могу и закончить. Если оставить в стороне все эти недостатки, я нахожу тебя интересной, зачастую интригующе загадочной и, когда тебе этого захочется, неотразимо обаятельной. Удовлетворена?

Констанция почувствовала, что краснеет.

— Извини, что я задала этот вопрос.

— А теперь ответь ты на мой вопрос.

Она кивнула, решив, что это будет справедливо, хотя ее беспокоило, какой вопрос он собирается задать.

— Ты очень страстная женщина, и физически, и эмоционально. А тебе никогда не бывает одиноко?

Констанция принялась задумчиво водить ручкой вилки по скатерти.

— У меня есть мои сестры. В этом отношении я совсем не одинока.

— А в других отношениях?

Она посмотрела на него и честно призналась:

— Я об этом как-то не думала... до тех пор, пока не встретила тебя.

— Я должен расценивать это как комплимент?

— Это констатация факта. Я сама только сейчас это поняла.

Они хранили молчание, пока официант убирал тарелки из-под супа. Макс размышлял, подходящий ли это момент, чтобы прямо спросить ее о «Леди Мейфэра». Но потом решил, что будет лучше, если она сама расскажет ему об этом. Когда-нибудь он сумеет заставить ее во всем признаться, но сейчас ему не хотелось нарушать их идиллию.

Мясо с овощами оказалось восхитительным, как Макс и говорил, и Констанции не составило труда справиться со своей порцией. За мясом последовал ароматный сыр, а Макс вдобавок ко всему заказал еще большой кусок яблочного пирога, от которого Констанция с сожалением вынуждена была отказаться.

Он подцепил на вилку кусочек пирога с золотистыми ломтиками яблок и пухлыми изюминками и поднес к ее губам.

— Хотя бы попробуй. У миссис Бейкер изумительная выпечка. Открой рот.

Констанция открыла рот и закрыла глаза. Пирог оказался потрясающе вкусным. Она взяла свою вилку и отломила у Макса еще кусочек.

— Ты уверена, что не хочешь заказать себе пирога?

— Абсолютно уверена, — сказала Констанция. — Я не в состоянии больше съесть ни крошки.

С этим словами она опять потянулась вилкой к его тарелке.

— Я сдаюсь, — объявил Макс, подвигая к ней свою тарелку. — Ешь, а я закажу себе еще одну порцию.

— Но я действительно больше не хочу, — протестующе воскликнула Констанция. — Я вовсе не сладкоежка. Хотя этот пирог сладким не назовешь, — добавила она с улыбкой. — Он просто божественный!

Уже перевалило за полночь, когда они вышли из ресторана. На улице было тепло и темно. Констанция чувствовала себя удивительно беспечной и беззаботной. Может быть, ей ударило в голову вино, но скорее всего причиной явилось осознание того, что она никогда прежде не проводила вечер в такой приятной и дружеской обстановке. Они не препирались, как обычно, а провели время удивительно мирно, в спокойной, расслабленной атмосфере.

— Домой? — спросил Макс, останавливая наемный экипаж, медленно ехавший им навстречу.

— К тебе или ко мне? — задала вопрос Констанция, садясь в экипаж.

— Это вопрос, ответ на который я предпочел бы услышать от дамы, — сказал он, все еще стоя на тротуаре и ожидая, какой адрес назвать кебмену.

— Тогда к тебе. Позже ты можешь отвезти меня домой на автомобиле.

— Как прикажете, мадам. Кэнон-роу, милейший.

— Слушаюсь, сэр.

Лошадь тронулась с места. Констанция лениво повернула голову и стала наблюдать за тем, как лицо Макса то освещалось, то уходило в тень, по мере того как они проезжали под уличными фонарями. Он протянул руку, коснулся ее щеки и нежно погладил ее. Атмосфера между ними моментально накалилась. У Констанции перехватило дыхание, с такой внезапной неожиданностью ее охватило страстное желание. Она прильнула к нему и прижалась губами к его губам. Поцелуй был долгим и страстным. Макс застонал, его рука скользнула к ней под юбку. Он погладил ее ногу, обтянутую тонким шелковым чулком, потом передвинул руку выше. Она раздвинула ноги, открывая ему доступ к самым интимным частям своего тела. Его ласки сводили ее с ума. Достигнув пика блаженства, она закусила губу, чтобы сдержать сладострастный стон.

— Бог мой, — прошептала она. — Мы ведь находимся в наемном экипаже!

Он тихо рассмеялся, хотя его собственное дыхание было неровным, а глаза горели желанием.

— Я и сам не ожидал, — тихо сказал он, убирая руку. — Какая распущенность!

Констанция принялась расправлять свои юбки, чтобы занять себя чем-нибудь, пока ее учащенный пульс не придет в норму.

— Я чувствую себя виноватой. Ты же не получил удовольствия.

— О нет, получил, — прошептал он. — Когда я до тебя дотрагиваюсь, я теряю голову. Ты такая страстная и горячая, что мне хочется зарыться в тебя губами, исследуя языком каждый изгиб, каждую ложбинку на твоем теле. И я это сделаю. — Он улыбнулся ей, и на его лице читалось обещание страсти. — Как только мы закроем за собой дверь, я сниму с тебя все эти элегантные одежды, одну за другой, а потом буду ласкать руками и губами твое обнаженное тело. Я заставлю тебя рыдать от восторга. Ты достигнешь таких вершин наслаждения, о которых прежде и не подозревала. И когда я закончу, обещаю, что ты будешь не в состоянии пошевельнуть даже пальцем.

Констанция судорожно глотнула воздух. Ее тело вновь горело огнем. Она беспокойно зашевелилась.

— Не нужно больше, — с мольбой простонала она. — Не говори ничего, пока мы не доберемся до дома. Я не в силах это вынести.

— Мне нравится видеть тебя такой. Мне нравится, что я могу одними словами довести тебя почти до исступления.

— Это садизм, — сказала она. — Настоящий садизм.

— Ни в коем случае! Я всего лишь доставляю тебе наслаждение.

— Иногда наслаждение бывает неотличимо от боли, — возразила она, радуясь возможности отвлечься и пытаясь успокоиться.

— Так же, как и боль может быть сродни наслаждению, — заметил он. — Как очень убедительно описал маркиз.

— Ты читал де Сада? — Уже лучше, подумала Констанция. Нужно попытаться сосредоточиться на чем-нибудь. И пусть темой их разговора остаются интимные отношения, в их беседе присутствует какой-то интеллектуальный компонент. — Он же запрещен, разве не так?

— В Париже всегда можно купить подпольное издание. Хочешь, я дам тебе почитать «Жюстину»? Пожалуй, это лучшая его вещь.

В этот момент экипаж остановился, и кебмен прокричал:

— Кэнон-роу, хозяин!

— Мы закончим обсуждение этой интереснейшей темы как-нибудь в другой раз, — с хищной улыбкой пообещал Макс. — А сейчас у меня на уме совсем другое. — Он открыл дверь, спрыгнул на землю и подал руку Констанции.

Пока Макс расплачивался с кебменом, Констанция стояла на тротуаре, с интересом разглядывая высокое здание, окруженное террасой. Макс еще не нанял слуг, кроме уборщицы, приходившей днем. У Марсела, его камердинера, был выходной, и он должен был появиться не раньше утра.

— Ты и вправду дашь мне почитать «Жюстину»? — спросила она, пока он открывал дверь ключом. — Я полагала, что ты сочтешь такую литературу неподходящей для женщины.

— Не пытайся отвлечь меня разговорами, моя дорогая, — сказал он и распахнул дверь.

— Я пытаюсь отвлечь саму себя, — призналась она, заходя в темное помещение.

Она обернулась и попала прямо в его объятия. Привстав на цыпочки, Констанция всем телом прильнула к нему. Макс принялся поглаживать ее по спине, потом резко сжал руками ее ягодицы и с силой прижал к себе, чтобы она почувствовала, насколько он сам возбужден.

Констанции хотелось поскорее избавиться от одежды. Словно почувствовав ее нетерпение, он отступил назад и с шумом выдохнул. В холле было темно, единственный свет падал от уличного фонаря, стоявшего у входной двери. Он взял Констанцию за руку и потянул за собой в гостиную. Сквозь раздвинутые портьеры в комнату проникал слабый свет уличных фонарей.

— Я хочу видеть тебя, — мягко произнес он.

Чиркнув спичкой, Макс зажег свечи, стоявшие на столике возле стены.

— Нужно задвинуть портьеры, — сказала Констанция.

— Нас никто не увидит.

Он подошел к ней, обнял, подвел к камину и принялся раздевать ее, как и обещал, не торопясь, аккуратно расстегивая крючки и пуговки, едва дотрагиваясь пальцами до ее кожи и покрывая легкими быстрыми поцелуями ее плечи, шею и ложбинку между грудей. Наконец, когда она осталась совершенно обнаженной, он схватил ее в объятия и принялся ласкать руками и губами все ее тело, доставляя ей такое пронзительное наслаждение, что она задрожала.

Когда Макс понял, что уже больше не в состоянии сдерживать себя, он поспешно избавился от собственной одежды, ухитряясь при этом не выпускать Констанцию из своих объятий. Она скользнула руками по его телу и стала, в свою очередь, осыпать его ласками, пытаясь доставить ему такое же наслаждение, какое он доставлял ей. Наконец он медленно опустился на пол, увлекая ее за собой, и их тела слились в одно целое. По мере того как их возбуждение нарастало, они двигались все быстрее, пока Констанция наконец не закричала от восторга, прижавшись к нему всем телом и не в силах больше сдерживаться. В ответ он громко застонал и уронил голову ей на плечо.

Они еще долго лежали, прижавшись друг к другу и тяжело дыша, потом он перекатился на спину и пробормотал:

— Бог мой!

— Бог мой, — отозвалась Констанция.

Да, этот мужчина знал, как выполнять свои обещания.

Глава 15

Дверной колокольчик зазвонил рано вечером в воскресенье. Сестры были в гостиной, где провели весь день в ожидании, не зная, чем себя занять. Не было никакой уверенности в том, что он приедет, и даже Честити начала мучиться сомнениями.

Услышав звонок, сестры молча обменялись взглядами. Честити прижала руки к губам, и девушки замерли. Дженкинс открыл дверь.

— Мистер Генри Франклин, мисс.

Генри нерешительно вошел в комнату. В руках у него был небольшой чемоданчик, и выглядел он таким же встревоженным и измученным, как и тогда в кафе. Он поставил чемоданчик у дверей и церемонно пожал девушкам руки.

— Дженкинс, принесите, пожалуйста, хересу, — велела Констанция. — Мне кажется, мистеру Франклину необходимо немного подкрепиться.

— Слушаюсь, мисс Кон.

С этими словами Дженкинс вышел из комнаты.

— Я попросту уехал из дома, — объяснил Генри с несколько ошеломленным видом. — Я написал письмо, оставил его на каминной полке и ушел из дома. Я приехал дневным поездом. — Он задумчиво покачал головой. — Он никогда меня не простит.

— Я в этом не уверена. — Пруденс подвела его к дивану. — Мы будем действовать по намеченному плану, и я уверена, что в конце концов он смирится.

Генри сел на диван и принялся крутить в руках свою шляпу.

— Как Амелия?

— Ей не терпится увидеть вас, — сказала Констанция. — Спасибо, Дженкинс. Я налью сама. — Она кивнула дворецкому, который поставил на столик поднос с графином и бокалами. — Лорд Дункан сегодня не обедает дома, по-моему?

— Нет, мисс Кон. Он обедает с лордом Беркли, насколько мне известно.

— Тогда мы с мистером Франклином будем обедать в восемь часов, как обычно.

— Слушаюсь, мисс. Я отнесу чемодан мистера Франклина в голубую комнату.

Констанция наполнила бокал и протянула его Генри. Он осторожно попробовал херес, а потом с неожиданной решимостью выпил залпом весь бокал. Констанция снова наполнила его.

— Для храбрости, — пояснил Генри со смущенной улыбкой.

— Вам она уже больше не нужна, — улыбнулась Честити. — Дело сделано, и вы уже здесь. Завтра днем мы с вами пойдем в парк в то время, когда Амелия гуляет там со своей воспитанницей. Мы договорились встретиться как бы случайно в розарии. Девочка даже не обратит внимания, если вы с Амелией остановитесь поговорить на несколько минут, пока я буду с ней прогуливаться.

— И завтра утром у вас встреча с достопочтенным Максом Энсором, — сообщила Констанция. — Он ищет себе секретаря. Я сказала ему, что из вас получится замечательный секретарь. Эта работа, возможно, даже увлечет вас. В любом случае это интереснее, чем глотать пыль в конторе строительной компании.

Генри выпил второй бокал хереса.

— У меня все это в голове не укладывается.

— И не нужно, чтобы укладывалось, — заметила Честити. — Бракосочетание состоится в четверг в полдень в Кэкстон-Холле. Это будет очень скромная церемония, после которой у вас с Амелией будет еще час, чтобы поговорить, прежде чем она вернется на службу.

— А как только вы получите работу и найдете подходящее жилье, Амелия сможет уйти от Грэмов, и вы заживете своим домом, — сказала Пруденс.

Вид у Генри был совершенно ошеломленный.

— Я ничего не знаю о Лондоне. Я никогда прежде здесь не бывал. Тут так шумно, даже в воскресенье! Кажется, у меня начинает болеть голова.

— Я провожу вас в вашу комнату, чтобы вы смогли немного отдохнуть. — Честити поднялась со стула. — Бедный

Генри, — сочувственно добавила она. — Вам, должно быть, кажется, что мы слишком решительно вмешиваемся в вашу жизнь.

— Да, — откровенно ответил Генри.

— Мы вмешиваемся лишь тогда, когда это людям на пользу, — заверила Честити, беря его за руку. — Обещаю вам, что мы не причиним вам вреда.

Он покачал головой:

— Думаю, что не причините. Во всяком случае, намеренно. — С этими словами он позволил увести себя из комнаты.

— Бог мой, — пробормотала Констанция, когда дверь за ним закрылась. — Ты считаешь, это действительно тот мужчина, который нужен Амелии?

— Она так говорит, — сказала Пруденс, наливая себе еще немного хересу. — Я думаю, не наше дело решать за нее.

— Это верно, — согласилась Констанция. — Но я предвижу очень скучный вечер.

— Думаешь, Макс возьмет его на испытательный срок?

Констанция улыбнулась и подумала о том, что всякий раз, когда она вспоминает о Максе, на ее лице появляется какая-то глупая улыбка, и она ничего не может с этим поделать.

— Я думаю, он приложит все усилия, чтобы найти для Генри подходящее занятие, — заверила она.

Пруденс не могла не обратить внимания на ее улыбку.

— Я думаю, что ты влюблена, — заявила она.

Констанция решительно покачала головой:

— Нет, конечно же, нет. Это просто физическое влечение.

Пруденс, в свою очередь, тоже покачала головой:

— Не пытайся обмануть себя, Кон. И уж во всяком случае, ты не сможешь обмануть нас с Чес. Мы никогда не видели тебя такой. Даже с Дугласом.

— Это пройдет, — заверила ее Констанция.

— А ты хочешь, чтобы это прошло?

Констанция с расстроенным видом глубоко вздохнула:

— Не знаю, Пру. Я не хочу любить человека, который не любит меня.

— А он тебя не любит?

— Думаю, что нет.

— А ты бы это почувствовала? — со свойственной ей проницательностью спросила Пруденс.

— Думаю, что почувствовала бы. А ты как думаешь?

— Не знаю. Часто бывает так, что самое заинтересованное лицо узнает обо всем последним.

Честити вернулась в гостиную, и сестры выжидательно посмотрели на нее.

— Он в порядке?

— Он несколько ошарашен, бедняга. Мне кажется, он сам еще не в состоянии осознать, что делает. — Она пристально посмотрела на сестер. — О чем вы здесь говорили?

— О Максе, — ответила Пруденс. — Любит он Констанцию или нет. Что ты об этом думаешь, Чес?

— Мне кажется, что любит, хотя сам еще не догадывается об этом, — после минутного раздумья ответила Честити. — Посмотрите, как он изменился после встречи с тобой. И даже помог нам в этой махинации с автомобилем. Прежде он никогда не стал бы делать подобных вещей.

— И он ходил с тобой на собрание женского союза, — напомнила Пруденс Констанции.

Как будто ей нужно было напоминать об этом, подумала Констанция. Тот вечер навсегда врезался в ее память.

— Я согласна, что он оказался человеком более широких взглядов, чем мне казалось поначалу, — осторожно заметила Констанция, потом пожала плечами. — Давайте вернемся к Генри. Если Макс возьмет его на службу, Генри нужно будет подыскать себе жилье. Мне кажется, что он один с этим не справится, как вы думаете?

— Может быть, нам следует открыть агентство по операциям с недвижимостью? — предложила Пруденс. — В дополнение к «Посреднику» с тетушкой Мейбл и всему остальному.

— Надеюсь, что ты шутишь, Пру, — сказала Констанция. — У нас и так хлопот полон рот. Кто-нибудь из вас уже пригласил Миллисент к нам на прием?

— Да. Я заезжала к ней вчера. Я немного на нее надавила, и она пообещала непременно приехать. — Честити взяла свой бокал с хересом. — Как мы заставим ее прикрепить белую розу к корсажу?

— Нам нужно будет раздать всем женщинам розы разных цветов, — проговорила Пруденс. — Не важно, сколько там окажется красных, розовых или желтых цветов — главное, чтобы белая была всего одна. А белый подойдет к любому цвету платья.

— Ну что ж, годится, — согласилась Констанция. — Я думаю, мне следует самой отвезти Генри к Максу, вам не кажется? Один он может заблудиться.

— Наверное, стоит предупредить его, чтобы он не называл имени своей невесты, — заметила Пруденс. — На случай, если об этом зайдет разговор.

— Да, мы просто погрязли в интригах, — пробормотала Констанция. — Я буду очень рада, когда наши голубки наконец сочетаются законным браком.

За столом Генри был молчалив, ел неторопливо и пил очень мало. Но казалось, что он уже не так потрясен всем происшедшим, и, когда сестры поднялись из-за стола, предложив оставить его с бокалом вина, он ответил, что никогда не пьет более крепких напитков, чем сухое вино или херес, с удовольствием присоединится к ним в гостиной и будет счастлив поиграть им, если они захотят. Он заметил, что в гостиной стоит замечательный инструмент.

— Спасибо, это будет очень мило с вашей стороны, — поблагодарила Констанция.

Он улыбнулся, и его улыбка была такой кроткой и задушевной, что сестры начали понимать, что Амелия нашла в этом человеке. Но окончательно они это поняли, когда Генри сел за фортепьяно и начал играть. Он сразу преобразился. Застенчивый, слабохарактерный недотепа исчез, на его месте появился человек, уверенный в своем таланте. Его исполнение было безупречным, в нем было много чувства и творческой фантазии.

Почти два часа они сидели и слушали его как завороженные. Генри играл не переставая, большей частью по памяти. Пару раз он прерывался, чтобы размять свои тонкие, длинные пальцы, но у сестер создалось впечатление, что мысленно он был уже не здесь, в гостиной. На его лице появилось отрешенное выражение, он находился в своем собственном мире — мире музыки.

Когда он наконец остановился, закончив свое выступление вальсами Шопена, сестры невольно зааплодировали.

— Генри, это было замечательно, — сказала Честити. — Неудивительно, что вам не нравилось работать в конторе. Если бы у меня был такой талант, я не стала бы заниматься ничем другим.

Он улыбнулся, покраснев от смущения:

— Вы очень добры.

— Нет, — возразила Констанция. — Это не доброта, а чистая правда. Нам нужно помочь вам найти применение вашему таланту, но пока, думаю, мы будем придерживаться нашего начального плана.

— Я готов на любую работу, лишь бы у меня был инструмент, на котором я мог бы играть. А теперь, с вашего позволения, я хотел бы уйти к себе. У меня был длинный и тяжелый день. — Он неловко поклонился и вышел из гостиной.

— Это было настоящее откровение, хотя мы и знали, что он хороший музыкант, — зевнув, заметила Пруденс. — Но теперь меня совсем не удивляет выбор Амелии.

Генри был явно рад, что ему не пришлось ехать в Вестминстер одному. Когда Констанция предупредила его, что на предстоящем собеседовании ему не следует упоминать Амелию, он кивнул.

— С какой стати мне упоминать ее? — удивился он. — Моя личная жизнь не должна интересовать моего будущего работодателя.

Они доехали до Вестминстера на омнибусе, и, когда наконец они очутились возле дома на Кэнон-роу, Констанция позвонила в дверь. Макс сам открыл им.

— Доброе утро, Констанция. Я не ожидал увидеть вас. — Он церемонно пожал ей руку.

— Мистер Франклин впервые приехал в Лондон, и я решила, что лучше мне лично познакомить вас, — сообщила Констанция. — Мистер Франклин, достопочтенный Макс Энсор.

Мужчины обменялись рукопожатиями. Генри несколько настороженно посмотрел на Макса, который был по-столичному изысканно одет в костюм, явно сшитый на заказ. Генри сразу же почувствовал себя неуклюжим провинциалом.

— Итак, я оставлю вас одних, — сказала Констанция. — Генри, вы сможете отыскать дорогу домой?

— Навряд ли мистер Энсор захочет взять меня на работу, если я окажусь до такой степени некомпетентным, что не смогу найти обратную дорогу, — немного резко заявил Генри.

— Конечно, — поспешно ответила Констанция. — Прошу извинить меня, просто я иногда веду себя как наседка.

У Макса брови поползли вверх, когда он услышал эти слова. Он посмотрел на Констанцию, не скрывая усмешки:

— Как наседка?

— Всего доброго, мистер Энсор, — попрощалась Констанция и отвернулась, с трудом сдерживаясь, чтобы не рассмеяться.

Она перешла мост и, остановив экипаж, направилась в Баттерси. Кебмен с удивлением посмотрел на нее, когда она попросила его остановиться возле мрачного серого здания, в котором находился приют для падших женщин.

— Пожалуй, будет лучше, если вы подождете меня. — Она окинула взглядом узкие грязные улочки. — Похоже, сюда заезжает не слишком много экипажей.

— Экипажам здесь делать нечего, мисс, — заметил кебмен, снимая с шеи шарф. — Сколько вы там пробудете?

— Не более получаса, — ответила Констанция. — Я заплачу вам за ожидание.

Он кивнул, потом достал газету и принялся изучать страницы, посвященные скачкам.

Констанция подошла к поцарапанной, наполовину облупленной двери и позвонила. Дверь открыла мрачного вида женщина в черном платье, поверх которого был надет накрахмаленный фартук. Констанция решила, что это надзирательница или сестра-хозяйка. Она смотрела на девушку не слишком дружелюбно.

— Я хотела бы поговорить с Гертрудой Коллинз, — сказала Констанция, стараясь держаться не слишком высокомерно, но и не чересчур заискивающе, тем более что ей очень не нравилось то, как ее разглядывали.

— Для чего она вам понадобилась?

— У меня есть для нее информация, которая может ее заинтересовать.

В глубине дома, откуда доносились запахи вареной капусты и дезинфицирующих средств, послышался детский плач.

— Я не собираюсь причинить ей вреда, уверяю вас. — Констанция на секунду заколебалась, потом решительно добавила: — Я вовсе не питаю дружеских чувств к лорду Беркли.

Женщина еще пристальнее уставилась на нее, но теперь Констанция заметила, что ее взгляд немного смягчился.

— Вы ее родственница? — спросила женщина.

— Нет, но я желаю ей только добра.

— Не много нашлось таких людей, которые желали бы ей добра, — сказала женщина. Она пошире открыла дверь. — Может быть, она и не верх добродетели, но воспользоваться ее положением, а потом бросить — это просто подлость. Я бы всех их перестреляла.

Констанция легко могла в это поверить. Она вошла в дом и последовала за женщиной в маленькую гостиную с покрытым черно-белым линолеумом полом и с неудобными жесткими стульями, стоявшими вдоль стен. Спустя несколько минут в комнату вошла молодая женщина, держа на руках ребенка.

— Что вам от меня нужно? — спросила она.

Констанция вышла из дома спустя полчаса, раздираемая самыми противоречивыми эмоциями — от справедливого негодования до торжества. Теперь у нее было достаточно фактов, чтобы написать статью. Желтая пресса с восторгом ухватится за эту скандальную историю, и Гертруда получит финансовое вознаграждение, в то время как лорда Беркли распнут на кресте общественного мнения. Общество может смотреть сквозь пальцы на тайную связь с представительницей низших классов, но на шумный скандал оно не может не обратить внимания. А Констанция собиралась на страницах «Леди Мейфэра» щедро облить Беркли грязью так, чтобы ни в одном приличном доме его больше не принимали.

Она вернулась домой во время ленча и обнаружила, что Генри уже вернулся с собеседования, раскрасневшийся от успеха. Ему понравился Макс Энсор, и, судя по всему, это впечатление было взаимным. Он был готов приступить к работе в следующий понедельник. Он съел немного сыра с хлебом, после чего отправился покупать кольцо для своей возлюбленной.

— Это просто поразительно, как он расцвел, — заметила Пруденс. — У него даже походка изменилась.

— Нам надо побыстрее найти ему подходящее жилье, — заметила Честити, наливая себе в стакан лимонаду. — За обедом отец наверняка наведет на него ужас. Итак, где ты была, Кон?

Констанция стала накладывать себе в тарелку цветную капусту с сыром, попутно рассказывая сестрам о своей поездке. Когда она закончила, Пруденс задумчиво сказала:

— Я лишь надеюсь, что этот крестовый поход не вовлечет нас в неприятности, Кон. Не думай, что я не согласна с тобой. Этот человек отвратителен. Но мы играем с огнем.

— Но кто сможет догадаться, что эта статья написана сестрами Дункан?

Пруденс пожала плечами:

— Не знаю. Но у меня неспокойно на душе.

— Ну ладно, мне пора идти в парк, чтобы отвести Генри в розарий. — Честити встала из-за стола. — Жду не дождусь момента, когда они встретятся. Это так романтично.

— Генри! — воскликнула Пруденс.

— Романтично! — подхватила Констанция.

— Романтична сама затея, — пояснила Честити. — И я собираюсь надеть свою лучшую шляпку в честь такого события.

Она, как и обещала, оделась с особой тщательностью и, покручивая зонтик, отправилась в парк. Генри, как они и договаривались, ждал ее у ворот.

— Как вы думаете, ей понравится это? — выпалил Генри, едва Честити подошла к нему. Он держал в руках маленькую коробочку. — Это кольцо в честь нашей помолвки. Я знаю, что она не сможет его надеть, но я решил, что все равно должен ей подарить его.

— Оно прелестно, — сказала Честити, вынув кольцо из коробочки и разглядывая его на солнце. — Любой женщине оно понравилось бы. Такое изящное и скромное.

— Это все, что я мог себе позволить.

— Оно прелестно, — заверила его Честити. — Вон та дорожка приведет нас прямо в розарий.

В розарии стояла тишина, воздух был напоен благоуханием. Они расположились на скамейке, стоявшей на самом солнце, и принялись ждать. Генри то и дело вскакивал и ходил по узким, усыпанным гравием дорожкам между клумбами с розами. Несколько раз он начинал грызть ногти, но спохватывался и прятал руки в карманы.

Наконец издали до Честити донесся резкий голос Памелы Грэм. Девушка встала и кивнула Генри.

— Возьмите меня под руку и пойдемте к калитке. Постарайтесь сделать удивленный вид, как будто встреча с Амелией и ее воспитанницей явилась для вас приятной неожиданностью.

— Я постараюсь, — прошептал он.

Амелия открыла маленькую железную калитку, не обращая внимания на протесты своей подопечной.

— Я не хочу идти туда, мисс Уэсткотт. Я не люблю цветы. Вы обещали, что мы поищем с вами качели.

— Обязательно поищем, Пэмми, — спокойно сказала Амелия. — Но прежде я хочу показать тебе купальню для птиц в центре розария. Она сделана в виде дельфина.

Ее взгляд упал на приближавшуюся к ней пару, и она побледнела и покачнулась, но тут же взяла себя в руки.

— Мисс Уэсткотт, какая приятная встреча! Сегодня чудесный день, не правда ли? — Честити улыбнулась и протянула руку. — Могу я представить вам мистера Франклина?

— Мы с мистером Франклином уже знакомы, — тихо проговорила Амелия, протягивая руку сначала Честити, а потом Генри.

— Он учил меня играть на пианино, — объявила Памела. — Почему вы в Лондоне, мистер Франклин? Вы что, собираетесь снова учить меня музыке? — с ужасом спросила она.

— Нет, Памела, — ответил Генри, и этот наивный детский вопрос помог ему справиться с волнением.

Он обнаружил, что все еще держит Амелию за руку, и поспешно выпустил ее.

Честити наклонилась к девочке:

— Памела, вероятно, ты не помнишь меня. Я подруга твоей мамы. И твоего дяди, — невозмутимо добавила она.

— Дяди Макса?

— Да, он иногда приходит к нам в гости.

— Мне кажется, я видела мистера Энсора с мисс Дункан на днях, — заметила Амелия удивительно спокойным голосом.

— Да, они старые знакомые, — подтвердила Честити.

Романтические ожидания Честити вполне оправдались, когда она увидела, каким взглядом обменялись Генри и Амелия, когда их руки случайно соприкоснулись.

— Я хочу пойти к пруду, — заявила Памела, нетерпеливо пританцовывая на месте.

— Я пойду с тобой, — вызвалась Честити. — Мне нравится пускать щепочки по воде. Мы с тобой поиграем в одну игру.

Она взяла девочку за руку и повела ее за собой, стараясь не оглядываться на влюбленную пару.

Когда спустя некоторое время они вернулись в розарий, то обнаружили там одну лишь Амелию.

— Я уже собиралась идти искать вас, — сказала Амелия. Она слегка раскраснелась, и Честити заметила, что в глазах у нее стояли слезы. — Мистер Франклин — очень приятный джентльмен.

— Да, и как удивительно, что мы обе оказались знакомы с ним! — откликнулась Честити. — Памела, посмотри, какая красивая бабочка! Вон там, на желтой розе! — Честити показала на бабочку-адмирала, которая сидела на цветке шагах в десяти от них. Памела побежала к бабочке, а Честити снова повернулась к Амелии: — Все в порядке?

— О да. Все чудесно. Но... но должна признаться, меня несколько беспокоит, что в это дело впутали мистера Энсора.

— Не волнуйтесь. Он сделает все, что захочет Констанция, — уверяла Честити, отлично понимая, что это, вероятно, не совсем так. — Он ничего не знает о вас с Генри, а когда вы поженитесь, это уже не будет его касаться.

— Надо полагать, так оно и будет, — со вздохом согласилась Амелия. Потом лицо ее посветлело. — Он подарил мне кольцо в честь помолвки. Такое прелестное кольцо.

— А в четверг к нему добавится обручальное кольцо, — сказала Честити, обняв Амелию. — Нам нужно найти подходящее жилье для Генри.

— Мне кажется, что Генри сам в состоянии справиться с этим, — тихо сказала Амелия. — Вы и ваши сестры уже достаточно много для нас сделали.

— Что ж, если вы так полагаете, — отозвалась Честити. — Мы вовсе не хотим вмешиваться.

Амелия положила руку ей на плечо:

— Когда мы поженимся, Генри возьмет на себя все обязанности главы семейства, уверяю вас.

— Я нисколько не сомневаюсь, — поспешно заверила ее Честити. — Вчера вечером он играл для нас. Это было восхитительно.

— Да, это восхитительно, — улыбнулась Амелия. Она минуту помолчала, словно вспоминая о чем-то, потом позвала: — Пойдем, Пэмми, нам пора возвращаться.

В среду днем на столе в холле стоял огромный букет роз со срезанными шипами и аккуратно завернутыми в папиросную бумагу стеблями. Честити хлопотала вокруг них, то сортируя их по цветам, то снова перемешивая.

— Это очень эксцентрично — раздавать гостям розы, — заметила она, ставя единственную белую розу немного в стороне от других.

— Это прелестная выдумка, — решительно заявила Пруденс. — Гости будут очарованы ею. Единственное, что меня беспокоит, — это то, что Миллисент подведет нас. Мы знаем, что Аноним придет, потому что он заплатил за это. Но вдруг Миллисент передумает, или у нее разболится голова, или ей помешают какие-нибудь важные дела?

— Давайте решать проблемы по мере их возникновения, — немного рассеянно проговорила Констанция. Она читала письмо, которое только что доставили. — Макс приносит свои извинения, но он не сможет приехать к нам сегодня днем. Он приглашает меня поужинать с ним сегодня в палате общин.

— Ты пойдешь?

Констанция бросила на нее выразительный взгляд, без слов говоривший, что этот вопрос вряд ли нуждается в ответе.

— Надень зеленое с черным шелковое платье, — со смехом предложила Пруденс. — Оно смотрится на тебе сногсшибательно.

— И мамины бриллианты, — добавила Честити. — С той роскошной изумрудной шалью.

— Как скажете, — согласилась Констанция. — Не буду с вами спорить.

Она направилась в сторону гостиной, но в это время раздался звонок в дверь.

— Не забудьте, Дженкинс, — напомнила она. — Белая роза для мисс Хардкасл.

— Я помню, мисс Кон, — ответил многострадальный дворецкий и направился к двери.

Сестры обменялись улыбками.

— Я пойду спрячусь, — сказала Честити. — Желаю вам удачи.

Она скрестила пальцы на счастье и направилась наверх, чтобы там ждать, чем все закончится. Ее сестры поспешили в гостиную, чтобы занять свои места и подготовиться к приему гостей.

Аноним прибыл ровно в половине третьего. Он вручил свою карточку Дженкинсу, объяснил причину своего прихода, после чего его проводили в гостиную. Там уже собралась небольшая группа гостей, которые вполголоса беседовали между собой. У всех женщин к корсажам были прикреплены свежесрезанные розы. Ему было достаточно одного взгляда, чтобы обнаружить, что белой розы среди них нет.

Дженкинс объявил:

— Артур Мелвин, эсквайр.

Констанция шагнула ему навстречу и обратилась к нему слегка вопросительным тоном:

— Мне кажется, я не имела удовольствия встречаться с вами прежде. Я — Констанция Дункан.

— Я прошу извинить меня за вторжение, — сказал Аноним. — Насколько мне известно, лорд Джерси собирался заехать к вам сегодня, а у меня к нему срочное дело.

Констанция огляделась по сторонам:

— Мне жаль, но он еще не появлялся. Может быть, он появится чуть позже. Позвольте познакомить вас с моей сестрой. Я надеюсь, вы выпьете с нами чаю.

Она представила его Пруденс и обменялась с ней выразительным взглядом. Миллисент все еще не было. Аноним, уже переставший быть таковым, немного беспокойно оглядывался по сторонам, но когда его представляли остальным гостям, манеры его были безупречны.

— Мисс Хардкасл, мисс Дункан, — объявил Дженкинс, появляясь в дверях, и в гостиную вошла Миллисент с белой розой, прикрепленной к корсажу.

— Констанция, Пруденс, простите, что приехала так поздно, — сказала она, подходя к сестрам и протягивая им руки. — У одной из горничных разболелся зуб, и мне пришлось отвезти ее к дантисту, чтобы удалить его. Она ужасно боялась ехать одна.

Миллисент нельзя было назвать ни дурнушкой, ни привлекательной, но у нее было кроткое лицо. Для понимающего человека это многое говорило о ее характере. Ей было уже за тридцать, и она почти примирилась с общим убеждением, что ей уже не удастся найти себе мужа. По крайней мере она делала вид, что примирилась, чтобы сохранить достоинство, — ведь нет ничего хуже, чем вызывать всеобщую жалость. Но в глубине души она мечтала о собственном доме, вдали от больной матери, которая была непревзойденной мастерицей в искусстве использования своих многочисленных болезней для того, чтобы манипулировать дочерью. Миллисент иногда мечтала о собственном ребенке, домике в деревне и спокойном, непритязательном муже. Но она держала эти мечты при себе.

Сестры тепло поприветствовали ее, и она повернулась к остальным гостям. Артур Мелвин стоял чуть в стороне, держа в одной руке чашку с чаем, а в другой — тарелку с куском пирога и наблюдая за тем, как Миллисент обменивалась приветствиями со знакомыми и с видом искренней заинтересованности справлялась об их здоровье.

Артур обратил внимание на ее костюм: аккуратный и очень простой жакет с юбкой из коричневой саржи. На ней была подходящая по цвету шляпка, украшенная фазаньим пером. Ее одежда была скорее практичной, чем элегантной. Ему понравились ее мягкий голос и манеры, говорившие о том, что она очень скромна и имеет склонность к уединению. Принимая все это во внимание, на первый взгляд мисс Хардкасл показалась ему как раз той женщиной, которую он искал. Он подошел к пианино, рядом с которым мисс Дункан беседовала с очень молоденькой девушкой.

— А, мистер Мелвин. — Констанция улыбнулась ему. — Могу я предложить вам еще чаю?

— Нет, благодарю вас. — Он поставил чашку с тарелкой на пианино. — Я хотел попросить вас представить меня мисс Хардкасл.

— О, разумеется, — ответила Констанция. — Она такая приятная женщина.

Она подвела его к Миллисент, представила, после чего удалилась и оставила их одних.

— Как, на твой взгляд, продвигаются дела? — тихо спросила ее Пруденс спустя полчаса.

— Не знаю. Но они все еще разговаривают, — прошептала в ответ Констанция. — По-моему, мы отработали наш гонорар.

Глава 16

Констанция накинула на обнаженные плечи изумрудную шелковую шаль и потрогала пальцами бриллиантовое колье, обвивавшее ее шею.

— Тебе не кажется, что бриллианты — это чересчур?

— Вовсе нет, — объявила Пруденс. — Но диадема была бы уже лишней, поскольку это всего лишь обычный ужин.

— Это утешает, — сказала сестра. — Я боялась, что ты станешь настаивать на том, чтобы я надела и диадему.

— Если бы ты отправлялась на бал, я бы настаивала. — Пруденс застегнула бриллиантовый браслет на руке сестры повыше локтя, чтобы его не закрывали длинные перчатки. — Пусть Чес закончит твою прическу.

Констанция села у зеркала и принялась критически наблюдать за тем, как Честити завязывает черную бархатную ленту вокруг низко уложенного пучка.

— Этот стиль очень тебе идет. — Честити высвободила несколько прядей, чтобы они обрамляли лоб и несколько смягчали строгость прически. — А его простота лишь подчеркивает изящество туалета и украшений.

Констанция поднялась со стула и критически осмотрела свое отражение в зеркале. Ее платье было из светло-зеленого шелка с изящно вышитым черным узором филигранной работы. Черные шелковые перчатки, веер из слоновой кости и расшитая бриллиантами сумочка довершали ансамбль.

— По-моему, я выгляжу недотрогой, — заметила она.

— Скорее загадочной и волнующей, — рассмеялась Пруденс. — Чего еще может желать мужчина?

— В величественных залах палаты общин ум мужчины должен быть сосредоточен на более серьезных вещах, — с праведным видом объявила Констанция. — Я не хочу отвлекать его.

— Если ты хочешь успеть вовремя, тогда пора выходить. — Честити направилась к дверям. — Кобем, должно быть, уже ждет тебя.

Констанция последовала за ней, в то время как Пруденс на ходу продолжала поправлять ее шаль.

— Надеюсь, что вам предстоит не очень скучный вечер. Меня мучает совесть, что я оставляю вас наедине с Генри и папой.

— О, все будет хорошо, не думай об этом, — сказала Пруденс, легко подталкивая ее к дверям. — Папа никогда не бывает невежлив с посторонними, даже если они раздражают его. А как только Генри сядет играть после ужина, готова поспорить, что папа ускользнет в свой клуб.

Констанции нечего было на это возразить, да она и не хотела возражать. Сестры вышли вместе с ней на улицу, где Кобем ждал с экипажем.

— Если ты надумаешь загулять на всю ночь, — Пруденс понимающе улыбнулась, — постарайся вернуться завтра к свадебной церемонии.

Констанция не удостоила ее ответом. Она села в экипаж и откинулась на сиденье. Кобем тронулся с места, и они неспешно проследовали по Уайтхоллу в сторону здания парламента. Она вышла из экипажа у ворот палаты общин, и стоявший на страже полицейский инспектор подошел к ней и вежливо поздоровался:

— Мисс Дункан, мистер Энсор предупредил нас о вашем приезде. Он ждет вас на террасе. Один из моих людей проводит вас.

Он указал на полицейского, который церемонно поклонился и повел Констанцию по длинным каменным коридорам, пока они не очутились на террасе, выходившей на Темзу.

Макс стоял посреди группы людей возле балюстрады. Едва завидев Констанцию, он быстрым шагом направился к ней.

— Констанция.

Он взял ее руку и поднес к губам. Такое приветствие было несколько необычным, но оно вполне соответствовало окружавшей их обстановке и строгости ее туалета.

— У меня дыхание захватывает при виде тебя, — прошептал он ей на ухо, когда брал под руку. — Мы обедаем не одни, поскольку здесь косо смотрят на женщин, появляющихся без провожатых. Но я надеюсь, что общество, которое соберется за обедом, тебе понравится.

Констанция ожидала, что так будет. Одно дело — обедать наедине с мужчиной, который не является ни родственником, ни женихом, где-нибудь в ресторанчике на Кенсингтон-Черч-стрит, и совсем другое — в этом бастионе мужского шовинизма.

Девушку тем не менее удивило, что за столом рядом с ней оказались премьер-министр и трое наиболее влиятельных членов кабинета министров, причем все они были с женами. Внезапно ей пришла в голову мысль, что ее оценивают — станет ли она подходящей женой для начинающего многообещающего политика. В этих кругах жена играла очень большую роль. Она могла сделать мужу карьеру, а могла и погубить ее.

Когда они разместились за большим круглым столом в обеденном зале, Констанция бросила испытующий взгляд на Макса. Он ответил ей ничего не выражавшей улыбкой и обратился с каким-то замечанием к даме, сидевшей справа от него. Констанция тоже вступила в беседу с легкостью, которая достигается воспитанием и привычкой. Главным в таких беседах было не сказать ничего мало-мальски важного и никоим образом не выдать своих собственных мнений и чувств.

Ее вилка застыла в воздухе, когда до нее внезапно донесся голос жены министра финансов:

— Как всегда говорит Асквит, мужчина есть мужчина, а женщина есть женщина. Парламент не в силах сделать их одинаковыми.

Дама резко закрыла веер, а на ее щеках появился негодующий румянец. Констанция поймала предостерегающий взгляд Макса и снова принялась за свой ростбиф. Итак, ей уже затыкают рот. Ее политические убеждения могут поставить его в неловкое положение. Ну что ж, пусть будет так. В любом случае собравшиеся за этим столом вряд ли станут подходящей аудиторией для страстных речей в защиту женского равноправия. И подобными неуместными речами она не завоюет ни друзей себе, ни последователей своему делу.

Но предостережение Макса ее задело. Он сопровождал ее на собрание женского союза. Он познакомился с Панкхерстами. Он знал, с какой страстью она придерживается своих убеждений. И если бы он испытывал хоть малейшее уважение к этим убеждениям, он не мешал бы ей выносить их на обсуждение.

По знаку жены премьер-министра дамы поднялись и направились в гостиную, оставив мужчин наслаждаться портвейном и сигарами, пока женщины сплетничают, поправляют макияж и пьют кофе.

Констанция приготовилась к допросу.

— Как давно вы знакомы с мистером Энсором, мисс Дункан? — спросила леди Кемпбелл-Баннерман, устраиваясь с чашкой кофе на диване.

— Несколько недель, — ответила Констанция. — Я хорошо знаю его сестру, леди Грэм.

— О да, конечно. Очаровательная женщина. Насколько мне известно, ее муж регулярно посещает заседания палаты лордов.

— Несомненно.

Констанция медленно, мелкими глоточками пила свой кофе. Она казалась совершенно спокойной, ничто не выдавало того, что вся она была словно натянутая струна в ожидании дальнейших расспросов.

— Лорд Дункан, кажется, тоже очень ответственно относится к своим парламентским обязанностям.

— Мой отец регулярно посещает заседания, — подтвердила Констанция.

— А вы, мисс Дункан? Вы интересуетесь политикой?

— Очень. — Улыбка Констанции стала почти хищной.

— По-моему, женщинам не слишком подобает интересоваться политикой. Даже тем, чья домашняя жизнь подчинена политической деятельности их мужей, — заметила леди Асквит. — Наша роль заключается в том, чтобы создать для них спокойную, уютную обстановку, помогающую им в этой деятельности.

— О да, нам приходится делать все возможное, чтобы их ни в малейшей степени не касались домашние хлопоты и заботы, — доверительно сказала одна из дам, наклонившись к Констанции и похлопав ее по руке. — Наши мужья выполняют важную работу для нашей страны. Для нас большая честь — помогать им.

Констанция ответила слабой улыбкой.

— В конце концов, это меньшее, что мы можем сделать, в то время как нам выпало счастье иметь мужей, которые могут принимать решения за нас для нашего же блага. Вы так не думаете, мисс Дункан?

— Нет, — возразила Констанция, отставляя в сторону свой кофе. — Нет, мадам. Я вовсе так не думаю. Я не считаю честью и счастьем то, что решения за меня принимают мужчины по той лишь причине, что они родились мужчинами. Я считаю, что сама вполне способна принимать решения, которые пойдут мне во благо.

Последовало оцепенелое молчание. Одна Констанция, казалось, оставалась совершенно невозмутимой. Она подождала несколько мгновений, потом, когда стало ясно, что ответа на ее слова не последует, поднялась, пробормотала извинение и направилась на террасу.

Проходя мимо небольшого кабинета, примыкавшего к обеденному залу, она услышала голос Макса. Она остановилась в нерешительности, не желая входить, так как подозревала, что это было одно из помещений, вход куда для женщин был закрыт. Скорее всего так оно и было, поскольку в здании парламента было очень мало мест, куда допускали женщин. И даже Констанция не рискнула бы нарушить эти правила.

Он говорил в полный голос, так же как и его собеседники — премьер-министр и Асквит. И, едва услышав первые слова, Констанция стала подслушивать без всяких угрызений совести.

— В парламент явится депутация с петицией, — сказал Макс. — Я не знаю, когда, дата еще не установлена.

— Нам следует отказаться принимать петицию, — произнес Асквит. — Если мы примем петицию, это придаст некоторую легитимность их движению.

— Это, безусловно, так, — отозвался Макс. — Но это приведет их в ярость. — Он коротко рассмеялся. — Я видел этих женщин в действии, премьер-министр, и они страстно преданы своему делу. Мне кажется, что лучше всего будет вести политику умиротворения. Мы примем петицию, но ничего делать не станем.

«Я видел этих женщин в действии»! Констанция едва сдерживала ярость. Чтобы не выдать своего присутствия, она так крепко сжала кулаки, что ее ногти впились в ладони даже сквозь перчатки. Как мог он говорить так небрежно? Как смел он не принять всерьез ее признания о страстной приверженности борьбе женщин за равноправие? Она пыталась изменить его мнение о суфражистках, но в то же время ей хотелось поделиться с ним своими сокровенными тайнами, потому что она считала, что это пойдет на пользу их отношениям. И как он поступил с ее откровенными признаниями? Посмеялся над ними и использовал для борьбы против союза.

— Я буду держать вас в курсе событий, — говорил тем временем Макс. — Вероятно, мне удастся узнать подробности об их следующем шаге до того, как они станут всеобщим достоянием. Это даст нам время для того, чтобы спланировать ответные действия.

— Прекрасно. Как говорят, предупрежден — значит, вооружен.

Констанция тихонько отошла от дверей кабинета. Ей хотелось немедленно уехать, но осторожность подсказывала, что нужно остаться. Она не хотела, чтобы Макс узнал о том, что она подслушала их разговор, пока она не решит, как поступить. Холодный голос рассудка подсказывал ей, что действовать поспешно или под влиянием гнева всегда неразумно. Предательство Макса заслуживало более хитроумной мести. Пока злость заглушала ее боль, но эта боль обещала быть жестокой. Она позволила себе слишком сблизиться с ним. Она уже начала подумывать о любви, о будущем. А вместо этого натолкнулась на предательство.

На террасе свежий воздух немного охладил ее разгорячившиеся щеки и прояснил мысли, и, когда Макс подошел к ней, она смогла встретить его улыбкой.

— Я и не знал, что ты здесь совсем одна, — сказал он, останавливаясь рядом с ней и облокачиваясь на парапет.

Было время прилива, и, несмотря на поздний час, по реке плыли груженые баржи, направлявшиеся в доки.

— Мои собеседницы вызвали у меня раздражение, — напрямик заявила она.

— А! — Он покачал головой. — Этого я и боялся.

— Тогда зачем ты пригласил меня? Разве ты не боялся, что я поставлю тебя в неловкое положение?

— Нет, — с искренним удивлением ответил он. — Вовсе нет. Как тебе пришла в голову подобная мысль?

Она пожала плечами:

— Не знаю. Я устала, Макс. У меня был довольно трудный день.

Он испытующим взглядом посмотрел на нее. Констанция редко уставала. Она всегда была полна энергии. И все же сегодня она и вправду казалась немного поникшей. Он подумал, что, может быть, это было как-то связано с ее циклом. Он довольно часто замечал, как в определенное время месяца самые уравновешенные и разумные женщины становились нервными и легко возбудимыми.

Констанцию удивляло, что он мог стоять здесь, разговаривать с ней и вести себя в точности как всегда, в то время как сам только что перед этим обсуждал, как будет обманывать ее, словно это было самым нормальным, единственно приемлемым образом действий. В это почти невозможно было поверить. Но она слышала то, что слышала. Ее первое впечатление о Максе Энсоре было правильным, а она позволила своим эмоциям одержать верх. «Типично женское поведение», — с отвращением к себе подумала она.

Она почувствовала, что больше не в состоянии ни минуты находиться в его обществе, и резко сказала:

— Пожалуйста, извинись за меня. Я плохо себя чувствую. Я возьму кеб.

— Нет, я сам отвезу тебя домой. У тебя есть накидка?

— Нет.

Она поплотнее завернулась в шаль. Не было возможности вежливо отклонить его предложение, а вступать с ним в конфликт она не была еще готова.

Макс не пытался поддерживать разговор. В кебе он положил руку ей на плечо, но, когда она передернула плечами, тут же убрал ее. Он не мог представить, что могло быть не так между ними, следовательно, все было нормально. Она просто устала. У нее наступили критические дни. И ничего больше.

Он проводил ее до дверей и наклонился, чтобы поцеловать. Она повернула голову, так, что вместо губ он коснулся губами ее щеки.

— Наверное, у тебя болит голова, — сочувственно произнес он. — Я все понимаю.

Констанция удивленно уставилась на него. Понимает? Что понимает? Как он может понимать? И тут, увидев на его лице сочувственную, но в то же время немного высокомерную улыбку, она догадалась, что он имел в виду. Как это типично по-мужски! Он мог найти только одно объяснение тому, почему она так внезапно отдалилась от него.

Макс колебался, не зная, нужно ли еще что-нибудь сказать, чтобы нарушить внезапно повисшую между ними тишину, и пока он раздумывал, она пожелала ему спокойной ночи и, открыв дверь своим ключом, вошла в дом.

Макс, нахмурившись, постоял немного на тротуаре, потом покачал головой и зашагал прочь, не подозревая, что Констанция следила за ним в окно.

Констанция направилась в гостиную, где, как она знала, сестры ждали ее возвращения.

— Что, черт побери, с тобой случилось? — воскликнула Пруденс, едва Констанция появилась на пороге.

— Кон, у тебя такой вид, будто ты увидела привидение, — озабоченно сказала Честити. — Ты не заболела?

— У меня тяжело на сердце, — с горькой улыбкой призналась Констанция. — Я такая дура! Так гордилась тем, какая я умная, как могу перехитрить любого, особенно любого мужчину, а попалась на самую старую в мире приманку! Несчастная простофиля!

Она налила себе в бокал коньяку и встала возле незажженного камина, поставив на решетку элегантно обутую ножку.

— Мне кажется, будет лучше, если ты расскажешь все по порядку, — предложила Пруденс. — Я полагаю, это имеет какое-то отношение к Максу?

— Самое прямое.

Пока она рассказывала им, они слушали ее в оцепенелом молчании.

— И знаете, что? — Констанция усмехнулась, заканчивая свой рассказ. — Он решил, что моя внезапная холодность объясняется тем, что у меня наступили критические дни. Как вам это понравится?! — Она с горечью рассмеялась и залпом выпила коньяк.

— Что ты теперь собираешься делать? — спросила Пруденс, решив оставить проявления сочувствия Честити, которая со слезами на глазах уже обнимала сестру. Констанция нуждалась не только в сочувствии, но и в практической помощи.

Констанция высвободилась из объятий Честити, порылась в сумочке и достала носовой платок. Она вытерла глаза с таким решительным видом, словно этим движением отбрасывала все ненужные эмоции.

— Я собираюсь нанести удар, — заявила она. — На страницах «Леди Мейфэра». Если мы отнесем материал в типографию завтра утром, войдет он в субботнее издание, как ты думаешь, Чес?

— Должен войти, — ответила сестра. — Сэм обычно очень сговорчивый. Если необходимо, он добавит лишнюю страницу.

— Отлично, — сказала Констанция. — Макс Энсор даже не поймет, откуда нанесен удар.

— Хорошая идея, — согласилась Пруденс. — Но тебе не кажется, что сначала надо поговорить с ним о том, что ты услышала?

— Нет. — Констанция решительно покачала головой. — Я буду избегать его, пока не напечатают статью. Если я случайно встречусь с ним, то буду только улыбаться. Я хочу застать его врасплох, а затем нанести удар. Совершенно неожиданный и сокрушительный! — Она мрачно улыбнулась. — А ближайшие день-два я проведу в уединении из-за моих женских дел. — Ее мрачная улыбка сменилась саркастической. — А вы пока можете немного поразвлечься на этот счет. Если он явится с визитом, можете позволить себе сделать пару тонких намеков, чтобы подтвердить его предположения. Может быть, я даже спрячусь за портьерами, чтобы за всем этим понаблюдать.

— Ты не сделаешь ничего подобного, если хочешь, чтобы мы выглядели убедительно, — заявила Пруденс, но в глазах ее вспыхнули озорные огоньки. — Но я согласна, это может оказаться весьма забавным. Ты не находишь, Чес?

Но Честити, похоже, эта перспектива забавляла меньше, чем ее сестер. Она озабоченно нахмурилась.

— Ты собираешься назвать его имя в статье? — спросила она.

— О нет, Чес. — Улыбка Кон снова сделалась мрачной. — Я просто позабочусь о том, чтобы по некоторым намекам было легко опознать этого достопочтенного джентльмена... вот уж действительно, достопочтенного! — Она с негодованием покачала головой, потом снова наполнила свой бокал. — А вы отправляйтесь в постель. Я слишком возбуждена, чтобы спать, так что лучше поработаю над статьей.

Она направилась к секретеру, держа в руке бокал.

— Если ты уверена... — с сомнением произнесла Честити.

— Совершенно уверена. Мое общество вряд ли сейчас доставит удовольствие кому-либо. К тому же я хочу успеть написать статью и сдать ее в типографию до того, как они сверстают следующий номер. — Она села и придвинула к себе стопку бумаги. — Кстати, как там Генри?

— Он перепуган, как бездомный котенок, — сказала Пруденс. — За ужином он едва проронил несколько слов, несмотря на все попытки отца расшевелить его. А после ужина сел поиграть нам. Отец вежливо слушал его с полчаса, потом извинился и уехал в свой клуб. А в одиннадцать мы отправили Генри спать. Если бы я позволила, Чес сама уложила бы его да еще одеяло бы подоткнула.

Констанция рассеянно улыбнулась:

— Значит, мы сможем доставить его завтра в Кэкстон-Холл?

— Без сомнения, — заверила ее Пруденс. — А после этого пусть Амелия нянчится с ним. — Она взялась за ручку двери и помедлила в нерешительности. — Ты уверена, что с тобой все в порядке?

— Совершенно уверена, — ответила Констанция, принимаясь за работу.

Ее сестры обменялись взглядами, потом пожелали ей спокойной ночи и вышли из комнаты.

Было уже около трех часов, когда Констанция наконец отложила перо, довольная результатом своих трудов. Если в эту минуту у Макса Энсора не горели уши, это было бы странно. Страшная усталость накатилась на нее. Констанция поднялась и зевнула. Она уже не чувствовала обиды, только злость. И удовлетворение оттого, что смогла найти выход этой злости.

В глубине души она понимала, что просто боится думать о полученной ране. Было легче пока что винить себя за то, что она пошла против своих инстинктов, и злиться на Макса за его предательство. Боль придет позже. Она отправилась в спальню и, к собственному удивлению, крепко проспала до самого утра.

Ее разбудила Честити, тихо вошедшая в комнату с подносом в руках. Она поставила поднос на туалетный столик и раздвинула портьеры на окнах, впуская в комнату серый холодный свет.

— Бог мой, — пробормотала Констанция, — не слишком радостная погода для свадьбы.

— Хорошо хотя бы, что нет дождя, — сказала Честити, наливая чай и ставя перед ней поднос. — Ты долго спала.

— Я работала допоздна. — Констанция села и с признательной улыбкой взяла с подноса чашку с чаем. — Как раз то, что мне было нужно, Чес.

Честити, держа в руках чашку с чаем, села на краешек кровати.

— Пру понесла твою статью в типографию, потом она собирается зайти в цветочный магазин. Мы решили, что Генри вставит в петлицу красную розу, а мы все прикрепим к корсажу белые. А для Амелии сделаем маленький букет из розовых роз и, возможно, ландышей. Что-нибудь милое и свежее. Пру знает толк в цветах.

— А какого цвета будет платье у Амелии?

— Черного.

— Черного? — Констанция подняла брови. — Но почему?

Честити хмыкнула:

— Амелия прислала записку с сообщением, что ей разрешили задержаться на лишний час сегодня вечером. Мило со стороны Летиции, ты не находишь?

— Очень мило, — согласилась Констанция. — Что побудило ее проявить такое великодушие? Умирающая мать?

— Почти, — ответила Честити. — Похороны горячо любимой тетушки.

— Поэтому Амелия будет в черном, — рассмеялась Констанция, но в ее смехе не было веселья. — По крайней мере к черному подойдут любые цветы. — Она протянула Честити свою чашку, чтобы та налила ей еще чаю. — Церемония состоится в четыре?

— В половине пятого, чтобы дать Амелии время добраться туда. Она не сможет уйти из дому раньше четырех. Пру и я привезем Генри. Мы решили, что сопровождать Амелию будешь ты, поскольку вы сестры по политической борьбе. —

Честитти улыбнулась. — Ты будешь самой подходящей подружкой невесты. А мы будем играть роль шафера.

Констанция слегка нахмурилась:

— Меня мучает совесть, что вся забота о Генри легла на ваши плечи.

— О, не переживай об этом. — Честитти поднялась. — Пру и я доставим Генри. А ты встретишь Амелию в четыре часа возле дома Грэмов и проводишь ее в Кэкстон-Холл. Потом мы отправимся на торжественный чай в «Клариджез»*. Мы заказали отдельную комнату, чтобы не нарваться на кого-нибудь из знакомых. Будет несколько неловко столкнуться с Летицией или Максом, ты не находишь?

— Крайне неловко, — сухо согласилась Констанция.

Честитти продолжала:

— После этого у них будет несколько часов, чтобы... чтобы...

— Чтобы консуммировать брак, — закончила за нее Констанция. — Где они собираются это сделать?

— Генри нашел меблированные комнаты на Бейсуотер-роуд. Достаточно дешево, но он говорит, что там чистенько и вполне респектабельно. Он собирается поселиться там на то время, пока не найдет постоянного жилья. Очевидно, Макс дал ему аванс, чтобы помочь обустроиться.

При упоминании Макса лицо Констанции помрачнело.

— Ну что ж, по крайней мере он может быть щедрым, — признала она.

— Я пойду, а ты вставай, — сказала Честитти.

Констанция откинула одеяла.

— Я спущусь через полчаса.

Честитти кивнула и вышла из комнаты, прихватив поднос.

Констанция с рассеянным видом принялась изучать содержимое своего гардероба. Ей нужно было найти что-нибудь подходящее для гражданской церемонии бракосочетания и последующего за ним скромного застолья. Наконец ее выбор остановился на светло-сером костюме из чесучи и темно-зе-

---

* Одна из самых известных лондонских гостиниц высшего класса.

леной шелковой блузке. Она заплела волосы в косу, уложила их в пучок низко на шее и направилась вниз. Она была уже на середине лестницы, когда из открытых дверей гостиной до нее донесся голос Макса.

Она остановилась как вкопанная и услышала, как Пру произнесла заговорщическим тоном:

— Мне очень жаль, Макс, но Кон не очень хорошо себя чувствует сегодня. Немного болит живот, ну, ты понимаешь.

— Да, и голова, — поддержала ее Честити. — Это так утомительно, — с тяжелым вздохом добавила она. — А Кон переносит это хуже, чем мы.

— Понимаю.

Он кашлянул, и Кон улыбнулась. Было очевидно, что его привели в смущение эти откровения.

— Она плохо себя чувствовала вчера вечером, — проговорил он, кашлянув еще раз. — Я подумал, возможно, это из-за того, что... ну в общем... я понимаю.

Несмотря на то что Констанция была в восторге от его замешательства, при звуке его мягкого, бархатного голоса у нее по спине побежали мурашки. Физическое желание, похоже, было непобедимо, способно устоять даже перед предательством.

— Засвидетельствуйте ей мое самое глубокое почтение, — сказал Макс, и его голос звучал все громче, по мере того как он приближался к дверям. Констанция поспешно взбежала вверх по лестнице, чтобы ее нельзя было увидеть из холла. — Я заеду завтра. Надеюсь, она будет чувствовать себя лучше.

— О, боюсь, это продлится несколько дней, — томно произнесла Честити. — В такое время Констанция старается не выходить из дома.

Констанция с трудом подавила смешок. В тех редких случаях, когда Честити позволяла себе эпатировать окружающих, ей не было равных. Констанция почти пожалела Макса, который быстрым шагом пересек холл и поспешно вышел в дверь, распахнутую перед ним невозмутимым Дженкинсом.

— Чес! — воскликнула Констанция, сбегая по лестнице. — Это вовсе не было тонким намеком.

— Это и не задумывалось как тонкий намек, — с вызовом заявила Честити. — Он это заслужил.

— По крайней мере теперь в ближайшие несколько дней он не станет ломиться к нам в дом, — сказала Пруденс. — Кон, ты собираешься позавтракать или подождешь до ленча?

— Я подожду. Мне что-то не очень хочется есть. Я хочу показать вам мою статью, и нам нужно решить, где ее разместить. Она получилась довольно длинной, поэтому придется переверстать весь макет.

— В таком случае я принесу кофе в гостиную, мисс Кон, — сказал Дженкинс, который внимательно все выслушал и сделал собственные выводы.

— Да, пожалуйста, Дженкинс. И если миссис Хадсон испекла эти маленькие кокосовые пирожные, можно принести и их тоже? — попросила Честити, взбегая вверх по лестнице.

— Я посмотрю, что там есть, мисс Чес. — Дженкинс немного поколебался, потом спросил: — Должен ли я понять, что мы больше не желаем принимать мистера Энсора, мисс Кон?

После недолгой паузы Констанция ответила:

— Напротив, Дженкинс, в настоящий момент мы рады его видеть. Я вам гарантирую, что через несколько дней он сам больше не захочет переступить порог нашего дома.

Дженкинс слегка приподнял одну бровь:

— Понимаю. — И с невозмутимым видом направился в сторону кухни.

В половине четвертого Констанция вышла из дому и села в омнибус, идущий в сторону Парк-лейн. Дойдя до дома Грэмов на Албермарл-стрит, она принялась неторопливо прохаживаться по противоположной стороне улицы, надеясь, что Амелия появится раньше, чем кто-нибудь из любопытных соседей обратит внимание на даму со свадебным букетом, бесцельно слонявшуюся взад-вперед по улице.

Ровно в четыре часа из дома вышла Амелия, одетая во все черное, со скрытым под густой черной вуалью лицом. Она немного помедлила, оглядываясь по сторонам, потом заметила Констанцию и, не подав виду, что они знакомы, поспешно направилась в сторону Парк-лейн. Констанция последовала за ней.

Добравшись до Парк-лейн, Амелия остановилась, и Констанция подошла к ней. Они все еще продолжали делать вид, будто не знакомы друг с другом. Констанция остановила наемный экипаж и сказала кебмену: «Кэкстон-Холл». Она села в экипаж, и Амелия последовала за ней.

Когда они наконец остались наедине в полумраке экипажа, Амелия подняла вуаль.

— У меня сердце выпрыгивает из груди, — призналась она. — Я все еще не верю, что это действительно произойдет.

— Все будет хорошо, — сказала Констанция, взяла ее руку и крепко сжала в своей. — Генри не подведет, к тому же с ним будут мои сестры.

Амелия едва заметно улыбнулась:

— Бедный Генри! Попал в руки таких волевых женщин.

— Это лучше, чем плясать под дудку отца-самодура.

— Верно. — Амелия откинулась на подушки. — Вот уж не думала, что появлюсь на собственной свадьбе, одетая в глубокий траур... хотя, — она усмехнулась, — я вообще не думала, что у меня когда-нибудь будет свадьба.

Констанция вручила ей букет:

— Может быть, это навеет вам более веселые мысли.

Амелия взяла букет и с наслаждением вдохнула нежный аромат цветов.

— Вы и ваши сестры успеваете позаботиться обо всем. Не могу выразить, как я вам благодарна.

— Не стоит благодарности, — беззаботно ответила Констанция. — Думайте только о том, что через час вы станете замужней женщиной. — Она ободряюще улыбнулась Амелии, которая была очень бледна. — А через семь месяцев у вас появится законнорожденный ребенок. Генри к тому времени будет преуспевающим личным секретарем члена парламента, и вы отвезете ребенка познакомиться с дедушкой, и Джастис Франклин обнимет своего внука, признает невестку и примет сына обратно в лоно семьи.

Амелия повернулась и внимательно посмотрела на Констанцию:

— Вы действительно такая оптимистка или просто притворяетесь?

После минутного колебания Констанция ответила:

— Когда дело касается мужчин, я далеко не оптимистка.

— Я так и думала, — сказала Амелия. — И я тоже.

— Но в вашем случае все будет хорошо, — заверила ее Констанция.

Амелия улыбнулась:

— Да, я в это верю. Я не слишком обольщаюсь насчет отца Генри, но сам Генри нас не подведет.

— С вашей поддержкой.

— Да, — рассмеялась Амелия. — С моей поддержкой.

Экипаж остановился возле величественного здания Кэкстон-Холла. Констанция расплатилась с кебменом и взяла Амелию за руку:

— Вы готовы?

Амелия кивнула и опустила вуаль на лицо.

— Я полагаю, они здесь уже привыкли к таким подпольным церемониям.

— Не нужно так говорить, — упрекнула ее Констанция. — Гражданский брак — совершенно законная процедура, и не важно, что об этом подумают окружающие. Пойдемте.

Она направилась ко входу, крепко держа невесту за руку.

Генри вместе с Пруденс и Честити ждали их в фойе. Он казался еще бледнее, чем Амелия. Одну руку он держал в нагрудном кармане, крепко сжимая разрешение на брак и обручальное кольцо. Свободную руку он протянул невесте, когда она подошла к нему.

— Все в порядке, дорогая? — тихо спросил он дрожащим голосом.

— Да, все в порядке. — Амелия откинула с лица вуаль и улыбнулась ему. — Ты очень смелый, Генри.

Он решительно покачал головой:

— Нет, дорогая, из нас двоих ты смелее.

— Я считаю, что вы оба проявили смелость, — вмешалась Пруденс прежде, чем обмен комплиментами затянулся. — Теперь, когда мы собрались, можно пройти в приемную.

Она пересекла фойе, направляясь к двери, расположенной в дальнем конце. Генри с Амелией последовали за ней, а Честити и Констанция замыкали шествие.

При их появлении сидевший в приемной клерк выразительно посмотрел на часы. Было двадцать пять минут пятого. Он принялся неторопливо листать регистрационную книгу.

— Мистер Франклин и мисс Уэсткотт?

— Да, — сказал Генри. — Я мистер Франклин, а это моя... моя... это мисс Уэсткотт.

Он шагнул вперед, крепко держа Амелию за руку.

Клерк с сомнением посмотрел на траурное одеяние Амелии, потом снова перевел взгляд на часы. Он ничего не говорил и не двигался до тех пор, пока часы не показали половину пятого, потом поднялся, взял регистрационную книгу и вышел через другую дверь.

— Приветливый малый, — заметила Пруденс.

— Ему просто нравится демонстрировать свою власть, — ядовито сказала Констанция. — Мелкие бюрократы все одинаковы.

— Независимо от их пола, — с мрачной улыбкой добавила Пруденс.

Констанция пожала плечами:

— Возможно, но не так много женщин обладают властью, даже самой маленькой.

— Да, Кон, — с преувеличенным вздохом согласилась Честити, и все рассмеялись.

Генри и Амелия не сводили глаз с той двери, за которой исчез клерк, и, когда он вернулся, все еще держа в руках книгу, они одновременно расправили плечи.

— Регистратор ждет вас, — объявил клерк. — Будьте добры, дайте мне разрешение.

Он протянул руку.

Генри отдал ему бумагу, и они прошли вслед за клерком в приятную, обшитую панелями комнату, выглядевшую совсем не так официально, как опасались Констанция и ее сестры. На мраморном камине даже стояла ваза с маргаритками. Регистратор кивнул, приветствуя вошедших, и взял из рук у клерка разрешение. Без всякого выражения, как в голосе, так и на лице, он провел простую короткую церемонию.

Генри и Амелия отвечали на вопросы без колебаний, Констанции даже показалось, что с каждым вопросом Генри становился выше и увереннее в себе. Когда он надел кольцо Амелии на палец, его руки были совершенно спокойны, руки же невесты, наоборот, слегка дрожали. Регистратор поставил в документе печать, и мистер и миссис Франклин обменялись поцелуем.

— Поздравляю вас.

Регистратор пожал молодоженам руки и одарил их дежурной улыбкой. Сестры Дункан вздохнули с облегчением.

— А теперь, — заявила Честити, когда они снова оказались на улице, — мы будем есть пирожные. Я заказала в «Клариджез» потрясающее печенье.

— И шампанское, — сказала Констанция. — Чай — это слишком обыденно для свадебного пира.

Молодожены не обращали внимания на окружающих. Они стояли на тротуаре, держась за руки, и казались немного ошеломленными.

— Я думаю, мы возьмем два кеба, — сказала Пруденс, бросив многозначительный взгляд на сестер.

Констанция кивнула и вышла на мостовую. Сунув два пальца в рот, она громко свистнула, и эта выходка, совсем не подходящая для молодой леди, немедленно увенчалась успехом. Они усадили Амелию и Генри в подъехавший кеб, и Констанция приказала кебмену отвезти их к «Клариджез». Она захлопнула дверцу и с удовлетворением потерла руки.

— Теперь они смогут провести десять минут наедине.

Было очевидно, что они потратили эти десять минут с толком. Амелия вышла из кеба раскрасневшаяся, с растрепавшейся прической. На лице Генри играла самодовольная улыбка, и он с видом собственника обнимал жену за плечи.

Пруденс вошла в отель, опередив остальных, и, когда они присоединились к ней в фойе, там уже стоял лакей, поджидавший их, чтобы проводить в зарезервированную комнату.

— Ты так сентиментальна, моя дорогая сестричка, — с нежностью прошептала Констанция, увидев на столе свадебный торт и шампанское. — Жаль, что я сама не подумала об этом.

— Достаточно, чтобы кто-то один об этом позаботился, — так же тихо ответила Пруденс. — А ты нашла для Генри работу. Теперь все зависит от них самих.

Констанция кивнула, размышляя о том, что этот небольшой обман не имел бы никакого значения, если бы они с Максом могли по-прежнему оставаться друзьями. Теперь же все изменилось.

Глава 17

Спустя несколько дней ранним утром Макс вошел в свой домашний офис в то время, когда Генри разбирал почту.

— Что-нибудь интересное, Генри? — спросил он, бросая газету на подоконник.

— В основном счета, сэр. Несколько писем от избирателей.

Генри указал на аккуратную стопку открытых писем, лежавшую на столе.

— Вы сегодня так рано, — заметил Макс, глядя в окно на редких прохожих.

— Я хотел попросить, сэр, позволить мне начинать рабочий день на час раньше, с тем чтобы по четвергам я мог уходить домой в половине четвертого, — робко произнес Генри, и его щеки покрылись румянцем.

Макс отвернулся от окна и посмотрел на него.

— У вас какие-то особые дела по четвергам? — дружелюбно поинтересовался он.

— В общем, да, сэр, так получилось.

Макс улыбнулся:

— Почему-то мне кажется, что в этом замешана какая-то юная леди.

Румянец на щеках Генри стал еще ярче.

— Дело в том, сэр...

Макс рассмеялся:

— Я не возражаю, Генри.

— Благодарю вас, мистер Энсор.

Генри снова вернулся к разборке почты.

Макс взял со стола открытое письмо и рассеянно пролистал его. Он испытывал какое-то смутное беспокойство, странную неудовлетворенность, хотя и не мог понять почему. Может быть, все дело было в том, что он уже несколько дней не видел Констанцию.

— Вы проследили за тем, чтобы цветы для мисс Дункан были доставлены вчера на Манчестер-сквер? — спросил он.

— Да, конечно, мистер Энсор. В цветочном магазине пообещали, что цветы будут доставлены ровно в четыре часа. А вот, по-моему, и письмо от мисс Дункан.

Генри протянул Максу узкий белый конверт, украшенный гербом Дунканов.

Макс взял конверт, стараясь не выдать своего нетерпения. Он узнал ее почерк, решительный и в то же время элегантный, как и его владелица. Вскрыв конверт, он развернул плотный лист бумаги. Письмо было до обидного коротким:

«Дорогой Макс!

Какие прелестные цветы! Большое тебе спасибо за внимание. Мне хотелось лично поблагодарить тебя за чудесный вечер в палате общин, но я была немного нездорова, когда ты зашел к нам на следующее утро. Пользуясь случаем, хочу извиниться за мою неучтивость и выразить тебе самую глубокую благодарность. Прошу прощения, тороплюсь.

Констанция».

Макс несколько раз перечитал записку. В ней не чувствовалось теплоты и, более того, не было и намека на дальнейшие встречи. Все это было очень странно. И почему она торопится? Он скомкал листок и выбросил его в мусорную корзину. Конечно, возможно, она очень занята. Должно быть, у нее уходило много времени на то, чтобы каждые десять дней выпускать эту газету. Он нахмурился, пытаясь вспомнить, какая дата стояла на том макете, который он видел у них в гостиной. Макс не мог вспомнить точно, но наверняка это было вчерашнее или позавчерашнее число. Может быть, сестры Дункан были слишком заняты своей издательской деятельностью.

— Генри, я хочу, чтобы вы поискали последний выпуск газеты под названием «Леди Мейфэра».

— Не помню, чтобы я слышал о такой, сэр. — Генри чуть удивленно приподнял брови.

— Насколько я знаю, она выпускается очень маленьким тиражом. Возможно, вам придется поискать ее в нескольких киосках. Я предполагаю, что легче всего ее будет найти рядом с парламентской площадью. Эта газета очень политизирована, и наверняка ее издатели будут стараться распространить ее в Вестминстере.

— Слушаюсь, сэр. Я отправлюсь прямо сейчас. — Генри взял шляпу и вышел из комнаты.

Макс сел за стол и принялся просматривать письма от избирателей. Но через минуту он отложил их и хмуро уставился в окно. Первые капли дождя упали на стекло. Может быть, ему просто стоит нанести утренний визит на Манчестер-сквер? Ему пришло в голову, что еще несколько дней назад он отправился бы с таким визитом не раздумывая. Что могло быть проще и естественнее, чем прийти с визитом в субботу утром? Он либо застал бы ее дома, либо нет. Но сейчас какое-то непонятное беспокойство и смутное предчувствие беды удерживали его на месте.

Что же все-таки было не так? Может быть, что-нибудь случилось с ней? Семейные неприятности? Может быть, с ее отцом? Или с одной из сестер? Если так, то ему следует пойти к ней. Но Констанция не просила его ни о помощи, ни об утешении, ни о чем-либо еще, чем он мог бы оказаться полезен ей в трудную минуту. Хотя они были достаточно близки, чтобы она могла обратиться к нему. Когда они собирались провернуть этот трюк с автомобилем ее отца, она без всяких колебаний попросила его о помощи. Может быть, она так занята делами своего политического союза, что у нее нет времени ни на что другое? Это не удивило бы его. Она сама призналась, что ее политическая деятельность является смыслом ее существования.

Макс резко встал. Это было немыслимо. Она наверняка преувеличивала, говоря о своей страстной преданности женскому политическому движению. Она же умная, рассудительная женщина, а не какая-нибудь полусумасшедшая фанатичка. Ему нужно каким-то образом заставить ее образумиться и покончить со всем этим делом. Она имеет право на собственное мнение, с этим он не станет спорить, но он не может позволить себе иметь жену, активно участвующую в движении суфражисток. Бог знает, как это отразится на его карьере!

Макс уронил перо на стол, забрызгав чернилами промокательную бумагу. Он только что мысленно выразил словами то, о чем давно думал, даже не отдавая себе в этом отчета. Но конечно, это решение наверняка давно зрело в его душе. Констанция очаровала его с первой их встречи. И мало-помалу это очарование переросло во всепоглощающую страсть, желание сделать ее своей, чтобы она принадлежала ему навсегда.

Макс не привык так высокопарно выражаться и с удивлением обнаружил, что пытается скрыть смущенную улыбку, хотя в комнате, кроме него, никого не было. Он сказал себе, что из нее выйдет очень беспокойная жена. Однако в этом была и своя прелесть. Она волновала и стимулировала его, даже когда бросала ему вызов. Но для политика, намеревавшегося сделать карьеру, она была самой неподходящей женой.

И что ему теперь делать?

Макс услышал, как захлопнулась входная дверь и как Генри встряхнул зонтик, потом в коридоре раздались приближающиеся шаги.

— Дождь полил как из ведра, мистер Энсор, — объявил Генри, входя в комнату. — Но я нашел эту газету. Помечена вчерашним числом, так что это последний выпуск. — Он вынул из кармана сложенный листок. — Думаю, она не намокла. — Он протянул газету Максу. — Продавец сказал, что ее расхватывают, как горячие пирожки.

Макс рассеянно кивнул, просматривая заголовки. Он заметил, что в оглавление теперь включена информация о предстоящих собраниях Женского социально-политического союза. На обычном месте крупными буквами был напечатан вопрос, обведенный в рамку: «Предоставит ли правительство право голоса женщинам-налогоплательщицам?» Затем его взгляд упал на заголовок статьи, расположенной ниже:

Правительство опускается до слежки

«Позор сэру Генри Кемпбелл-Баннерману и его кабинету! До нашего сведения дошло, что некий достопочтенный джентльмен взялся снабжать правительство информацией касательно планов Женского социально-политического союза, прикинувшись сторонником этого союза. По сути, стать тайным агентом. Неужели союз представляет такую угрозу для нашего правительства, что оно вынуждено опуститься до подобной низости, чтобы одержать верх над ним? Неужели женщины так опасны? Неужели нельзя вступить с ними в открытую борьбу? И что после этого можно сказать о моральных устоях нашего правительства? Следует ли из всего этого заключить, что женщины так пугают его, что оно боится всего лишь предоставить им право голоса? Достопочтенный джентльмен, который, кстати сказать, вряд ли заслуживает этого титула, втерся в доверие членов союза, прикидываясь их другом, для того лишь, чтобы предать их. Интересно, как избиратели из округа С-волд оценят такое поведение человека, которого они лишь недавно избрали представлять их интересы в парламенте. Вряд ли слежку можно назвать благородным поступком и тем более честным. Достопочтенный джентльмен, с готовностью взявшийся за бесчестное ремесло шпиона, всего лишь послушное орудие в руках премьер-министра».

Далее статья продолжалась в том же духе, но Макс уже ничего не видел. От ярости все поплыло у него перед глазами. Он так побледнел, что лицо его приобрело землистый оттенок, а губы сжались в узкую полоску.

— С вами все в порядке, мистер Энсор? — спросил Генри, уставившись на него, потрясенный таким внезапным преображением. — Вы здоровы?

Макс оторвался от газеты. Взгляд его синих глаз был таким обжигающе холодным, что Генри невольно отступил назад.

— Я вполне здоров, благодарю вас, Генри. — Макс сложил газету и сунул ее во внутренний карман пиджака. Его голос показался Генри совсем чужим. Он сделался резким, совершенно утратив привычную бархатистость. — Я ухожу и не знаю, когда вернусь. Буду рад, если вы ответите на все эти письма вместо меня. Я уверен, вы отлично знаете, что нужно написать. Оставьте корреспонденцию на столе, чтобы я ее подписал.

— Слушаюсь, сэр, — пробормотал Генри вслед удалявшемуся Максу.

Дверь кабинета закрылась с тихим щелчком, что почему-то было более угрожающим, чем если бы ее с силой захлопнули. Генри почесал в затылке, удивляясь, что же в этой газете могло так разозлить его патрона.

Макс отправился наверх за непромокаемой курткой, фуражкой с козырьком и защитными очками. Он двигался как автомат, подстегиваемый своей яростью. Теперь ему все стало ясно. Ее странное внезапное отчуждение в тот вечер, ее нежелание встречаться с ним с тех пор. Должно быть, Констанция слышала его разговор с премьер-министром после ужина в парламенте в прошлую среду. Он не мог отчетливо вспомнить формулировок, но отлично понимал, как это должно было выглядеть в ее глазах. И все это время она готовила свою месть.

Даже охваченный яростью, Макс понимал, что она имела право разозлиться, сочтя его поведение предательством. Но почему она просто не потребовала у него объяснений, не бросила обвинения ему в лицо? Любой мужчина поступил бы именно так. Но вместо этого Констанция предпочла нанести удар таким вот образом... сделать его посмешищем в глазах друзей и коллег. Эта история могла погубить его. Это было невыносимо. И видит Бог, она поплатится за это!

Макс спускался по лестнице, застегивая на ходу куртку, когда раздался звонок в дверь. Слуга, которого он недавно нанял, появился из глубины дома и направился к двери.

— Мистер Энсор дома?

Это был голос Асквита. Макс стиснул челюсти. Значит, началось. Он спустился в холл.

— Благодарю вас, Биллингз. Я сам поухаживаю за мистером Асквитом.

Лакей отошел от двери:

— Слушаюсь, сэр.

Министр финансов вошел в дом и принялся стряхивать воду со своей касторовой шляпы.

— А, Энсор! У вас найдется для меня минутка?

Макс кивнул и жестом указал на гостиную:

— Полагаю, вы уже видели «Леди Мейфэра»?

— Да, за завтраком. Мой секретарь купил ее по дороге на работу. Что будем с этим делать? Лживая газетенка! — заявил Асквит, входя в комнату. — Кто стоит за этим, вот что я хотел бы знать! Я привлек бы их к суду за клевету!

— Это не клевета, — сухо заметил Макс. — Кофе или чего-нибудь покрепче?

— Ничего, спасибо. Что вы хотите этим сказать?

Асквит смахнул рукой воду с полей своей шляпы, и брызги разлетелись по всей комнате.

— Я, безусловно, имел намерение использовать любую информацию, которая попадет мне в руки, для того чтобы держать правительство в курсе происходящего.

Еще не успев закончить фразу, Макс подумал, что он, наверное, сходит с ума. Он хотел свернуть ей шею... разорвать ее на клочки... кинуть в кипящее масло. А вместо этого принялся защищать.

— Но вот это! — Асквит вытащил газету из кармана и гневно помахал ею перед Максом. — Это что за трусливые нападки?

Макс только приподнял бровь. Он заставил себя на время притушить свой гнев. Он сможет выдержать сплетни, которые пойдут в обществе, и неизбежное, хотя и скрытое, злорадство своих коллег, только если будет сохранять спокойствие и полное равнодушие. На людях ему придется делать вид, что этот инцидент не заслуживает внимания. Другое дело — в частной жизни.

— Это скоро забудется, — сказал он.

Асквит пристально посмотрел на него:

— Здесь говорится о том, что правительство замешано в каких-то неблаговидных поступках. Премьер-министр недоволен.

— Неудивительно. — Макс, усевшись на подлокотник дивана, пожал плечами. — Это всего лишь лживое обвинение, никаких доказательств не приводится. Никто не воспринимает всерьез этих сварливых баб. Просто они до сих пор этого не поняли.

Он почувствовал угрызения совести, не успев произнести эти слова. Констанция и ее соратницы были слишком умны, слишком бескорыстно преданы своему делу, чтобы от них можно было отмахнуться с таким презрением. Но он сказал себе, что она это заслужила. Констанция бросила ему вызов и не имела права жаловаться на то, как он сочтет нужным на этот вызов ответить. Он ответит на публичную насмешку той же монетой.

Асквит продолжал внимательно разглядывать его.

— Вы не знаете, кто за всем этим стоит? Похоже, что этот человек лично с вами знаком.

— Кто-нибудь, у кого против меня зуб, — сказал Макс. — В политике все имеют зуб против кого-то, Асквит. И кто бы ни стоял за этой газетой, он явно наслаждается.

— Полагаю, вы правы. — Асквит, озадаченно нахмурившись, посмотрел на газету, которую продолжал держать в руке. — И это не первый раз, когда вас упоминают в этой газете.

— Да, — коротко ответил Макс.

Асквит снова пристально посмотрел на него:

— Это, случайно, не месть обиженной женщины?

Макс коротко рассмеялся.

— Нет, — решительно заявил он.

Констанция не могла пожаловаться, что ее любовник плохо с ней обошелся. Обман, который спровоцировал этот яростный выпад, не имел ничего общего с их взаимным влечением. Он не был направлен лично на Констанцию... в то время как ее жестокая месть имела очень личный характер.

Его губы снова плотно сжались. Он резко встал:

— Прошу прощения, но у меня дела. Я буду у премьер-министра сегодня днем, если он этого пожелает. Но, боюсь, я не смогу предоставить ему никаких объяснений. — «Или оправданий», — добавил он про себя.

— Конечно, конечно. Я уверен, что премьер-министр все поймет правильно. Такие вещи случаются в политике. Мы все это знаем. — Асквит закивал с готовностью, которая была не очень убедительна. — Как вы сказали, это скоро забудется.

Макс вместе со своим гостем вышел на улицу.

— Я иду в гараж за своим автомобилем. Могу я вас куда-нибудь подвезти?

— Нет, благодарю вас. Я возьму кеб. До Даунинг-стрит совсем недалеко. — Асквит протянул ему руку. — Мы, разумеется, будем все отрицать.

Они пожали друг другу руки, и Макс подумал, что министр финансов наконец приблизился к цели своего визита. Его прислали сообщить, что ответственность за то, чтобы эти слухи не доставили неприятностей правительству, лежит на Максе.

— Разумеется, — сказал он. — Но вам не кажется, что, если мы станем все отрицать, получится, будто мы восприняли эти слухи всерьез?

Министр финансов осторожно кашлянул:

— Премьер-министр считает, что, может быть, вы сумеете дискредитировать их. Намекните на личную месть... что-нибудь в этом роде, вы понимаете меня?

Макс почувствовал, как его снова захлестнула волна ярости. Она поставила его в щекотливое положение. Если он бросится в атаку на неизвестных авторов газеты, то будет вылядеть идиотом, сражающимся с ветряными мельницами. А о том, чтобы объявить о причастности сестер Дункан к этой газете или намекнуть на его отношения с Констанцией, не могло быть и речи.

Но высокородные мисс Дункан испытают на себе всю силу его гнева. А Констанция напишет опровержение.

— Прошу вас, заверьте премьер-министра, что я держу ситуацию под контролем.

— Конечно.

Асквит был сама любезность. Слово джентльмена было нерушимым, и подвергать его сомнению считалось недопустимым.

Они кивнули друг другу, обменялись улыбками и расстались. Макс направился к гаражу. Он поднял брезентовый верх, подумав, что это слабая защита от дождя, который будет захлестывать машину через открытые бока. Однако это все же было лучше, чем совсем ничего. Через десять минут он уже ехал по направлению к Манчестер-сквер, каждые несколько секунд смахивая воду со стекол своих очков.

Энсор припарковал машину на площади и неспешно поднялся по ступенькам, ведущим к входной двери дома Дунканов, стараясь ничем не выдавать своего нетерпения. Он позвонил, с трудом подавив желание держать палец на кнопке звонка до тех пор, пока его не впустят в дом. Дженкинс открыл дверь с обычной для него неторопливой величавостью.

— Как приятно видеть вас, мистер Энсор, — без улыбки произнес дворецкий. — Боюсь, что мисс Дункан нет дома.

— Понятно. — Макс поставил ногу на порог. — А мисс Пруденс или мисс Честити?

— Они дома, сэр. Но я не знаю, принимают ли они.

Макс задумался. Он не хотел выяснять отношения с сестрами Констанции. Это будет напрасной тратой времени.

— А вы не знаете, где я смогу найти мисс Дункан, Дженкинс? — вкрадчиво спросил он.

— Нет, сэр. Полагаю, она появится дома к вечеру.

Макс вспомнил о газете, лежавшей у него в кармане. Была суббота. Наверняка сегодня состоится собрание женского союза, скорее всего после полудня, когда у работников магазинов начинаются выходные. Констанция, вероятно, будет на этом собрании. А где лучше встретиться с ней лицом к лицу, как не там?

— Спасибо, Дженкинс. Я заеду позже.

Он дружелюбно улыбнулся дворецкому и легко сбежал вниз по ступенькам, словно у него не было никаких забот. Он завел мотор, промокнув до нитки, потом сел в машину и под слабым прикрытием брезентовой крыши принялся изучать последнюю страницу газеты. Действительно, в полдень было назначено собрание в здании церкви на Бромптон-роуд. Он тронулся с места и направился в район Найтсбриджа.

Дженкинс подождал, пока Макс отъедет от дома, прежде чем закрыть дверь. Сестры ничего не рассказали ему, что само по себе было необычно, но он знал, что что-то произошло, и это что-то непосредственно касалось мисс Кон и мистера Энсора. Он поднялся наверх в гостиную.

— Приезжал мистер Энсор и интересовался мисс Кон, — объявил он с порога.

Пруденс подняла голову от расходной книги, которую держала на коленях:

— Он сказал, зачем она ему нужна?

— Нет, мисс Пру.

— А вы сказали ему, где она? — спросила Честити, разбиравшая чулки, откладывая те, которые нуждались в штопке.

— Нет, мисс Чес.

— Ну, тогда все в порядке, — улыбнулась ему Честити.

— Могу я спросить, что случилось? — осведомился Дженкинс.

Честити нахмурила лоб:

— Мне кажется, будет лучше, если Кон сама вам скажет. Это не наше дело.

Дженкинс поклонился:

— Понимаю, мисс Чес.

Он оставил их заниматься дальше рукоделием и подсчетами, прекрасно понимая, что произошло.

— Ты уверена, что готова к этому, Констанция? — спросила Эммелина, складывая бумаги в стопку на столе, стоявшем у входа.

— Да, пора мне выйти из подполья, — сказала Констанция с мрачной улыбкой.

Она собиралась произнести речь на сегодняшнем собрании.

— Твое решение, полагаю, никак не связано с этим невероятным разоблачением в «Леди Мейфэра»? — поинтересовалась Эммелина, бросив на нее изучающий взгляд. — Полагаю, ты уже видела его. Похоже, все его видели.

— Да, я видела его, — коротко ответила Констанция. — И я виню себя за то, что привела сюда этого человека. Не могу понять, как я могла быть настолько слепой.

— Но кто мог узнать, каковы его истинные цели? — с удивлением спросила Эммелина. — Согласись, все это очень интригует.

— Очень, — согласилась Констанция.

— И мы сразу же поверили, что все это правда, — задумчиво сказала Эммелина. — Хотя не было представлено никаких неопровержимых доказательств.

Констанция взглянула на нее:

— Я не сомневаюсь, что все так и есть.

— Ну что ж, ты знаешь его лучше, чем я.

— Я думала, что знаю его.

Эммелина кивнула и решила оставить эту тему.

— Сегодня на собрании могут присутствовать представители прессы, чтобы послушать твою речь, — предупредила она. — Ты готова к этому?

— Я готова к тому, чтобы открыто заявить о своих взглядах, — ответила Констанция. — Мой отец, конечно, придет в ярость, но ему придется смириться.

— А твои друзья?

— Настоящие друзья меня не оставят. Что касается остальных — не велика потеря.

Констанция вовсе не была так равнодушна, как хотела казаться. Ее беспокоило не столько предстоящее выступление перед публикой и признание своего членства в союзе. Она боялась, что кто-нибудь может заподозрить ее в причастности к «Леди Мейфэра». Но ее сестры были готовы к этому, признав, что пришла пора Констанции открыто заявить о своих политических убеждениях. Если же пойдут какие-либо слухи, они будут все отрицать.

Констанция взошла на трибуну, чтобы еще раз просмотреть свои записи. Зал постепенно наполнился народом. Люди отряхивали зонтики, снимали мокрые шляпы и пальто. В воздухе распространился запах влажной шерстяной ткани. Констанция подумала, что из-за дождя многие могут не прийти. Ее очень интересовало, видел ли уже Макс «Леди Мейфэра». Ее волнение нарастало. Что он сделает? Он непременно както отреагирует. Другой на его месте мог бы спустить это на тормозах, но только не Макс. И наряду с волнением ее не покидала тревожная мысль, что, возможно, она зашла слишком далеко. Этот выпад был слишком личным. Ее сестры ничего не сказали ей о статье, хотя она полагала, что они прочитали ее прежде, чем Пру отнесла ее в типографию. И их молчание уже о многом говорило.

В глубине души Констанция признавала, что личный характер ее мести проистекал из чувства обиды и ощущения, что ее предали. Этот выпад нельзя было назвать благоразумным, и, хотя она чувствовала, что он был оправданным, она не могла не испытывать беспокойства при мысли о том, как Макс на него отреагирует. Она признавала, что он имел полное право нанести ей в ответ такой же беспощадный удар.

Она оторвалась от своих записей, когда остальные члены президиума присоединились к ней на трибуне. Зал был заполнен на две трети. Привратник уже закрывал входную дверь, когда на пороге появился Макс Энсор.

Констанция похолодела.

Взгляд Макса был направлен прямо на нее. Она видела только его глаза, сверкавшие холодным синим огнем. Констанция с трудом сдержала желание спрятаться от их обжигающей ярости, от горевшей в них решимости.

Было очевидно, что он прочитал последний выпуск «Леди Мейфэра». И так же очевидно было то, что в тот вечер он видел у них на столе пробный выпуск этого издания и, сопоставив факты, пришел к правильному выводу.

Но тут же ее собственный гнев вернулся с прежней силой, прогнав волнение и тревогу, которые она испытала при виде его. Как он посмел явиться сюда? Что он намеревался еще узнать? Неужели он рассчитывал, что ему позволят остаться теперь, когда его обман раскрылся?

Она взглянула на свои руки. К ее удивлению, они совсем не дрожали. Она заговорила, и ее голос разнесся по залу, заставив всех собравшихся умолкнуть:

— На это собрание допускаются лишь те, кто поддерживает Женский социально-политический союз, мистер Энсор. Мы не хотим видеть в наших рядах шпионов. Я прошу вас удалиться.

Макс этого не ожидал. Ее дерзкая прямая атака поразила его. Он шагнул вперед.

— Должна предупредить вас, сэр, что, если вы не покинете собрание по своей воле, здесь найдется немало людей, которые помогут вам это сделать. — В ее голосе прозвучала едкая ирония. — Я полагаю, представителей прессы, сидящих в зале, эта история очень заинтересует.

В зале воцарилась мертвая тишина. Казалось, никто не смел даже вздохнуть. Все взгляды были устремлены на мужчину, стоявшего на пороге с перчатками в руках и защитными очками, надетыми поверх мокрой фуражки.

Макс с трудом верил, что он не ослышался, но не собирался проверять, решится ли она осуществить свою угрозу. Ему оставалось лишь признать поражение и удалиться.

— Мы с вами еще посчитаемся, мисс Дункан. Можете быть уверены.

Он не повысил голоса, но каждое слово было отчетливо слышно. Потом Энсор резко повернулся и вышел из зала, громко захлопнув за собой дверь.

Теперь руки у Констанции дрожали так сильно, что она выронила на стол листки, которые держала. Она принялась собирать их, не поднимая глаз, чувствуя, что оказалась в центре внимания как сидевших в зале, так и собравшихся на трибуне.

— Я полагаю, этого ты не ожидала, — пробормотала Эммелина, помогая Констанции собрать рассыпавшиеся листки, в то время как Кристабель стала зачитывать протокол предыдущего собрания.

— Я не ожидала, что он явится сюда, — тихо призналась Констанция. — Он должен был понимать, что многие из пришедших на собрание должны были прочитать статью в «Леди Мейфэра». Всем известно, что эта газета поддерживает движение суфражисток.

— Может быть, он хотел защитить себя, — заметила Эммелина.

— Он выбрал неподходящее место для этого, — резко ответила Констанция. Она понимала, что перегнула палку, но злилась только на саму себя. — Вы же не стали бы терпеть его присутствие? — Этот вопрос прозвучал так, словно она пыталась оправдать свое поведение.

Эммелина покачала головой:

— Не знаю. — Она немного поколебалась, потом добавила: — Если мы станем наживать себе врагов в правительственных кругах, это не принесет пользы нашему делу, дорогая.

— Он уже был нашим врагом, — сказала Констанция.

На мгновение она почувствовала, что разделяет нетерпимость, которую вызывали у Кристабель осторожность и осмотрительность ее матери. Она взглянула на Кристабель, которая вопросительно подняла брови. Констанция кивнула. Она была готова к выступлению. Кристабель села, и Констанция заняла ее место.

Глава 18

Макс сидел за рулем своего автомобиля. Дождь барабанил по брезентовой крыше. Ему понадобилось пять минут, чтобы прийти в себя. Он был не в своем уме, когда решился на эту затею! Сунуть голову в пасть льву! Это только даст повод для новых сплетен и добавит пикантности напечатанной в «Леди Мейфэра» истории, которая к концу дня будет у всех на устах. Наверняка этот эпизод дойдет до Флит-стрит*, и, если на собрании присутствовали представители прессы, уж они постараются раздуть из этого настоящий скандал! Его ослепили собственная ярость, желание отомстить этой высокомерной, коварной, невозможной женщине! Как он мог допустить даже мысль о том, чтобы сделать ее своей женой? Безумие, чистое безумие!

Однако сейчас ему надо сконцентрироваться на том, как свести к минимуму нанесенный его репутации ущерб. Если он будет сходить с ума от злости на Констанцию, это ему не поможет. Когда он доберется до нее, тогда и сведет с ней счеты. Но в данный момент он должен рассуждать трезво.

---

* Улица в Лондоне, на которой находятся редакции большинства крупнейших газет.

Макс завел машину, сел за руль и отправился на Манчестер-сквер, где припарковался на дальней стороне площади напротив дома Дунканов. Огромный дуб, покрытый густой листвой, скрывал его машину от случайного постороннего взгляда, сам же он оказался в превосходной позиции, чтобы видеть всех, кто входит и выходит из дома номер десять.

Он видел, как лорд Дункан уехал в своей карете вскоре после часу дня, и было уже почти два, когда наемный экипаж доставил Констанцию к дверям ее дома. К этому моменту Энсор уже дошел до белого каления. Дождь наконец прекратился, но его куртка промокла насквозь, а вода капала с намокшей брезентовой крыши, попадая ему прямо за воротник.

Он вышел из машины и зашагал через площадь, ступая прямо в лужи своими начищенными до блеска ботинками. Поднявшись по ступенькам, он позвонил, на этот раз не снимая пальца с кнопки звонка до тех пор, пока дверь не отворили.

— Мистер Энсор.

Дженкинс подозрительно посмотрел на него и на его палец, все еще продолжавший давить на кнопку.

— Я видел, как мисс Дункан подъехала несколько минут назад, — коротко сказал Макс и, не дожидаясь приглашения, прошел мимо Дженкинса в холл. — Где она?

— Она обедает, сэр.

Дженкинс бросил невольный взгляд на дверь в малую столовую, которой девушки пользовались, когда были одни.

— В таком случае она не станет возражать, если я ее побеспокою.

Макс кивнул дворецкому и направился к двери. Дженкинс, сбитый с толку, поспешил за ним, бормоча ему вслед какие-то возражения.

Макс распахнул дверь и остановился на пороге. Три сестры уставились на него, слишком ошеломленные его внезапным появлением, чтобы хоть как-то на него отреагировать.

— Констанция, мне нужно с тобой поговорить, — заявил он. — А вы двое оставьте нас, пожалуйста.

— Но мы обедаем, — возразила Пруденс. — Вы не можете вышвырнуть нас из нашей собственной столовой.

— На самом деле, Пруденс, могу и сделаю это. А теперь вы и Честити выйдите, пожалуйста.

Слово «пожалуйста» никак не смягчило его приказного тона.

Констанция встала:

— Нет нужды беспокоить моих сестер. Мы перейдем в гостиную, там никого нет.

Она прошла мимо него, не поднимая глаз. Ей показалось, что от него так пышет жаром, что если дотронуться, то можно обжечься. Сердце бешено колотилось у нее в груди, а ладони внезапно сделались влажными. Констанция не посмотрела и на сестер, зная, что если они догадаются, в каком она состоянии, то станут настаивать на том, чтобы присутствовать при разговоре.

Макс последовал за ней, предоставив Дженкинсу закрыть дверь в столовую.

— Сейчас польются реки крови. — Пруденс приподнялась было со стула, но потом снова села. — Но боюсь, мы там будем лишними.

— Мы вытрем кровь потом, — произнесла Честити со спокойствием, удивившим сестру. Глядя на Пруденс, она улыбнулась. — Не волнуйся, Пру. Это должно произойти, если Макс и Кон собираются наконец признать, что любят друг друга.

— На прошлой неделе я, может быть, и согласилась бы с тобой, — сказала Пруденс. — Но мне кажется, что все зашло слишком далеко. Кон всерьез пригрозила ему, что его выдворят с собрания силой. И это при людях!

— О, я настроена не так пессимистично, — заявила Честити, отрезая себе кусочек лимонного пирога. — Они оба горячие, темпераментные люди, и они будут ненавидеть друг друга с такой же страстью, с которой любят. И так будет всегда. Так что давай пока надеяться, что они перебьют не слишком много тарелок, по крайней мере не из тех, которые представляют фамильную ценность.

— Ты такая оптимистка! — Пруденс покачала головой и тоже взяла себе кусок пирога.

Констанция быстро пересекла гостиную и подсознательно остановилась там, где чувствовала себя спокойнее всего, — спиной к камину. Макс остался у двери, прислонившись к ней спиной, словно для того, чтобы не дать кому-нибудь помешать им. Несколько мгновений они молча разглядывали друг друга.

— Если ты хочешь начать с извинения, я слушаю, — сказал он наконец и сам удивился мягкости своего тона. Он никак не соответствовал тому состоянию, в котором Макс в данный момент находился.

— Да ты, похоже, живешь в мире фантазий! — воскликнула Констанция. — Ты хочешь, чтобы я извинялась. За что? Я просто разоблачила тебя, показала, кто ты есть на самом деле. Обманщик, шпион, бесчестный...

— Хватит, — заявил Энсор, слегка повысив голос и направляясь к ней. — С меня хватит ваших оскорблений, мисс Дункан. Еще одно, и я не отвечаю за последствия.

— Типично мужской ответ, — насмешливо заметила Констанция. — Лучший аргумент — это угроза применить насилие.

Она произнесла это с уверенностью, которой вовсе не чувствовала в тот момент. Ей казалось, что за последние две минуты Макс стал выше и шире в плечах.

Макс резко втянул в себя воздух. Он не собирался играть в эту игру, но он не уступит ей, если дело дойдет до жестокой схватки. Он повернулся и сел на подлокотник дивана, лениво похлопывая перчатками по ладони.

— Ты извинишься, Констанция, и в следующем номере своей газеты ты опубликуешь опровержение, — объявил он. —

Если ты этого не сделаешь, то всем станет известно, что за «Леди Мейфэра» стоишь ты и твои сестры.

— Ты это сделаешь? — недоверчиво уставилась на него Констанция.

— Если ты меня к этому вынудишь. Не забывай, что первой удар нанесла ты.

— Потому что ты использовал меня, — с ожесточением произнесла она вполголоса. — Ты притворился, будто я тебе нравлюсь... будто у нас есть что-то общее, и все это время ты лишь использовал меня для того, чтобы выведать побольше о нашем союзе. Я слышала это собственными ушами. Я слышала, что ты говорил премьер-министру: «Я видел этих женщин в действии... Я буду держать вас в курсе событий».

Макс поморщился, вспомнив свои слова. Но он не собирался уступать ей.

— Подожди минуту. Я не притворялся...

— Нет, это ты подожди, — прервала она его. — Попробуй это отрицать. Попробуй отрицать, что ты это говорил.

— Ты вырываешь слова из контекста.

Констанция рассмеялась:

— О, типичная увертка политика. Когда вас прижимают к стенке, вы прибегаете к старому проверенному объяснению. «Вырвано из контекста», — передразнила его она. — А каков был контекст, Макс? Мирная послеобеденная беседа коллег в этом бастионе мужской власти? Я слышала то, что слышала. — Констанция почувствовала, что ей удалось загнать его в угол. — Ты обманул меня, притворившись, что... Нет, я не могу с тобой разговаривать. Мне противно находиться с тобой в одной комнате.

Она махнула рукой, стараясь сдержать дрожь в голосе и скрыть набежавшие на глаза слезы обиды и гнева. Она не даст ему увидеть свою слабость.

Но Макс это заметил и, в свою очередь, набросился на нее с упреками:

— А разве ты сама не собиралась использовать меня таким же образом? Заставить меня употребить мое политическое влияние для того, чтобы помочь вашему движению? Разве не это стояло за твоим интересом ко мне?

— Это совершенно разные вещи.

— Разве? Ты хочешь сказать, что тебе позволительно меня использовать, а мне нет? — недоверчиво спросил он. — Опомнись, Констанция. Ты настаиваешь, что мужчины и женщины равны, так почему же ты требуешь к себе особого отношения?

— Я этого не требую, — заявила она. — Этот аргумент не годится, и ты сам это отлично знаешь. Я не нападала на тебя лично, не манипулировала тобой, не притворялась, что испытываю к тебе какие-либо чувства... лишь для того, чтобы выудить у тебя информацию, которую впоследствии могла бы использовать против тебя.

— А как ты называешь вот это? — Он вытащил промокшую газету из внутреннего кармана куртки. — Это самая несправедливая, трусливая и личная нападка... намного хуже всего того, что я намеревался сделать. Твоя выходка рассчитана на то, чтобы погубить мою карьеру. И тебя не будет мучить совесть, в то время как ты будешь разглагольствовать о своих высоких принципах и моральных устоях?

Макс швырнул газету на ковер.

— Как смеешь ты отрицать свои намерения? Как смеешь ты лгать мне? Я же слышала тебя... Я слышала, что ты говорил своим друзьям из кабинета министров. Ты собирался использовать нашу... — она сделала неопределенный жест рукой, — то, что было между нами, лишь для того, чтобы сделать себе карьеру. Ты не можешь этого отрицать!

— Я отрицаю, что хотел причинить тебе...

Он не успел закончить фразу, потому что на него обрушился поток воды. Констанция, не в силах больше сдерживать свою ярость, схватила вазу с душистым горошком и опрокинула ему на голову. Яркие душистые цветы осыпали его голову, плечи и колени.

Макс вскочил, громко выругавшись, и принялся стряхивать с себя цветы, которые разлетались по комнате в разные стороны. Констанция в ужасе смотрела на то, что натворила, прижав пальцы к губам. Неожиданно она расхохоталась, такой нелепый был у него вид.

— Какого дьявола! — вскричал Макс, стряхивая с себя воду. — Что это было?

— Мне очень жаль, — с трудом выговорила она сквозь смех. — Но ты так разозлил меня, что я не в силах была сдержаться. Позволь, я помогу.

Она подошла к нему и стала вытирать его плечи носовым платком. Один цветок запутался у него в волосах, другой свисал с уха. Она потянулась, чтобы снять их, но он оттолкнул ее руку от себя.

— Мне очень жаль, — повторила она. — Но ты и так уже был мокрый. На самом деле, — проговорила Констанция, склонив голову набок и внимательно разглядывая его, — эти цветы тебя очень украшают. Пойду принесу полотенце.

Она направилась было к двери, но Макс схватил ее за руку и резко повернул к себе:

— Ну уж нет! Не раньше, чем я сверну тебе шею. Ты настоящая мегера.

Его глаза, только что полыхавшие гневом, внезапно засветились смехом. Он слегка сжал руками ее шею и приподнял пальцами подбородок.

— Строптивица, — пробурчал он.

— Мне кажется, в этом месте ты должен сказать: «Целуй же, Кэт, меня», — пробормотала она.

— Ты когда-нибудь перестанешь вкладывать свои слова в мои уста?

— Сомневаюсь.

— Ну, в таком случае «Целуй же, Кэт, меня без опасенья, Сыграем свадьбу в это воскресенье!»*.

---

* Шекспир, «Укрощение строптивой», пер. П. Мелковой.

— О, процитировано совершенно точно, — прошептала она. — Поздравляю, мистер Энсор.

— Заткнись!

И он закрыл ей рот поцелуем. Это мало походило на нежный поцелуй любовника. Его ладони сжимали ее голову, словно тиски, его губы впивались в нее с такой силой, словно он хотел навсегда утвердить свою власть над ней. Констанция не могла сопротивляться, даже если бы хотела. Она ответила ему с такой же яростной страстью, словно этим поцелуем они изгоняли из своих сердец остатки взаимного гнева.

— Я же говорила тебе, что все образуется, — сказала Честити, стоявшая на пороге гостиной и наблюдавшая за парой, слившейся в страстном объятии.

Констанция отстранилась от Макса и взглянула поверх его плеча на своих сестер. Она дотронулась кончиками пальцев до своих припухших губ и вздохнула:

— Полагаю, вы знаете, что подкрадываться к людям нехорошо?

— Просто мы стали волноваться, когда вы перестали кричать друг на друга, — сказала Пруденс, входя в комнату вслед за Честити. — Поэтому мы решили удостовериться, что вы не лежите окровавленные на полу. А что случилось с Максом? Он теперь у нас вместо клумбы?

Макс поднял руку и снял с головы цветок. С его волос капала вода.

— Надеюсь, Констанция единственная амазонка в этой семье. — Он стащил с себя куртку и подошел к двери: — Дженкинс?

— Я здесь, сэр. — Дженкинс немедленно выступил из тени под лестницей.

— Возьмите куртку, пожалуйста, и посмотрите, что с ней можно сделать. И принесите мне полотенце.

Дженкинс взял куртку, держа ее на вытянутой руке.

— Могу я предложить вам снять и визитку, мистер Энсор? Если ее прогладить горячим утюгом, она станет как новая. И может быть, вы не откажетесь надеть одну из рубашек лорда Дункана?

— Достаточно будет, если вы приведете в порядок вот это. — Макс протянул ему визитку. — Не думаю, что леди будут возражать, если я останусь в одной рубашке.

— Ничуть. — Честити не обратила внимания на иронию, прозвучавшую в его словах.

— Ты уверен, что не хочешь переодеться в сухую рубашку? — спросила Констанция.

— Совершенно уверен, спасибо. Твоя заботливость переполняет меня благодарностью. Дженкинс, принесите мне большой стакан виски, пожалуйста.

— Слушаюсь, сэр.

И Дженкинс направился на кухню, держа в руках намокшую одежду.

— Итак, вы помирились, — заключила Пруденс, разглядывая рассыпавшиеся по полу цветы.

— Вовсе нет, — возразил Макс. — Мы еще никогда не были так далеки от примирения.

— О! — в изумлении воскликнула Честити. — А мы, увидев вас, подумали...

— Не нужно спешить с выводами, — сказал Макс. — Ваша сестра и я должны еще многое обсудить... например, вопрос о возмещении ущерба.

Все взгляды устремились на Констанцию, которая стояла лицом к окну, разглядывая деревья на улице и, казалось, не обращая внимания на присутствовавших.

— Возмещение ущерба, Кон? — спросила Пруденс.

— Нам с Максом действительно нужно кое-что обсудить, — сказала Констанция, не оборачиваясь.

— В таком случае мы оставляем вас. — Честити похлопала Пруденс по руке. — Мне кажется, мы опять здесь лишние, Пру.

— Да... да, полагаю, что это так.

Пруденс несколько неохотно направилась за сестрой к двери, в которую как раз входил Дженкинс с подносом в руках и перекинутым через плечо полотенцем.

— Я взял на себя смелость принести вам стакан хересу, мисс Кон, так как вы не любите виски.

Дженкинс поставил поднос на боковой столик и протянул Максу полотенце. Потом он бесстрастно оглядел комнату, и его взгляд задержался на рассыпанных по ковру цветах.

— Мне прибрать здесь, мисс Кон?

— Не сейчас, Дженкинс. Этот ковер знавал и худшие времена.

Дженкинс поклонился и вышел из гостиной. В холле он чуть не столкнулся с Пруденс и Честити, которые стояли в нерешительности недалеко от двери. Дженкинс многозначительно кашлянул и чинно проследовал на кухню.

— Он прав, нам не следует подслушивать, — сказала Пруденс. — Кон сама нам обо всем расскажет.

— Я где-то читала о фокусе со стаканом, — с некоторым сожалением произнесла Честити. — Если приложить его к стене и прижать ухо к дну, то можно услышать, что происходит в соседней комнате.

— Нет, — решительно объявила Пруденс. — Мы отправляемся вниз.

Она взяла сестру за руку и потащила за собой.

В гостиной тем временем царило молчание, пока Макс вытирал полотенцем волосы и брюки. Потом он закатал рукава до локтей, пальцами кое-как причесал непослушные волосы и налил себе виски из графина.

— Ты будешь херес, Констанция?

— Да, пожалуйста. — Она отвернулась от окна, взглянула на него и судорожно глотнула воздух.

— В чем дело? — резко спросил он.

Она покачала головой:

— Ничего, просто когда ты такой... взъерошенный и небрежно одетый...

Констанция замолчала. Ей хотелось сказать: «Каким ты бываешь после того, как занимаешься любовью», — но сейчас был неподходящий момент для подобных воспоминаний.

Макс ждал, слегка прищурив глаза, но она лишь снова покачала головой. Констанция не собиралась признаваться ему в том, что находит его неотразимым, что при виде его у нее подгибаются колени. Он протянул ей стакан с хересом, и она взяла его, пробормотав слова благодарности.

В этот момент в холле раздался звонок, и они оба замерли и прислушались, полагая, что это вернулся лорд Дункан. В холле послышались шаги Дженкинса, потом раздались приглушенные голоса, и кто-то стал подниматься по лестнице. Констанция с облегчением выдохнула. Вмешательство ее отца было бы сейчас некстати.

— Итак, как ты намерена исправить сложившуюся ситуацию, Констанция? — Он носком ботинка брезгливо поддел край газеты, лежавшей у его ног.

— Если это неправда, почему бы тебе самому не написать опровержение? Мы опубликуем его в следующем номере.

— Нет, я не собираюсь опускаться до того, чтобы вступать в полемику с автором этой статьи. Я намерен игнорировать ее. Это ты напишешь опровержение.

Констанция поставила стакан на стол. Она сложила руки на груди и пристально посмотрела на Макса:

— Я готова извиниться за личный характер этого обвинения, но я не собираюсь брать назад утверждение, что ты намеревался шпионить за нами. Я не ошиблась. Я слышала то, что слышала.

— Эти собрания открытые. Любой, как ваш сторонник, так и противник, может посещать их.

— Но не всякий имеет возможность присутствовать при частной беседе лидеров нашего движения. А именно это ты и намеревался делать, и ты собирался предупреждать правительство о любой акции, которую мы решили бы предпринять.

Макс вздохнул:

— Возможно, это все так и есть. Но я никогда не притворялся перед тобой, что я поддерживаю ваше движение. Совсем наоборот. Я сказал, что готов рассмотреть твою точку зрения, только и всего. И у тебя нет никаких оснований так горячиться. — Он жестом остановил ее, когда она попыталась возразить: — Нет уж, выслушай меня. Я не лгал тебе о моих чувствах. Я не использовал тебя, не обманывал, не притворялся, что испытывал к тебе что-то, чего на самом деле не испытывал. Это ясно?

Констанция продолжала стоять со сложенными руками, хмуро глядя на него.

— И что ты испытывал ко мне? — медленно спросила она.

Прежде чем ответить, Макс опрокинул содержимое своего стакана в рот. Потом раздраженно произнес:

— Скажем так. Я говорил совершенно серьезно, когда только что цитировал Шекспира.

— Ты имеешь в виду «Укрощение строптивой»?

— Именно.

— «Целуй же, Кэт, меня...» — пробормотала она, потом широко раскрыла глаза, вспомнив продолжение цитаты. — Жениться? — в полной растерянности спросила она. — Ты хочешь, чтобы я вышла за тебя замуж?

Его лицо исказилось, словно от боли.

— Бог знает почему. Наверное, в прошлой жизни я совершил нечто ужасное, за что мне уготовили такую судьбу в этой жизни.

Констанция вовсе не сочла это заявление странным или обидным. Сердце замерло у нее в груди.

— Я никогда не перестану говорить за тебя, — сказала она, удивляясь нелепости такого заявления в подобную минуту.

— Не сомневаюсь. Однако я нашел надежный способ заставить тебя замолчать. — Улыбка появилась в глубине его глаз, тронула уголки губ. — Итак, мисс Дункан, вы выйдете за меня замуж?

— Интересно, а что же такого я сотворила в прошлой жизни? — пробормотала она задумчиво, постукивая по губам кончиками пальцев.

— Это твой ответ?

Она кивнула. Другого ответа и быть не могло. Они были созданы друг для друга. Констанция любила его, даже когда проклинала за высокомерие и упрямство. И знала, что Макс чувствует то же самое. Эта острота чувств, которую они разделяли, и делала их идеальными партнерами. Она никогда не согласилась бы выйти замуж за кого-нибудь другого. Никто не мог сравниться с Максом. Когда она была моложе, она смогла бы жить в любви и согласии с Дугласом, в этом Констанция была уверена. Но она также знала, что теперь, после смерти Дугласа и ее матери, она стала совершенно другой. Как странно судьба играет человеком. Даже явно не признаваясь себе в этом, она давно уже подсознательно чувствовала, что никогда не будет счастлива ни с кем, кроме Макса. Но она не верила, что это когда-нибудь произойдет, потому что единственный вопрос, взгляды на который у них не совпадали, был решающим. И здесь не было места компромиссам.

Она с трудом произнесла, чувствуя, что губит еще не распустившийся цветок:

— А что насчет твоей карьеры? Я не могу бросить свою работу в союзе.

Макс, который отошел к боковому столику, чтобы поставить свой стакан на поднос, оглянулся.

— Не можешь или не хочешь? — спросил он, пристально глядя на нее.

— И то, и другое, — просто сказала Констанция. — Ты не можешь жениться на мне, Макс. Я загублю твою карьеру.

Когда-то он и сам так думал. Но теперь это казалось ему не слишком существенным препятствием, и он был уверен, что можно найти способ его преодолеть. Энсор наполнил свой стакан и снова повернулся к ней:

— Нам нужно лишь попытаться привести в согласие движущие силы нашего существования. На самом деле в настоящий момент наша свадьба возместит ущерб, который ты нанесла моей репутации на страницах своей газеты. Такое решение кажется мне весьма элегантным.

Констанция озадаченно нахмурилась.

— Не понимаю, каким образом... О, поняла! — Она рассмеялась и покачала головой. — Ну и хитрец же ты, Макс! Это единственная причина, по которой ты хочешь жениться на мне?

— Разумеется, — беспечно подтвердил он. — Как ты помнишь, у меня уже сложилась привычка манипулировать тобой в собственных целях.

Ее взгляд посерьезнел.

— Я готова забыть об этом, если и ты не против.

Макс снова поставил стакан и раскрыл ей свои объятия:

— Иди сюда.

Констанция подошла к нему и обняла его за шею. Откинув голову назад, она заглянула ему в глаза и прочитала в них любовь и страстное желание — те же чувства, что переполняли ее саму.

— Я люблю тебя, — сказал он, сжимая руками ее талию. — И я всегда буду поддерживать тебя. Даже если между собой у нас будут разногласия, при людях я всегда буду принимать твою сторону. У тебя никогда не будет причин сомневаться в моей преданности тебе... моей жене. И это обещание, которое я даю тебе сейчас, так же нерушимо, как и те клятвы, которые я произнесу перед алтарем.

— Я люблю тебя, — сказала Констанция. — И на людях я всегда буду поддерживать тебя. Ты всегда будешь знать, что я делаю или намереваюсь сделать, если это как-то может отразиться на твоей карьере. И это обещание, которое я даю тебе сейчас, так же нерушимо, как и те клятвы, которые я произнесу перед алтарем.

Он поцеловал ее, по-прежнему не выпуская из своих объятий. Потом нежно и игриво коснулся губами уголков ее рта, кончика носа, изящно закругленного подбородка. Он поцеловал голубую жилку, бьющуюся у основания ее шеи, и Констанция сильнее прижалась к нему. Она чувствовала себя легкой, как перышко, словно огромное бремя свалилось с ее плеч.

— Итак, — мягко произнес он, прижав ладонь к ее щеке, — мы решили эту маленькую проблему раз и навсегда.

— Раз и навсегда. И когда о помолвке будет объявлено и все узнают, что Макс Энсор женится на известной суфражистке, никто не поверит тому, что было написано в статье.

— Я велю Генри послать объявление о нашей помолвке в «Таймс»*, чтобы оно появилось в завтрашнем номере, — сказал Макс. — Чем скорее об этом станет известно, тем быстрее стихнут слухи. — Потом он слегка нахмурился. — Конечно, сначала я должен поговорить с твоим отцом.

— О, в этом нет надобности. Я сама сообщу ему, когда он вернется, — беспечно отозвалась Констанция. — Он уже сказал мне, что ты его вполне устраиваешь в качестве зятя, так что он не станет возражать.

— Вы уже это обсуждали?

— Нет, это не было обсуждением, — уточнила Констанция. — Это одно из тех заявлений, которыми отец всегда заканчивает свои сетования на жизнь. Он делает это время от времени в надежде, что ему удастся выдать хотя бы одну из нас замуж.

Макс решил оставить эту тему:

— Как бы там ни было, я должен поговорить с лордом Дунканом.

---

* Ежедневная газета консервативного направления, издается в Лондоне, основана в 1785 г.

— Макс, ты собираешься породниться с семьей, которая не слишком придерживается условностей.

Он почесал в затылке и сдался.

— Я подозревал об этом. — Он наклонился и поднял с пола «Леди Мейфэра». — Полагаю, ты будешь продолжать выпускать эту газету?

По его тону было понятно, что он уже с этим смирился.

— Я должна, это единственный источник нашего дохода.

— Что? — Макс изумленно уставился на нее. — Я не нахожу это смешным.

— Я тоже, — согласилась она. — Но тем не менее это чистая правда. И поскольку теперь ты станешь членом нашей семьи, я думаю, мы должны посвятить тебя во все наши темные секреты.

«Бог мой!» — подумал Макс. Теперь он станет членом этой семьи! Ее слова заставили его в полной мере осознать это. Он женится на Констанции, но она всего лишь одна из этого трио. Когда дело касается сестер Дункан, если ты связан с одной, это значит, что ты связан со всеми. У него больше никогда не будет и минуты покоя.

Констанция без труда прочитала его мысли.

— Все не так плохо, как ты думаешь, — заверила она его, успокаивающим жестом дотронувшись до его руки. — На самом деле мы совершенно безобидны.

— Уж тебя-то никак нельзя назвать безобидной, — заявил он с некоторой горячностью.

Констанция рассмеялась:

— Пойдем наверх. Нам нужно сказать обо всем Чес и Пру, а потом мы введем тебя в курс дела относительно наших финансов. Тебе следует знать, что у меня нет никакого приданого, кроме кучи долгов. Но это никак тебя не коснется. Мы трое нашли способ с этим справляться, и я прекрасно содержу себя сама. — Она взяла его за руку и повела к двери. — Пойдем поприветствуем твою новую семью.

Макс неохотно пошел за ней, все еще пытаясь понять, что она имела в виду, когда сказала, что сама содержит себя. Если мужчина берет женщину в жены, он должен ее содержать. Так всегда было. Так должно быть. Разве нет? Он решил на время оставить и эту тему.

Выйдя в холл, они услышали голоса, доносившиеся сверху. Потом на лестнице показались Пруденс, Честити и Амелия, спускавшиеся вниз и оживленно о чем-то разговаривавшие. Пруденс первая заметила Макса и Констанцию. Она остановилась, не зная, стоит ли увести Амелию наверх, чтобы она не столкнулась с Максом. Но Амелия приняла решение за нее. Она спустилась в холл.

— Констанция, я здесь разговаривала с вашими сестрами, — сказала она, стараясь не выдать своего смущения. — Добрый день, мистер Энсор.

Макс не мог понять, почему гувернантка его сестры явилась с визитом на Манчестер-сквер вместо того, чтобы заниматься со своей воспитанницей.

— Мисс Уэсткотт, — вежливо произнес он слегка вопросительным тоном.

— Не мисс Уэсткотт, — поправила его Констанция, мысленно сожалея, что это разоблачение произошло в такой неподходящий момент. — Это миссис Генри Франклин.

Макс уставился на нее. Потом он перевел взгляд на ее невозмутимо улыбающихся сестер. Потом посмотрел на серьезное, решительное лицо Амелии Уэсткотт.

— Генри? — недоверчиво спросил он. — Мой секретарь, Генри Франклин?

— Да, — подтвердила Констанция, несколько настороженно глядя на него. — Насколько мне известно, секретарям позволено жениться.

— В общем-то это не мое дело, — поспешно проговорил Макс. — Но моя сестра...

— Я ушла от леди Грэм, мистер Энсор, — уведомила его Амелия.

Она была бледна, но полна решимости.

— Понятно. Это, наверное, произошло недавно?

— Час назад, — ответила Пруденс. — Ваша сестра, Макс, обвинила Амелию в том, что она пренебрегает своими обязанностями, посещая собрания Женского социально-политического союза в свое свободное время.

— Которого у нее практически никогда не было, — вставила Честити.

— Леди Грэм бросила мне эти обвинения, когда я застала ее роющейся в моей личной корреспонденции, — тихо сказала Амелия. — После этого мне оставалось лишь немедленно уволиться.

— А как давно вы женаты с мистером Франклином?

— Чуть больше недели, мистер Энсор.

Констанция уговорила его нанять Генри. Он считал, что ему не нужен секретарь, но она сказала, что хочет оказать услугу своему знакомому, который собирается жениться и ищет подходящую работу, чтобы иметь возможность содержать семью. «Неудивительно, что Генри хотел уходить пораньше по четвергам», — подумал Макс. Насколько он помнил, у гувернантки в этот день после обеда был выходной.

Макс посмотрел на трех сестер, которые ответили ему вызывающими, уверенными взглядами.

— Занимаемся сватовством, Констанция? — с некоторым сарказмом спросил он.

— Это часть нашего бизнеса, — ответила она, слегка пожав плечами. — Я уже объяснила, что мы вынуждены сами себя содержать.

— Да, — тихо сказал он. — Да, ты объяснила. — Он повернулся к Амелии: — Примите, пожалуйста, мои поздравления, миссис Франклин.

— Благодарю вас, мистер Энсор. — Немного поколебавшись, она добавила: — Надеюсь, на моем муже никак не отразится...

Макс быстро прервал ее:

— Навряд ли, мадам. Мы с вашим мужем прекрасно ладим. Я желаю вам всего самого наилучшего. Если я могу чем-то помочь вам в отношениях с моей сестрой, пожалуйста, обращайтесь ко мне не раздумывая.

— На самом деле вы можете помочь, — сказала Честити, прежде чем Амелия, знавшая по опыту, что подобные вещи говорят только из вежливости, успела отказаться. — Летиция не позволяет Амелии забрать ее одежду и принадлежащие ей вещи.

— Я об этом позабочусь, — заверил ее Макс. — Дайте мне ваш адрес, миссис Франклин, и ваши вещи будут доставлены вам завтра же утром.

— Вы очень добры, мистер Энсор.

Он поклонился.

— Это самое меньшее, что я могу сделать в данной ситуации. Моя сестра часто поступает необдуманно, когда что-то идет не так, как ей хочется. Но ее легко образумить.

Сестры Дункан обменялись взглядами, услышав это извинение, свидетельствовавшее о братской лояльности Макса. Амелия распрощалась и ушла, а Честити подошла к Максу и звонко расцеловала его в обе щеки.

— Итак, вы уже назначили дату?

Макс даже не стал спрашивать, каким образом сестры Констанции пришли к правильному заключению. Он просто ответил:

— Я полагаю, решать это должна ваша сестра.

— Но сначала мы введем вас в курс дела, — сказала Пруденс. — Здесь не все так просто, как вы, возможно, думаете.

Он в ужасе поднял руки:

— О нет, Пруденс, вы ошибаетесь! Я не строю никаких иллюзий. Если вы считаете, что это пойдет мне на пользу, тогда вводите меня в курс дела. Но если, на ваш взгляд, мне не повредит, если я не буду знать каких-то деталей, то я не настаиваю на исповеди.

— Назвался груздем — полезай в кузов, — сказала Констанция, взяла его за руку и повела к лестнице, следом за сестрами.

— Любишь одну, люби и всех, — пробормотал он.

— Но только в разумных пределах, — прошептала Констанция. Потом, повысив голос, сказала: — Пру, мы поговорим об этом позже.

Пруденс оглянулась:

— Конечно. — Она подмигнула и последовала за Честити в гостиную.

— А мы пойдем сюда. — Констанция свернула в узкий коридорчик и открыла дверь в свою спальню. — Мне кажется, тебе пора избавиться от этой мокрой одежды. — Ее пальцы проворно расстегнули пуговицы на его рубашке. — Может быть, наполнить тебе ванну?

Она коснулась языком его сосков и улыбнулась, когда они затвердели. Взявшись за застежку на его брюках, она спросила:

— Примешь ванну сейчас или потом?

Вместо ответа он вытащил шпильки из ее волос, и рыжие локоны густой массой упали ей на плечи. Он расстегнул сначала ее блузку, потом сорочку, быстро и ловко, несмотря на спешку, потом легко сжал руками ее груди и поцеловал соски. Затем, схватив ее за талию, он приподнял ее и уложил на кровать.

— Я... — начала было она.

— Никаких слов. — Он поцелуем закрыл ей рот. — Слова нас никогда до добра не доводят.

Констанция лениво, томно улыбнулась, соглашаясь с ним. Они быстро избавились от одежды, и он накрыл ее тело своим. Заглянув ей в глаза, Макс улыбнулся.

— Всегда на равных, любимая. На поле брани и в постели.

— О да, — выдохнула она, и их губы слились.

Глава 19

— Принесли еще свадебные подарки, Кон.

Честити, сгибаясь под тяжестью пакетов и коробок, с трудом протиснулась в гостиную и закрыла дверь ногой.

— И тетя Эдит приедет сегодня вечером.

Она сложила свою ношу на пол.

— Дорогая тетя Эдит, — с покорностью судьбе сказала Пруденс. — Почему она считает, что на свадьбе кто-то должен исполнять роль матери? Она, конечно, очень милая, но будет только путаться у всех под ногами и всем мешать.

— Ну, ты же знаешь, что она всегда старалась занять место нашей мамы, — несколько рассеянно пробормотала Констанция, не отрываясь от письма. — Она считает, что так положено. Нам придется с этим смириться.

Пруденс рассмеялась:

— Ты стала такая терпимая к людям в последнее время. Макс сказал тебе, где вы проведете медовый месяц?

Констанция отложила перо и повернулась к сестрам.

— Нет, — ответила она, и от ее терпимости не осталось и следа. — Я не могу ничего от него добиться. Он говорит, что по традиции жених не должен говорить невесте, где они проведут медовый месяц. Представляете себе! Да кого волнуют эти традиции?

— Очевидно, Макса, — ответила Честити, сидевшая на полу рядом с горой коробок и разрезавшая маленьким ножом ленты, которыми они были перевязаны. — Но он просто дразнит тебя!

— Я сама это отлично понимаю, — сказала Констанция, — но мне от этого не легче. И что упаковывать с собой в качестве приданого, если я не знаю, куда мы направимся? Может, мы будем взбираться на пирамиды или спускаться в лодке по Амазонке!

— Это не в стиле Макса, — заметила Пруденс, опускаясь на колени рядом с Честити, чтобы помочь ей распаковать подарки.

— Я понятия не имею, что в его стиле, — с раздражением проговорила Констанция.

— Ладно, лучше помоги нам открыть эти коробки. Вдруг там окажется второй набор столовых приборов?

— Мне нужно закончить статью. — Констанция снова повернулась к секретеру. — Я хочу, чтобы она появилась в следующем номере.

— Вот что бывает, когда уезжаешь на медовый месяц, — сказала Честити. — Пропустишь самое интересное... Ой, нет, это не приборы, это серебряные подсвечники. — Она вынула их из коробки. — Какая прелесть! Это от Армитиджей. Что бы вы ни говорили про Элизабет, но у нее безупречный вкус.

Констанция снова отложила перо.

— Дайте посмотреть. О, они просто великолепны! — Она покачала головой. — Люди так удивительно щедры. Я даже чувствую себя немного виноватой. Уверена, я не заслужила таких подарков.

— Это же свадьба, Кон. Все любят свадьбы, а уж эту особенно. Твоя речь на собрании союза напечатана во всех газетах, и в тех же самых газетах помещено объявление о твоей помолвке с политическим деятелем, которого эта скандальная газетенка «Леди Мейфэра» обвинила в том, что он шпионит за этим союзом. Это же самая замечательная сплетня за последние месяцы!

Констанция не смогла удержаться от смеха:

— По крайней мере помолвка утихомирила папу. Я уж и вправду думала, что его хватит удар, когда он узнал о моей причастности к союзу.

— Ну, поскольку Макс пользуется его безусловным расположением, теперь ты у него на хорошем счету, — заметила Пруденс.

— Интересно, как долго это продлится. — Констанция снова взялась за перо. — Уверена, что эта статья ему не понравится. Честно говоря, я даже рада, что меня здесь не будет, когда выйдет следующий номер. Я знаю, что это трусость с моей стороны, к тому же он понятия не будет иметь, что статью написала я, но я все равно рада уехать отсюда подальше.

— Ты и вправду решила нанести удар по Беркли? — Честити поднялась, подошла к сестре, заглянула ей через плечо и начала читать то, что та написала. Ее глаза расширились. — Пожалуй, я тоже с удовольствием уехала бы куда-нибудь подальше отсюда.

— У меня не было выбора, — сказала Констанция. — Чем глубже я копала, тем больше грязи всплывало на поверхность. Этот тип — редкий мерзавец. Как только появится эта статья, вся пресса набросится на него. Я разыскала трех женщин, которых он практически изнасиловал, а потом бросил, когда они забеременели. Я им всем заплатила за то, что они рассказали мне свою историю, так что хоть это явилось для них некоторым утешением, но я...

Стук в дверь прервал ее на полуслове. Вслед за стуком в комнату вошел Макс.

— Добрый день, — жизнерадостно произнес он. Увидев подсвечники, он взял один из них в руки. — Очень хороши! А разве у нас уже нет полудюжины таких же?

— Нет, — ответила Констанция. — Ты имеешь в виду вилки для торта.

— А! — Он подошел к ней и поцеловал ее сзади в шею. — Все трудишься как пчелка. Что ты пишешь? Письма с благодарностью за подарки?

— М-м... да, — после некоторого колебания сказала Констанция.

Этот ответ не удовлетворил его.

— Так что ты все-таки пишешь? — настойчиво спросил он.

— Да так, кое-что для следующего номера «Леди Мейфэра», — неопределенно ответила она, прикрыв исписанный лист промокательной бумагой. — Скажи мне, куда мы все-таки едем?

Это был надежный способ отвлечь его. Он покачал головой и рассмеялся:

— Подожди немного, сама увидишь. Завтра в это время ты уже будешь все знать.

— Мы поплывем на лодке?

Он лишь снова рассмеялся.

— Поедем на поезде? На твоем автомобиле?

— Я же сказал, подожди, и сама увидишь. Я очень рад заставить тебя действовать ради разнообразия в соответствии с давней традицией, моя дорогая, и я так просто не откажусь от этого удовольствия.

— Временами я не могу понять, почему я выхожу за тебя замуж, — объявила Констанция.

— Хочешь, чтобы я тебе напомнил? — спросил он, чуть прищурив глаза.

— Я полагаю, это намек на то, что нам пора удалиться, — сказала Честити, направляясь к двери. — Когда вы покончите с воспоминаниями, вы найдете нас в гостиной, где мы будем ждать тетю Эдит.

— Может быть, нам стоит захватить это с собой. — Пруденс небрежно взяла бумаги, лежавшие на секретере. — Не хочу, чтобы их сдуло ветром.

Она быстро вышла из комнаты, зажав в руке исписанные листки. Макс лишь недавно сделался членом их семьи и много не знал о деятельности сестер Дункан, поэтому не следовало шокировать его слишком часто.

— Итак? — задумчиво спросил Макс. — О чем мне напомнить тебе в первую очередь?

— Лучше начни с самого начала, — сказала Констанция, поднимаясь со стула. — Мне кажется, я страдаю полной амнезией.

Литературно-художественное издание

Фэйзер Джейн
Список холостяков

Редактор Е.Н. Кондрашова
Художественный редактор Н.И. Лазарева
Компьютерная верстка: Л.О. Огнева
Технический редактор Т.В. Сафаришвили
Младший редактор Е.А. Лазарева

Общероссийский классификатор продукции
ОК-005-93, том 2; 953000 — книги, брошюры

Санитарно-эпидемиологическое заключение
№ 77.99.02.953.Д.001056.03.05 от 10.03.05 г.

ООО «Издательство АСТ»
667000, Республика Тыва, г. Кызыл, ул. Кочетова, д. 93
Наши электронные адреса:
WWW.AST.RU E-mail: astpub@aha.ru

ООО «Транзиткнига»
143900, Московская область,
г. Балашиха, шоссе Энтузиастов, д. 7/1

Отпечатано с готовых диапозитивов
в ОАО «Книжная фабрика №1»
144003 г. Электросталь, Московская область, ул. Тевосяна, д.25